孤島の来訪者

方丈貴恵

竜泉佑樹[illegible]讐を誓い、ターゲットに近づ[illegible]テレビ番組制作会社のADとなり、標的の３名とともに秘祭伝承が残る無人島――幽世島でのロケに参加していた。撮影の陰で復讐計画を進めようとした佑樹だったが、あろうことか自ら手を下す前にターゲットの一人が殺されてしまう。一体何者の仕業なのか？　しかも、犯行には人ではない何かが絡み、その何かは残る撮影メンバーに紛れ込んでしまった⁉　疑心暗鬼の中、またしても佑樹のターゲットが殺され……。異形のロジックが冴えわたる〈竜泉家の一族〉三部作、第２弾。

登場人物

竜泉佑樹（りゅうぜんゆうき）（26歳）……J制作のアシスタント・ディレクター（AD）、三雲撮影班

三雲絵千花（みくもえちか）（27歳）……コガプロ所属のシンガーソングライター、三雲撮影班

木京征矢（ききょうせいや）（45歳）……Jテレビの辣腕プロデューサー（P）

海野仁三郎（うんのにさぶろう）（36歳）……J制作のディレクター（D）、茂手木撮影班

古家　努（こがつとむ）（46歳）……コガプロの社長、愛犬はタラ

西城久師（さいじょうひさし）（36歳）……J制作と契約しているカメラマン、三雲撮影班

八名川麻子（やながわまこ）（32歳）……J制作と契約しているカメラマン、茂手木撮影班

茂手木伸次（もてぎしんじ）（38歳）……S大学教授、亜熱帯地域生態系の研究者、茂手木撮影班

信楽文人（しがらきふみと）（21歳）……M大学学生、一年間休学してJ制作でバイト中

続木菜穂子（つづきなおこ）……佑樹の幼馴染（おさななじみ）、故人、愛猫はメイ

三雲英子（みくもえいこ）……三雲絵千花の祖母、『幽世島（かくりよじま）の獣』事件で死亡

笹倉敏夫（ささくらとしお）……M大学教授、『幽世島の獣』事件で死亡、同事件の犯人とされる

マイスター・ホラ……この物語の案内人

孤島の来訪者

方 文 貴 恵

創元推理文庫

VISITORS TO THE ISOLATED ISLAND

by

Kie Hojo

2020

目次

孤島の来訪者

幽世島全図

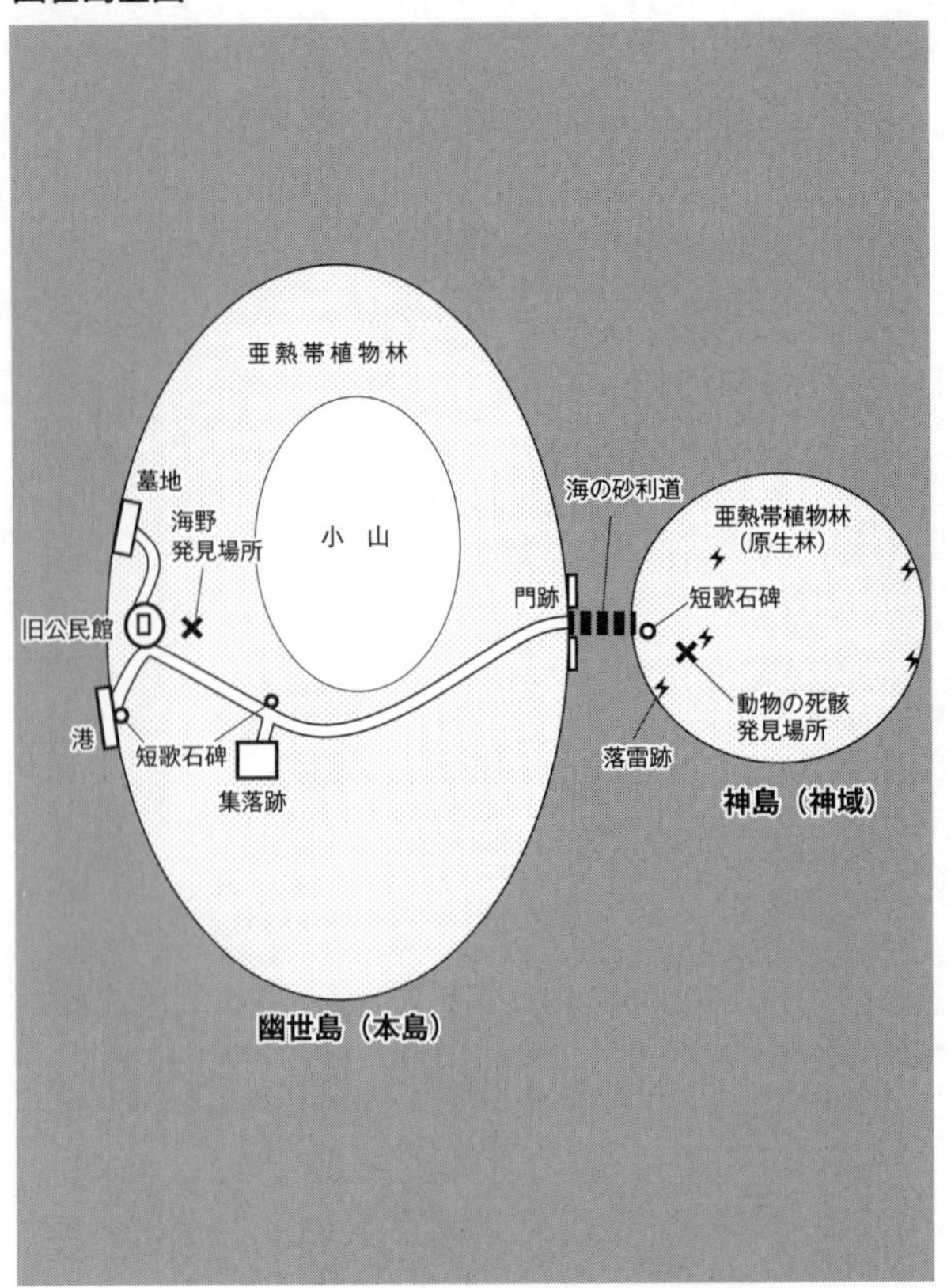

※本島と神域の両方を合わせて幽世島と呼ばれることが多い

旧公民館見取図

裏口

お手洗い

閂

小部屋
（木京）

控室

小部屋
（古家）

多目的ホール

閂

表口

マイスター・ホラによる序文

私の名を見て「またか」と思った方も、いらっしゃるかも知れませんね？

これから語られるのは『復讐』と『襲撃』の物語です。

主人公である竜泉佑樹（りゅうぜんゆうき）が向かった孤島で異常な事件が発生して死者が出るという意味では、これもやはりクローズド・サークルものの推理小説だと言えるでしょう。

ただ今回は……私はワトソン役や語り手役でないどころか、事件に立ち会ってもおらず、そもそもこの物語に登場すらしません。私は過去に事件が起きたことを知っている、一介の部外者にすぎないのです。

しかしながら、時には物語に案内人がいた方が望ましいこともございましょう？　ましてこれは『時空旅行者の砂時計』と同じく、竜泉家の一族が絡んでいる特別な物語なのですからね。

これも恒例となりつつありますが、物語の中で起きることが荒唐無稽（こうとうむけい）に感じられたとしても、そんなことに臆する必要はございません。私は何よりもフェア・プレイを重んじますし……どのような経過を辿ろうとも、この物語が本格推理小説であることだけは変わらないのですから。

それでは、『読者への挑戦』でまたお会いしましょう。

新聞記事と『アンソルヴド』（一）

〈A新聞　一九七四年十月八日　朝刊〉

「13体の遺体、相次いで見つかる／鹿児島県K郡幽世島（かくりよじま）」

　5日、幽世島（人口12名）の知人宅を訪問した男性が、島内の墓地で2体の遺体を発見。翌日早朝に船舶無線で通報を受けた鹿児島県T署は、島の集落にて更に10体の遺体を、島から50メートルほど離れた海上の岩場では1体の遺体を見つけた。

　捜査本部では遺体は三雲英子（みくもえいこ）さん（40）を含む幽世島在住の12名と、民俗学研究のために島を訪れていたM大学教授笹倉敏夫（ささくらとしお）さん（52）とみて身元の確認を急ぐとともに、殺人事件の可能性も視野にいれて死因などを調べている。

　いずれの遺体にも鋭利な刃物で刺された跡が残されており、中でも笹倉さんと思われる遺体の損傷は非常に激しい状態だという。また、4日夕刻までは外部と島の無線通話ができていたことから、何らかの事件が4日の夜以降に発生したとみられている。


〈月刊誌『アンソルヴド』二〇一七年二月号〉

「真実の行方シリーズ『幽世島の獣』事件」

鹿児島県の南方、太平洋にポツンと浮かぶ無人島がある。幽世島だ。伝統的に、隣の神島と合わせてそう呼ばれることも多い。

島の周囲は四キロほどしかないが、国内でも有数の美しい海に囲まれ、古くから漁業と交易で栄えていた。第二次大戦後は九州本土へ移住する人が増えたものの、島に残った住民たちは独自の文化を受け継いで暮らしていた。

かつては定期船も走っておらず、訪問者も少ない島だったという。

この島を語る上で、『雷祭』と財宝伝説を外すことはできないだろう。

離島の秘祭として有名なものに、沖縄県の新城島で行われる『豊年祭』がある。幽世島の『雷祭』も、この祭に匹敵するほど謎めいたものだったそうだ。

『雷祭』は幽世島（本島）の隣島で行われる。この神島は神域とも呼ばれ、かつては神職者以外は立ち入り禁止になっていた場所だった。沖縄における『御嶽』（神を祀る聖域）と似た性質を持っていたと考えられる。

秘祭と呼ばれるだけあって、『雷祭』への参加は島民にしか許されなかった。

運悪くそのタイミングで島を訪問した外部の人間は、有無を言わせずに追い返されたという。一説には、海の彼方から訪れる神を迎えたものだとされているが……島外の人間がその祭式を目撃すること自体が禁忌だった為に、それを記録した絵や写真はおろか文献も残されていない。

より深く幽世島の文化を知る為に、小学校まで島に住んでいたA氏（匿名希望）に取材を申し込んだ。

　A氏によれば『雷祭』は決まった時期に行われるものではなく、神域に大規模な落雷があった際に行われる決まりだったそうだ。寡聞にして、筆者はこのような開かれ方をする祭を他に知らない。A氏も祭の詳細は知らなかったが……島に時として大きな被害をもたらす雷を、神格化して祀っていたということなのだろう。

　更にA氏からは、島での漁は針と糸のみで行っていたこと、戦前までは土葬の風習があり、戦後も棺桶を用いた簡易の火葬が行われていたことなど……幽世島の風習に関する貴重な情報を得ることができた。

　もう一つ有名なのは、財宝伝説だ。

　急に話が胡散臭くなったと思われる方も多いだろうが、この伝説が島で起きた惨劇に深く関わっているのも事実だ。

　幽世島にはキャプテン・キッドの秘宝が隠されているという噂がある。ウィリアム・キッドは十七世紀に実在した人物で、海賊として世界中の海を荒らし、世界各地に彼が奪い取った財宝が隠されているとされる。

　とはいえ、キッドの秘宝伝説が残る島として本来有名なのは、同じく鹿児島県南西諸島トカラ列島にある宝島の方だ。

　一九三七年のこと、外務省に南西諸島にキッドの宝が隠されている可能性があるという旨の手紙と、宝島に似た島の地図の写しが届いた。このことが新聞で報道されて以来、宝島にはキッドの財宝伝説が根づいた。もちろん、秘宝はまだ発見されていないが……。

この雲をつかむような伝説が幽世島にまで波及したのは、江戸時代に島民たちが金細工を密売していたという事実がある為だ。この金の出どころがキッドの隠した金貨だと考える人は今でもいる。

だが文献によれば、幽世島で取引された金の量は少なかったことがうかがえる。その為、島民たちが密かに東南アジアと交易をして金を入手していたと考える方が自然だろう。

いずれにせよ、財宝伝説の真偽は重要ではない。問題は、幽世島に財宝が隠されていると信じた人が存在したことだった。


一九七四年十月四日の夜、幽世島は未曾有(みぞう)の惨事に見舞われた。

その三日前からは民俗学を専門とする笹倉敏夫博士が島に滞在していた。A氏によると島に来客があること自体が非常に稀だったそうだが……同日には島民を含めて十三名が幽世島の本島にいたことになる。

通報を受けて警察が島に向かったのは六日の午前中で、その時点では島民に生存者はいなかった。彼らがそこで見つけたのは十三体もの遺体だった。当時の県警の発表によると、いずれの遺体も細長い刃物あるいは錐(きり)状のもので心臓を一刺しにされていた。

この事件を担当した鹿児島県警の元警部B氏（匿名希望）から話を聞くことができた。

B元警部によると、警察が島に到着した時には事件のあまりの凄惨さに、何度も殺人事件現場に出向いたことのある警察関係者でさえ嘔吐をしたという。

遺体は三か所に分かれて見つかり、笹倉博士と島民合わせて二名の遺体は墓地で発見された。更に三雲英子氏の遺体は、墓地の崖下から五〇メートルほど離れた海上の岩場に漂着しており……残りの十名は集落にある自宅内で亡くなっているのが見つかった。

中でも笹倉博士の遺体だけは、全身を獣に喰い荒らされたような惨い状態で発見された。歯科医院に残されていた歯形と照合しなければ、本人であるという確認をすることさえ不可能だったらしい。

この大量殺人事件は『幽世島の獣』事件と呼ばれるようになった。これは十八世紀にフランスに出現して多くの犠牲者を出したという『ジェヴォーダンの獣』になぞらえた名前だろう。

鹿児島県警もその威信をかけて徹底的な調査を行った。

B氏によれば、その範囲は神域を含む島全体にとどまらず近海にまで及ぶほどだったという。一時は百人態勢で捜査が行われ、警察犬も導入されたそうだ。

その結果、島では新たに十四体目の遺体が発見された。

問題の焼死体は本島の南側にある洞穴で発見されたのだが、これは一九七四年より更に二十～三十年前のものだと判明した。その為、この遺体は『幽世島の獣』事件とは無関係とされ、身元不明のまま処理された。もしかすると、これも財宝伝説に振り回され命を落とした一人だったのかも知れない。

その後も県警は懸命の捜査を続けたが……事件の翌々日に雨が降ったことなどから捜査は難

航を極めた。

その間も、事件に関する報道はエスカレートする一方だった。

原因の一つとなったのは、事件の第一発見者（鹿児島県鹿児島市在住・祖谷氏）の死だった。

祖谷氏は三雲英子氏の友人だ。彼が事件の翌日に永利庵丸を駆って幽世島を訪れたのは、無線で三雲氏に呼び出されたからだった……祖谷氏の遺族はそう語ってくれた。

何でも、研究と称して島中を調べまわる笹倉博士に三雲英子氏はかなり迷惑していたそうで、数日前から弁護士だった祖谷氏の協力を求めていたのだという。

……その祖谷氏が事件の二か月後に福井県の東尋坊で投身自殺を遂げた、という記事は大きく報じられた。新聞各社は『幽世島の獣』事件が新たな犠牲者を生んだと報じたが、これは配慮に欠ける表現としか言いようがない。

祖谷氏は警察関係者ですら震え上がるほどの惨状を目の当たりにした。警察が来るまで事件が起きた島に留まっていたという、同氏の精神的ショックは計り知れなかったはずだ。

遺族によれば、事件直後は落ち着いているように見えた祖谷氏も、日を追うごとに言動がおかしくなっていたらしい。その為、この自殺に事件性はないと考えるべきだろう。
○白黒写真　事件直後の永利庵丸（T港に警察船舶に牽引された永利庵丸が浮かんでいる）
祖谷氏が自殺したという報道が流れた一週間後のこと……鹿児島県警は記者会見を開いて、事件を以下のように結論づけた。

笹倉博士は一年前から借金を重ねていた。彼は幽世島に金が眠るという噂を信じ込んでいたようなので、研究と称して島を訪れたのは、実は借金返済の為だったと考えられた。実際、島の墓地には掘り返された跡が残っており、古い棺のうちの一つが開かれて金製の埋葬品が取り出されていた。

状況から、笹倉はまずは確実に手に入る埋葬品を狙ったと考えられた。しかし……深夜に墓を暴いているところを島民に目撃されてしまった。彼はとっさに島民を錐状のもので刺してしまう。その後、笹倉は口封じの為に島民たちの寝込みを襲って次々と犯行を重ねていった。

騒動に目を覚ました三雲英子氏は必死に逃げようとするも、笹倉に見つかってしまった。二人は墓地の崖付近で揉みあいになり……最終的には相討ちとなった。その際に凶器の錐状のものは海中へ落ちてしまったと考えられている。そして、胸を刺され致命傷を負った三雲英子氏もまた、墓地の崖から海に転落してしまったのだろう、と。

更に、県警は笹倉の遺体に喰い荒らされたような跡があるのは、島で飼われていた犬三頭が原因と判断した。飼い主である三雲氏を守ろうと笹倉を襲ったのだろうと考えたのだ。（続く）

プロローグ　船上にて

二〇一九年十月十六日（水）　〇七：四〇

竜泉佑樹はこれから人を殺すつもりだった。

もちろん、突発的にそう思った訳ではない。この為に、彼は十か月もかけてじっくりと復讐の準備を重ねてきたのだから。

……計画を実行に移すまで、あと十八時間強。

船に揺られながら、佑樹はぼんやりと水平線を見つめていた。顔に吹きつける潮風は強く、水面は太陽光を受けて煌（きら）めいて眩しい。

これから三人もの命を奪うというのに、彼は船に乗る前よりもずっと落ち着いた気分になっていた。これは佑樹自身にとっても意外なことだった。

デッキの手すりを握りしめたまま目を閉じると、煩（わずら）わしい日差しが消え去って風の音と潮の香りだけが残った。佑樹の脳裏に中高校生の頃によく遊びに行っていた海浜公園の光景が蘇る。

記憶の中の潮風は淀んでいて胸が悪くなるような臭いも混ざっていた。それでも、彼は幸せだった。その隣に幼馴染（おさななじみ）と一匹の猫がいたからだ。

彼が菜穂子（なおこ）と初めて出会ったのは小学二年生のことだった。

北陸から引っ越してきたという彼女は佑樹の隣の席に座った。新しい教科書が揃うまで、彼が菜穂子に教科書を見せてあげることになったのだった。

だが、大人しそうな見た目に反して、彼女は癖の強い女の子だった。

佑樹がノートをとっている隙に、菜穂子は彼の教科書にボールペンで落書きをした。むっとした彼はすかさず彼女のノートに落書きをやり返す。やがて、どちらが先に相手を笑わせられるかの勝負が始まり、担任に見つかって職員室でこっぴどく怒られた。

「何か、面白いことでもあった？」

そう話しかけられて、佑樹は現実に引き戻される。

目を開くと、隣に花柄の白いリゾートワンピースを着た三雲絵千花（えちか）が立っていた。船のモーター音がうるさくて、近づいて来る足音を聞き取れなかったらしい。

彼女は真正面に広がる海を見すえたまま、静かに続けた。

「……楽しそうに笑っていたように見えたから」

自分がどんな表情を浮かべていたのか、彼には覚えがなかった。蘇る記憶を追いかけるのに夢中になるあまり、完全に無防備な状態になってしまっていたらしい。

今は亡き菜穂子との思い出をそっと心の奥にしまうと、佑樹は三雲に顔を振り向けて言った。

「ウミウシです」

彼女は眉をひそめる。

「ウミウシ？」

「ウミガメもウミヘビも、何なら海坊主だって……その言葉の意味するままの姿をしているでしょう？　でも、ウミウシはピンとこないなって」

元々、佑樹には脈略のない喋り方をする癖があったたし、生活には役立たなさそうな疑問や事柄についてつらつらと考え込むのが好きだった。

しかしながら、大多数の人にそれが受け入れられるとは限らないことも理解していた。こんな下らない話にはついて行けないと、彼女もすぐに逃げ出すだろう……むしろ、そうなってくれればいいと願っていた。

それなのに返って来たのは予想外の反応だった。三雲は悲しげな表情を浮かべていた。

「知らなかった。竜泉さんが真顔のまま、しれっと嘘をつく人だったなんて」

その言葉に彼は三雲をまじまじと見つめる。

今では三雲は海の方を向いていたので、彼はその横顔しか見ることができなかった。

肩まである髪の毛は吹きつける風に舞い上げられ、色白で端整な顔を見え隠れさせている。

一七〇センチの高身長で、手も足も非常にすらりとしていた。

「どうして……僕が嘘をついていると思ったんですか？」

彼は口調で「心外だ」と伝えたつもりだった。それなのに、三雲は確信に満ち溢れた様子で答える。

「嘘には敏感なの」

「質問の答えになっていませんよ」

「本当のことを言うと、私もどうして嘘だと思ったのか分からない」

「……直感だけでそんなことを言うの、酷くないですか？」

彼が引き気味に返すと、三雲は唇を噛みながら考え込んでしまった。

「直感とも違う。こういう感覚を説明するのは難しいんだけど、強いて理由を言うなら、ウミウシの話をしている時の竜泉さんが少しも楽しそうに見えなかったからかな」

その答えに佑樹は思わず黙り込んでしまった。

確かに、彼は早く会話を切り上げようとして、心にもなかったウミウシの話をした。けれど、普段と何ら変わらない口調で言ったしヘマはしていないはずだ。

それにも拘らず、彼女はそれを嘘だと断定した。単なる偶然かも知れなかったし、あるいは彼女が本当に嘘に敏感な体質をしているということなのかも知れなかった。

この時初めて、彼は三雲が自らの計画にとって危険な存在となり得ることに気づいた。

あまり長く彼女のことを見続けたせいだろうか、三雲の表情は訝るようなものに変わっていた。それに気づいた佑樹は誤魔化すように微笑む。

「そういえば、僕たちはまだちゃんと話したことがなかったですよね？」

彼が船室に目をやりながらそう言うと、三雲も顔を上げて小さく頷いた。

「のんびりしている暇なんてなかったから」

先ほどまで苦痛の呻（うめ）き声が絶えなかった船室も、今では少しは静かになっていた。

今、船室の床には七人がタオルの上にごろ寝している。原因は佑樹が飲み物に仕込んだ毒物……なんてことはなく、ただの船酔いだった。

「申し訳ありません。皆酔い止めを飲んでいたんですが、効かなかったみたいで」

T港を出発して一時間もしないうちに一人また一人とダウンして行き、気づけば無事に残ったのは船長を除けば佑樹と三雲だけになってしまっていた。やむを得ず、二人は他の皆の看病に奔走（ほんそう）することになった。

今では船室にいる全員が吐くものは全て出してしまって、船に常備してあった強力な酔い止めを飲んで耐え忍んでいるという状態だ。

船長によるとこの辺りの海は荒れやすく、今日はこれでも静かな方らしい。もっとも、船は今もうねるように大きく上下を繰り返していたが。

佑樹は平気だったけれど、上背があるのに華奢（きゃしゃ）な三雲が三時間以上もの船旅に顔色一つ変えずにいるのは、意外なことに思われた。

彼の気持ちを見通したように、彼女は遠い目になって言った。

「父が小型船を借りていて、子供の頃は一緒に荒波の中を乗りまわしていたの。……もう十五年くらい前のことなのに、不思議と身体は覚えているみたい」

そのまま思い出話が続くのかと思いきや、三雲はぷつりと黙り込んでしまった。

彼女がどのくらい自分の計画の害となり得るか測りかねていた佑樹は、探りを入れる為にも質問を続ける。

「お父さんは、幽世島（かくりよじま）の出身なんですよね？」

そう言いながら、彼はボディバッグに突っ込んでいた今回の企画資料を引っ張り出した。

資料には三雲について次のように書かれていた。

静岡県出身、東京都在住。ＫＯ大学卒業後は食品系の会社で働いていたが、三年前に本名のままシンガーソングライターとしてデビュー。現在はコガプロ所属で、これまでにシングルを三枚、アルバムを一枚リリースしている。

そして、最も強調されていたのは……彼女が幽世島で祭事を司（つかさど）り、島内の有力者だった三雲家の子孫だということだった。

彼女は頷きながら、視線を進行方向にさ迷わせる。

「父は中学生くらいまでは島で暮らしていたみたい。私自身は島に足を踏み入れたことはないけど、父から島の話はよく聞いた」

彼女の視線の先、水平線のまだ見ぬその先に幽世島があった。

現在、ＡＤの佑樹を含むロケクルーは離島に向かっていた。港のあるＴ村から船をチャーターしても片道四時間近くかかる島だ。

ロケの主な目的は『世界の不可思議探偵団』というテレビ特番の撮影を行うこと。放送枠は既に決まっていて、二か月後の二時間を丸々この企画に充てることになっている。

そして今回の目的地である幽世島は、一九七四年に『幽世島の獣』事件という大量殺人事件が起きた島だった。

この事件について適度に脚色を加えつつ紹介することもできるだろうし、島に残る財宝伝説が引き起こした悲劇的な事件として構成するのもいいかも知れない、というのがディレクター・海野のプランだった。……ありていに言えば、この島はテレビ的ネタの宝庫だった。今までどの局も目をつけていなかったのが、不思議なくらいだ。

佑樹は制作側の人間であるのに対し、三雲は表舞台に立つ人間だった。

彼女は『不可思議の旅人』と呼ばれる、番組内の案内人を務めることになっている。歌手が自らのルーツの島で起きた事件の謎を追うというのは例がないし、テレビ的にも実験的で魅力的なコンセプトになりそうだった。

三雲の手にはロケ台本に資料、それからスマホが握りしめられていた。船の中でも隙を見ては撮影の流れを確認していたのだろう。

彼女は急に自嘲するように口を開いた。

「ルーツが幽世島にあって嬉しいと思ったことは一度もない。でも、そんな理由でもなければ、私みたいに売れないシンガーが『不可思議の旅人』に抜擢される訳がないものね」

「また、番組の主役がそんな捻くれたことばかり言って」

「事実を言っているだけだから」

「三雲さんはもっと自信を持たなきゃいけませんよ」

こう言ったのは佑樹の本心だった。

……とはいえ彼女の歌を聞いた時には、彼も全く心惹かれなかったのは事実だ。音程は正確なのに声に華がない、人の心に訴えかける力もない。美人なのにジャケット写真は酷く陰気に見えた。

しかし、実際に三雲に会ってみて、佑樹が抱いていた負のイメージは消し飛んでしまった。たまにいるのだけれど、静止画では魅力が伝わらないタイプらしい。特に、知的な輝きと陰を併せ持つ目には惹きつけられずにはいられない。

演技について学べば俳優として大成する、そう言ってプロデューサー・木京(ききょう)は彼女を今回の『不可思議の旅人』に強固に推した。

三雲はこういった仕事には経験不足だったので、スポンサーやJテレビの上層部は難色を示したらしい。だが、木京はそれを押し切る形で承認を取りつけていた。……彼がそんな強硬な方法に出た理由も、今の佑樹には分かる気がした。

一方、三雲は佑樹の話をろくに聞いている様子もなく、突然こんなことを言い出した。

「話は変わるけど……竜泉って珍しい姓ね。もしかして？」

この流れでそんな質問が来るとは思っていなかったので、佑樹は驚いて黙り込んでしまう。それに対し、彼女は説明不足だったと思ったようで補足した。

「間違いだったら、ごめんなさい。リューゼン製薬と何か関係があるのかなって」

佑樹は突風が吹きつけて乱れた前髪を手で整えながら、口を開いた。

「隠すことでもないんですけど、まさにその竜泉です。創業者一族ってヤツですかね」

「なら、どうしてこんな過酷な仕事をしてるの？」

単刀直入な質問を繰り返す彼女に対し、佑樹はわざと顔を顰めて見せた。

「僕がテレビ制作の仕事をしていると変ですか」

「そういう訳じゃないけど……睡眠時間もまともに取れないくらい大変な仕事を選ぶより、他の生き方もあっただろうになって」

これは佑樹が何千回も質問されてきたことだった。彼は苦笑いを浮かべる。

「もちろん、違う生き方もあったと思いますよ。僕の兄など、親に言われるままリューゼン製薬で働いていますから。でも、決められたルートを走るなんて、考えただけで身震いが出ます」

「何が起きるか予測がつかない人生の方が楽しい？」

「そう言うと、贅沢を言うなって怒られちゃうんですけどね」

笑う佑樹を見つめ、三雲はそれを肯定するでも否定するでもなく淡々と続けた。

「私の家は裕福とは言えなかった。船だって父が仕事で借りているものに乗せてもらっていただけだし。……父は『幽世島の獣』事件によって、三雲家は何もかもを失ったと言っていた。十二年前には、その父も病死してしまったのだけどね」

その言葉は佑樹にはあまりに重すぎた。何と返していいのか分からず、彼は黙り込んでしまう。一方、三雲は佑樹の反応など気にする様子もなくスマホを取り出していた。圏外になって久しかったので、オフラインで何かを探しているのだろう。

「今回の仕事を受けるにあたって、私も幽世島で起きた事件について調べてみたの。で、そこから派生して他の過去の重大事件についても資料を読み込んだんだけど」

スマホに気を取られた三雲がロケ台本と資料を落としてしまったので、佑樹は拾うのを手伝った。その途中で月刊誌『アンソルヴド』の記事のコピーが目に入り、佑樹は思わず顔を歪める。

これは『幽世島の獣』事件について詳細に書かれたもので、ロケ資料として関係者にコピーが配布されていた。『真実の行方シリーズ』は情報の正確性が高く、過去の事件に新解釈が加えられていることに定評があり、『アンソルヴド』誌の中でも人気があるコーナーだった。

けれど、佑樹はこの記事に、ある理由から複雑な感情を抱いていた。

問題は……この記事を書いているのが、加茂冬馬だということだった。ちなみに、加茂は佑樹のいとこである伶奈の夫だ。

彼が優秀なライターなのは佑樹も認めていたし、いとこの伶奈とは非常に仲のいい夫婦だ。それにも拘らず……佑樹は彼のことが苦手だった。

加茂はライターながら過去に冤罪事件をいくつも暴いただけあって、時として不気味なくらいの鋭さを持っていた。つい最近も、ここ五年ほど東京で続いているホームレス連続傷害事件の犯人が、五年前まで関西を騒がせていた連続通り魔事件の犯人と同一ではないかという……大胆な推測を発表して話題になったばかりだ。

特に復讐を決意してからは、佑樹は加茂のことを避けるようになっていた。まさか自分の計画が見抜かれることはないだろうとは思いつつも、どこか探偵めいた雰囲気のある彼には近づかない方が安全だという気がしてならなかったからだ。

それでも一度だけ……上長命令で佑樹はライターとしての加茂に話を聞きに行ったことがあった。もちろん、今回のロケの下調べの為だ。その時は雑談を少しと古い写真のコピーを取らせてもらったのだが、帰路につくまで佑樹は神経をすり減らす羽目になった。

三雲は礼を言いながら佑樹からロケ台本と資料を受け取ると、今度は自分のスマホを差し出した。電子書籍のアプリが開かれていて、『アンソルヴド』よりももっとゴシップ色の強い別の雑誌が表示されている。

それを見た瞬間、佑樹は彼女が何の話をしようとしているのか察しがついた。

「……先々月に『死野(しの)の惨劇』について載った号ですね？」

「ええ。四十五年前のこと、私の祖母を含む多くの人が幽世島で命を落とした。そして、あなたの先祖もやはり凄惨な事件に巻き込まれたのでしょう？」

彼女の言っていることは紛れもない事実だった。

一九六〇年、詩野(しの)の別荘で佑樹の曾祖父を含む人々が殺人事件の犠牲となった。そのことは当時の新聞でも取り上げられたし、六十年ほどが経過した今でも竜泉家に大きな影を落としている。

いつもなら、好奇心からこの話を持ち出してきた無神経さに憤りを感じるところだったが、今回だけは違っていた。

三雲もかつて起きた惨劇に縛られ、ずっと生きてきたのだろう。だとすれば、佑樹と彼女はある意味で似た者同士なのかも知れなかった。

佑樹は自分が六歳だった頃のことを思い出しつつ口を開く。

「子供の頃、祖母から『死野の惨劇』について教えてもらった時は、怖くて悲しくて……世界が壊れてしまいそうな気さえして、一晩中泣き続けたものです」

とは言ったものの、彼はこの事件について詳細を知っている訳ではなかった。

惨劇を生き延びた人たちも、佑樹の祖母の文乃も、何故か彼には多くを語ってくれなかった。中学生の頃くらいには、皆で何か隠し事をしているのではないかと疑ってみたこともあったが、大人になるにつれてそんなことを追及しようという気も失せた。

それでも『死野の惨劇』の存在は、今でも佑樹を苦しめている。……彼がやろうとしていることが『死野の惨劇』と大差ないという事実はどうやっても消えないからだ。結局、佑樹は惨劇を起こした犯人と同じことを考えている。彼もまた、絶対に罪に問われることのない完全犯罪を目論んでいた。

佑樹の心中など知る由もなく、三雲はすっかり警戒心を解いた目になって呟く。

「私も同じ。幽世島で起きた事件について初めて聞いた時は、大泣きして話の途中で逃げ出してしまったの。父が話してくれた内容はあまりに恐ろしかったから」

その気持ちは佑樹にも痛いほどよく分かった。けれど、彼女が続けて放った言葉は違っていた。

「あの話を信じていた頃は、幽世島になんか絶対に足を踏み入れるものかと思っていたくらいだったし」

どこか突き放したようなものの言い方……少なくとも、彼の目の前にいる三雲には怯えは見えなかった。佑樹は訝しく思う。

「ん、お父さんから聞いた話を今は信じていないんですか？」

「父は子供向けの怪談として話を盛っていたらしくて。私が怖がるものだから、面白がってそうしたに決まっているけど、自分の親ながら酷いことをやると思わない？」

「あるいは……全て本当のことだったのかも知れません」

佑樹は大まじめにそう言ったのだが、三雲に思いきり睨みつけられた。

「もう！　どれだけ荒唐無稽な内容か知らない癖に、適当なことを言って」

「内容の問題ではないんですけどね。『死野の惨劇』以来、竜泉家には家訓ができました」

話が飛躍したからだろう、彼女はキョトンとした顔になった。

「家訓？」

「そう。『この世界は不思議に満ちている。どんなにあり得ないことでも起こり得る』というものです」

聞いた瞬間に、三雲は肩を震わせて笑い始めた。

「何それ？　オカルト好きの標語みたいだけど」

「笑わないで下さい。……一応、『一般常識では考えられないようなことが起きたとしても、それに動じずに柔軟に物事を考えるようにしなさい』という意味だと、僕は解釈しています」

「どんなにあり得ないことに思えても、それを頭ごなしに否定するべきではないと?」

「そういうことです」

特に気に障る内容でもなかったはずなのに、何故か三雲は不機嫌そうに黙り込んでしまった。どうやら彼は意図せずに地雷を踏んでしまったらしい。

いつまで経っても彼女が何も言ってくれないものだから、佑樹は仕方なく進行方向に視線をやった。

「あ、幽世島が見えてきたようですよ」

水平線にポツンと小さな点が現れていた。

菜穂子の死

続木菜穂子が亡くなったという連絡を受けたのは、二〇一八年十二月十三日の夜だった。

当時の佑樹は関西に住んでおり、大阪の特許事務所に勤めていたのだが、翌日には仕事を休んで新幹線に乗り込み……菜穂子のもとに駆けつけた。

ＫＯ大学卒業後、菜穂子は都内のマンションで一人暮らしをしながらＪ制作で働いていたのだが、今は東京都江東区にある実家で眠るように布団に横たわっていた。

菜穂子の父、隆三はやつれ果てていた。佑樹はその目の奥にギラギラとした光を見た気がしたけれど、すぐに隆三は目を伏せてしまって沈鬱な口調で説明を始める。

前の日曜日のこと、隆三は娘のスマホに電話をした。

それは繋がることはなかったが、その時は忙しいのだろうと思って特に心配していなかったのだという。だが、その翌日に警察から電話があり、彼は娘が交通事故に遭ったと聞かされた。

何かの間違いに違いない……そう思いながら隆三は遺体安置所へ向かった。そして、彼はそこで逃れようのない現実を突きつけられることになった。

警察からは、菜穂子は土曜に仕事で山梨県の山間の村に向かい、その帰りに交通事故を起こしたと説明を受けた。彼女の軽自動車は、急勾配の道でカーブを曲がり切れずに崖下に落下した……と。

発生時刻が夜半だったこと、交通量がほとんどない道だったことから、彼女の遺体が発見されたのは、事故から一日以上が経過した後だった。

「私が日曜に電話した時に気づいてあげていれば、せめて……」

隆三は悲痛な声でそう続けた。

検視により事件性がないと判断され、菜穂子の遺体が隆三の元に返されたのが昨日の夕方のこと。今は通夜と家族葬の準備を進めているという。

「実は、妻にはまだ何も伝えられていないんだ」

菜穂子の母は末期のすい臓がんで入院していた。いずれ彼女に全てを伝えなければならない日が来るのかと思うと、佑樹はそれだけでも涙が出そうになった。

彼は永遠に続く眠りについた菜穂子の傍に腰を下ろす。

亡くなってから六日近く経過していたが、季節が冬だったのと、遺体安置室で保管されていた時間が長かったからだろうか……。顔には少し傷があったものの、瞳を閉じた菜穂子は高校生の頃と少しも変わっていなかった。表情も穏やかだ。

佑樹と菜穂子は小中高と同じ学校に通っていた。だから、大学に入るまではほとんど毎日のように顔を合わせていたことになる。

まだ二人とも子供だったからなのか、それとも彼らの性格がそうさせたのか、二人の関係が恋愛に発展することはなかった。ただ、親友と呼ぶのも何かが違っていて、悪友というのが相応(ふさわ)しいかも知れない。……二人は教科書の落書きで知り合い、授業をサボって抜け出すことで仲良くなったのだから。

佑樹も菜穂子も海が好きだったので、彼らはよく海浜公園に遊びに行った。

小学四年生の春、彼らは子猫を見つけた。近くに母猫は見当たらず、翌日も公園で独りぼっちだったので、菜穂子が拾って飼うことになった。

メイと名づけられた灰色の雌猫は、飼い主と同じく風変わりだった。

普段は家から出ようとしない癖に、菜穂子が出かける時には連れて行けとせがんで自転車の籠に乗ろうとする。籠に入れれば海浜公園に行けると知っていたからなのだろう。実際、彼女にとってそこは故郷のようなものだった。

以来、彼らが公園に行く時には必ずメイがお供した。釣り人にも可愛がられて小魚をもらって食べては喉を鳴らしていたものだった。

背後から懐かしいゴロゴロという声がした。佑樹が振り向くと、猫用ベッドに灰色の猫が横たわっていた。やせ細って毛並みもボサボサになっていたけれど、プライドの高そうな貴婦人めいて見える翠色(みどりいろ)の目は間違いなくメイだ。

大学に入学してから佑樹はほとんど菜穂子に会っていなかった。だから、彼がメイに会うのも七年ぶりだった。でも……彼女は佑樹のことを覚えてくれていたらしい。

彼が手を伸ばすと頬をすりつけてきた。その仕草は酷く弱々しい。

隆三によれば、菜穂子が亡くなってからメイはほとんど何も食べていないのだという。既に老猫だし腎機能も弱っていたので、寿命を迎えつつあるのかも知れない。だが、佑樹にはメイが菜穂子を追いかけようとしているように見えて仕方なかった。

メイの首筋を優しく撫でていると、隆三が目に強い光を宿したまま彼を見返していることに気づいた。

佑樹はメイから手を離して問う。

「どうかなされたんですか？」

「あの子から……手紙が届いたんだよ。ユーキくんにその話をすべきか迷っていた」

ユーキとは菜穂子が佑樹につけたニックネームで、隆三もその名で呼ぶ癖がついている。

その時、佑樹の頭に菜穂子とやり取りしたＬＩＮＥの内容が蘇った。この冬に公開される映画について盛り上がり、久しぶりに会う約束もした。つい二週間ほど前のことだ。

胸の奥が熱くなり、隆三の前では押し殺しておくべきだった本音を口走ってしまった。

「僕には菜穂子が死んだなんて信じられません。避けられない事故だったんでしょうが、それでも……」

「あの子が死んだのは事故なんかじゃない」

確信に満ちた隆三の口調が恐ろしくもあり、佑樹は口をつぐんだ。

隆三は机の上から封筒を取り上げて差し出した。何の変哲もない一通の茶封筒だ。

「これは？」

「あの子が遺したものだよ。今日の午前中に届いたんだ」

「今日、ですか？」

菜穂子が亡くなったのは六日ほど前なので、死ぬ直前にポストに投函したものが郵便事故か何かで遅れて届いたということだろうか。

彼の考えを読み取ったように隆三が答えた。

「誰かに手紙を預けていたみたいでね。あの子の死後に投函されたらしい」

封筒に伸ばしかけていた佑樹の手が止まった。

何故か、その封筒が酷く恐ろしく見えた。それを開けば、自分が以前の自分とは同じでいられなくなることが分かっていたからかも知れない。

数秒だけ躊躇ってから、彼は封筒を受け取った。中には三つ折りにされた手紙が入っている。懐かしい菜穂子の字で、便せんにびっしりと書き込まれていた。

手紙に目を通した佑樹は周囲がぐらぐらと揺れ出したような錯覚を覚えた。……また世界が壊れていく。それでも、彼は読むことを止められなかった。

「警察には相談なさったんですか？」

掠れた声で彼がそう問いかけると、隆三の口元が皮肉っぽく吊り上がった。

「もちろんしたさ。手紙を読むなり警察署に向かったよ。でも、警察は手紙のことは歯牙にもかけないで、あれは事件性がないから、これ以上捜査することもないと言うんだ」

それはあまりに乱暴な結論の出し方に思われた。

「そんな……」

「おまけに、あの子は仕事のストレスから統合失調症を患っていたと言うんだ。何でも、産業医があの子に精神科に行くようにずっと勧めていたらしい」

「それじゃあ、書いてあることは妄想に過ぎないと？」

妄想という言葉を聞いた瞬間に、隆三はヒステリックな笑い声を立てた。

「そういうことだ。何を話しても聞いてくれやしない。それどころか、私にカウンセリングの受診を勧めてきて、菜穂子の手紙を預かると言い出すんだ。……腹が立ったから、話を切り上げて帰って来たが」

手紙を隆三に返すと、彼は硝子細工でも扱うような手つきでそれを受け取った。佑樹はしばらく考えてから言った。

「警察は当てにならなくても……この手紙の内容が事実かどうか調べることはできます。Jテレビには父の大学時代からの友人がいるので、その人を経由すれば手紙に書かれている三人に気づかれることなく情報を集められるでしょう」

この提案に隆三は飛び上がらんばかりに喜んだ。

何か分かったら連絡することを約束し、通夜と葬儀について手伝えることはないか相談をしてから、佑樹は辞去することにした。

部屋を出ようとすると、メイがとても悲しそうな鳴き声を上げた。

第一章　本島　撮影準備

二〇一九年十月十六日（水）　〇八：一〇

復讐を誓った時、佑樹はルールを決めた。

・ルール一　犯行は何があっても一人で行うこと。
・ルール二　復讐に関係のない人を絶対に巻き込まないこと。
・ルール三　失敗した時は潔（いさぎよ）く諦めること。

いずれも、彼に有利になるものではなく制約が増えるものばかりだ。

こうしておかなければ、自分が暴走してしまいそうで怖かった。復讐の為だろうと、そのターゲットがどれほどの悪人だろうと、無関係な人を傷つけることだけは絶対に許されない。

……彼は無差別的殺人鬼になろうとしている訳ではないのだから。


船が幽世島（かくりよじま）本島の港に係留されたところで、佑樹は撮影機材等の運搬を開始した。

既にスタッフの全員が陸地に上がってはいたけれど、相変わらず動けそうなのは彼と三雲の二人だけだ。三雲には他の皆の介抱をお願いすることにして、佑樹と船長の二人で宿泊の為に必要な装備も含めて運び出して行った。

港のコンクリートの上には、特に症状の酷かった三人がごろ寝して呻き声を上げている。船酔いがマシだった残りの四人も、まだ動き回る気力はない様子だった。

「……何だよ、この島。陸地まで揺れてやがる」

そうぼやいたのは今回の企画責任者でもあるプロデューサーの木京だ。

青い顔色をしてコンクリートの上に胡坐をかいている。彼はスタッフの中では唯一のＪテレビ社員だ。普段はスーツを着ているが、今回は場所に合わせて白いウインドブレーカーにベージュの綿パンという恰好をしている。

今年の十二月で四十六歳になるのだが……佑樹の計画が順調に進めば、彼が次の誕生日を迎えることはない。

佑樹はターゲットの一人である彼に対し、にこやかに笑いかける。

「波を見ていると脳が錯覚するんでしょう。陸の方を向いたら楽になるかもですよ？」

いつもの木京なら何か皮肉を返すところだったけれど、今は余裕がないらしく仰向けになって目を閉じてしまった。

続けて、背後から別の声がかかった。

「なんで？　意味分かんない」

佑樹が振り返ると、彼の直属の上司である海野がへたり込んでいた。海野はカナヅチを公言していたので、波音が聞こえるだけでも怖いらしい。その顔色は真っ青だった。

「……どうして竜泉はケロッとしてるの」

「多分、体質ですかね」

「帰ったら病院に行ったら？　三半規管と脳が腐ってるから」

「はいはい」

このくらいの暴言は日常茶飯事だった。

だが、海野ともうすぐお別れする予定だったので、佑樹には痛くも痒くもなかった。彼もまた復讐のターゲットであり、計画では最初の犠牲者となる人物だ。

海野はJテレビの子会社・J制作の社員で、親会社に出向する形でロケや番組の制作を行っている。海野もまた軽装で島を訪れていて、ジーンズに明るい色のTシャツを二枚重ね着していた。子供じみた喋り方をする癖があるものの年齢は三十代半ばで、ディレクターの中ではベテランに分類される。

ちなみに、佑樹の周りには『ギョーカイ語』を連発する人はほとんどいなかった。芸人のネタでお馴染みの『チャンネー』『ザギン』『ギロッポン』という言葉を、佑樹自身も使ったことがない。

彼らが使うのは実用的なテレビ業界用語ばかり。例えば『押す』（予定時間を過ぎる）、『巻く』（進行を早める）、『アゴ・アシ・マクラ』（食事・交通・宿泊）というような具合に……。

不意にえずく声がした。埠頭に向かうと、オレンジのTシャツとカーキ色のチノパンを穿いた若者が海に向かって四つん這いになっていた。スタッフで最年少の信楽だ。

彼は船の上では比較的船酔いがマシだったのだが、陸に上がったらまた気持ちが悪くなってしまったらしい。その傍には三雲が心配顔で付き添っていた。

信楽は大学を休学してJ制作でバイトをしている。ソロキャンプが趣味であることもあり、今回のロケの食事の準備などを担当してもらう予定だ。

信楽は佑樹に向かって掠れた声で言った。

「ほん、すみませ……」

「気を遣わなくて大丈夫だから、とりあえず休んで」

おおかた積み下ろし作業が終わったところで、船尾から激しい犬の吠え声がし始めた。その声が次第に近づいて来ると思ったら……船長が犬用のキャリーバッグを片手に困ったような顔をしていた。

「ダメだ。餌をあげてもタラは口をつけようともしない。私には全然気を許してくれないみたいで」

船長の言葉も疲れ知らずのキャンキャンという鳴き声にかき消されそうになっていた。佑樹はキャリーバッグを受け取りながら苦笑いを浮かべる。

「飼い主以外には絶対に懐かない子らしいですから、しょうがないですよ」

タラというのはこの犬の愛称で、フルネームはタランティーノとかタラタシャーとかいう名前だったはずだ。

ソフトタイプのキャリーバッグは窓や出入り口が黒いメッシュ地になっていて、中が少し見えにくい。佑樹が黒いメッシュに顔を近づけてみると、白いポメラニアンがものすごい形相で唸(うな)り声を立てているのが見えた。

彼は犬や猫には懐かれやすいタイプだったけれど、この子だけは例外らしい。

幸いなことに、タラは船酔いをしておらずトイレシートも汚れていなかった。事前に、獣医に酔い止めを処方してもらっていたのかも知れない。佑樹は脱水を心配して水を与えようとしたが、タラは吠えるばかりで顔を近づけようともしない。

これ以上は刺激しない方が得策と、キャリーバッグを上陸させて機材の傍に置いた。彼が離れるとバッグは嘘みたいに無音になる。……そういう性格の犬らしい。

午前八時四十五分。荷物の搬出を終えて出航する船を見送りながら、佑樹は人知れず微笑んでいた。

次に船が戻って来るのは二日後の十月十八日午後二時ごろだ。

それまで幽世島は完全に外界から孤立することになる。スマホは圏外、衛星電話にも細工をしてある。万一、迎えの船がトラブルを起こしたとしても、JテレビとJ制作は彼らがここにいることを把握している。すぐに別の手段で救助が送られることになるだろう。

これなら、復讐に関係のない人を巻き込んで遭難をするというリスクも低く、彼の立てた復讐のルールに反することもない。

ちなみに、滞在日数が国内ロケにしては長めの二泊三日になっているのには理由があった。これは木京が一石二鳥の企画を目論んだ為だ。

黙々と港に上げた荷物の整理を続けていると、茂手木がやって来た。

「竜泉さん……まずは宿泊場所の確保を行うべきじゃないかね」

「すぐに取り掛かるようにします」

そう答えながら、佑樹は気障っぽい喋り方が少し鼻につく、まだ若い教授を見つめた。

今回のロケの一石二鳥の二羽めは、この茂手木にまつわるものだった。

佑樹も調べてみるまで知らなかったが、幽世島は島固有の昆虫や植物が多く生息していることで有名らしかった。つい最近も、新種のシダとカブト虫が見つかったというニュースが出たばかりだ。

そういう訳もあって、S大の教授にして亜熱帯地域の生態系の研究者でもある茂手木が番組のアドバイザーとして招かれることになった。

彼は海野の高校時代の先輩で、一年ほど前に海野が別番組のゲストとして使って以降、他局の情報番組ですっかり有名になっていた。……視聴率を上げる為にも必須の存在という訳だ。

木京は彼に自由に研究に勤しむ時間を設けることを約束する代わりに、新種が見つかった場合は、その模様を番組で独占的に放送する権利を取りつけていた。

普段からフィールドワークをすることも多いからだろう、茂手木は探検隊めいたベージュを基調とした恰好も一番こなれていた。

ただ、本人も言っていたけれど……船にはめっぽう弱く『酔い止め無効』な体質らしい。しかしながら回数を経ている分だけ回復は早く、既に鞄から文庫本を取り出して読み始めていた。彼が評判通りの人間なら、読んでいるのは推理小説のはずだ。

それを見た佑樹は真顔を取り繕うのに苦労する羽目になった。

フィクションにおける犯人は、密室を作ってみたりアリバイ工作をしてみたりして容疑から逃れようとしがちだ。推理小説の場合、犯人の敗北で終わることが多いからいいのだろうが……実際は細工をすればするほどミスをする確率も上がる。

犯人視点で考えれば『フィクショナルな犯罪』は現実では使いものにならないことが多い。特に見立てや別荘での連続殺人などは論外、というのが佑樹の持論だった。

という訳で、彼は『プラクティカルな犯罪』を目指していた。

複雑な細工は行わず、事件があったことすら警察に気づかせない……それが彼の目指す理想形だ。もっとも今回は連続して三人を狙うことになるので、事件性を気取られないようにするのは難しいだろうとも覚悟していた。

ただ、いくら完全犯罪を目指そうとも、些細な事から真相を見抜いてしまう頭脳派名探偵がいればお手上げになる。とはいえ、現実にそんな名探偵はいないだろう。その点については佑樹も心配していなかった。

それよりも問題になってくるのは、絶海の孤島で死者が出た時にパニックを起こす人が出ることだった。予測不能な行動を取られては、犯人側としても困る。

それを抑えるべく、ミステリ好きの茂手木には……佑樹が用意している偽の真相を解き明かす探偵役になってもらう予定だ。本人の性格的にも、煽ってやれば嬉々として推理を始めることだろう。

教授には引き続き頑張ってもらうとして、佑樹はロケハンの時から宿泊場所にすると決めていた旧公民館へ向かうことにした。

ロケハン（ロケーション・ハンティング）とは、実際にロケを行う前の下見のことだ。つい一週間前まで海野が海外ロケで不在だったこともあり、今回は佑樹が一人で担当していた。

これは非常にラッキーだった。事件を起こす現場をじっくりと確認できるのだから、犯人にとってこれほどありがたいことはない。

彼がロケハンで島を訪れたのは、十日前のことだった。

その際にはガイドと島のあちこちを回って、撮影ポイントなどの確認を行うと共に、宿営地となる旧公民館もチェックしていた。

T村役場によると、三週間ほど前にはW大学の研究チームもこの旧公民館に宿泊していたらしい。佑樹も正規の手続きを踏んで、村役場から建物の鍵を借り受けている。

佑樹は振り返って、特に船酔いが重症だった三人に目をやった。彼らはまだ寝がえりをうつくらいしかできないらしく、日差しを避けて上着やタオルを顔にかけていた。この中にも復讐のターゲットが一人交ざっている。……だが、今はその様子を確認することは難しそうだった。

彼は先に旧公民館へ向かうことにして、港の奥へと続く道を目指して歩き始めた。

やがて、小さな石碑が見えてきた。てっぺんにはX字形の白い模様を持つ赤いカメムシが留まっている。ロケハンで来た時は佑樹も道案内の石碑だろうと思ったけれど、実際はそうではなかった。

潮風で風化が進む石碑には、こんな文字が彫られている。

『こ××むし　×間×ずれの　×××　その心×に　××宿らん』

一部は潰れて読めなかったが、かつて幽世島には和歌を趣味としていた人がいたらしい。

一〇〇メートルほど進んだところで、佑樹は目的の建物の前に到着していた。

彼の電波腕時計は午前九時過ぎを示している。ここまでの道は多少荒れていたけれど、ロケハンの時に確認した限りでは荷物の運搬に大きな問題がないことは分かっていた。

不意に、パタパタと足音がした。ぎょっとして振り返ると、三雲が早歩きでこちらに向かって来るのが見えた。

「何か手伝えることはない？」

できれば一人になる時間が欲しいところだったが、やむを得ない。……佑樹は内心でため息をつきながらこう言った。

「大したことはしないので手伝いは不要ですよ。よろしければ、宿泊場所を先に見ますか？」

旧公民館は一階建てで『幽世島の獣』事件が起きた年に完成したものだった。名前の通り、島民が行事を行う時などに使用していたらしい。

建物自体が頑丈に作られていたことと、扉にはシャッターが、窓には雨戸などが取りつけられていたこと、ずっと村役場が管理して清掃・手入れをしていたことから……何とか、四十五年の歳月と過酷な環境にも耐えていた。

佑樹は村役場から借りた鍵束から一本を選んで、入り口のシャッターを開錠して押し上げた。すると中からもう一枚扉が現れる。それを見た三雲が瞬きをした。

「何か、金庫室みたいに頑丈な扉ね」

厚い金属板で作られたそれは公民館には相応しくなくて、人を寄せつけない厳つい雰囲気を醸し出していた。

佑樹は同じ鍵束から表口の扉の鍵を探し出して頷いた。

「僕もロケハンの時から気になっていました」

「台風対策かも。この島では、沖縄と一緒で本州とは比べ物にならないくらい強い風が吹くはずだから」

「暴風対策なら、さっきのクソ重いシャッターで充分じゃないですか。おまけに、この扉は内側に大きな閂まで取りつけられているんですよ?」

扉を開いて太い鋼鉄製の閂を示す佑樹を見て、三雲は何故か不愉快そうな顔になった。それから、急にからかうような声になる。

「竜泉さんって、気になることがあったら仕事が止まっちゃうタイプでしょう?」

「否定はしませんけど、この閂は変ですよ。こんなもの籠城する時くらいしか役に立たないでしょうに。百歩譲って建てられたのが戦時中なら……」

「ああもう！　そんなことばかり言ってると、日が暮れちゃいそう」

三雲がさっさと薄暗い建物の中に入ってしまったので、仕方なく佑樹も後に続く。

それからは二人で黙々と窓の雨戸を開けて回った。雨戸つきの窓には面格子はついていないのが普通だが、この部屋にある窓には全て金属製の格子が取りつけられていた。……もしかすると特注品なのかも知れない。

扉を入ったところにあった多目的ホールの広さは四十畳くらい。床は板張りになっていて、経年劣化で少しけば立っている。窓から差す光で見る限り、埃なども少なく宿泊する分には全く問題がなさそうだった。

「わあ、意外と広いんだ」

三雲は多目的ホールの奥に白いすりガラスが嵌められた扉があることに気づき、そちらに向かう。ロケハンで下見をしていた佑樹は、扉の向こうには廊下が続き、更に廊下を挟んで右に小部屋が二つ、左に控室とお手洗いがあるのを知っていた。

彼が少し遅れて廊下に向かうと、三雲は興味深そうに小部屋を覗き込んでいた。佑樹はそれら二部屋の窓の雨戸も開く。

手前側の小部屋には荷物は置かれていなかったが、奥の小部屋には段ボールが四つ積まれていた。それらの箱には『T村役場』と書かれており、中には毛布と天然水とアルファ米等の非常食がみっしりと詰まっていた。村役場から詳細は聞いてはいないけれど、非常用の備蓄品に違いない。

「ちなみに、各自は寝袋で休む予定になっています。また、持って来ている自立式のテントを割り振って、着替えなどの為のプライベートスペースとして使って頂くことになっています」

佑樹の説明を受けて三雲は懐かしそうに笑う。

「寝袋で寝るなんて、子供の頃以来かな」

使用される頻度を考えれば、この建物はかなりきれいに管理されている方だと言えただろう。前に滞在していたW大学の研究チームも清掃をしてから退去をしたのか、廊下や小部屋にはゴミ一つ落ちていなかった。

廊下に戻ったところで、佑樹は裏口の扉を指さす。

「ほら、見て下さい。裏口にまで閂がついてるんですよ?」

この閂も太い鋼鉄製らしく鈍い光沢を放っていた。扉自体もやはり金庫室を思わせる分厚さのあるものだ。

三雲は「またその話を始めた」という顔をして、残る控室とお手洗いは確認せずに多目的ホールに戻ってしまった。またしても取り残された佑樹は、お手洗いの雨戸を開けに向かう。

この建物のお手洗いは男女の区別もなく、個室が二つ設置されているだけの簡易なものだった。なお、村役場からは『お手洗いは使用厳禁』という連絡を受けていた。旧型の汲み取り式なので用を足すと処理が厄介らしい。隅には一五センチくらいの大きさの足の長い蜘蛛の死骸が転がっていた。建物内に閉じ込められて餓死してしまったのかも知れない。

最後に、控室の雨戸と裏口のシャッターを開いた。

裏口の門に手をかけて外そうとしたところで、佑樹はそれが見た目以上に重量があって固いものだということに気づいた。両手を使わないと動かない。

とはいえ閂がついている以外、扉は普通だった。表口も裏口も建物内部からはサムターンで、外からは鍵で施錠ができるようになっている。もちろん、それらの鍵も佑樹が村役場から借りた鍵束に含まれていた。

万一、扉を開けっ放しにして野鼠にアルファ米を齧(かじ)られでもしたら困るので、佑樹はサムターンを回して裏口の鍵をかけ、念の為に閂もかけておくことにした。退去する時にかけ忘れるよりは最初から閉めておいた方がいいと思ったからだ。

控室の窓にも面格子が取りつけられているのを確認して、佑樹は訝(いぶか)しく思った。この建物の窓には全て面格子が取りつけられていた。それも、目の細かい井桁(いげた)のものだ。

離島で治安が悪かったとも思えないのに、この防犯意識の過剰なまでの高さは何なんだろう？　……そんなことを考えながら多目的ホールに戻ると、三雲が退屈そうに待っていた。

二人が港へ戻る頃には、船酔いが重症だった三人も座って話ができるくらいにまで回復していた。

信楽が忙しそうに走り回っているので何事かと思ったら、木京が「腹減った、飯食わせろ」と言い出して、急遽(きゅうきょ)軽食が挟まれることになったらしかった。思い返してみると、佑樹たちは朝の四時ごろから何も食べていないので、船酔いから回復すれば空腹を覚えるようになるのも当然のことだろう。

昼用にと持って来ていた菓子パンとペットボトルのコーヒーが配布されて、めいめいが港の好きな場所に腰かけてパンを頬張った。

佑樹は早々にピザパンを食べ終えたが、船酔いが特に酷かったうちの一人……古家（こが）は菓子パンを持て余している様子だった。

彼は団扇（うちわ）で顔を仰ぎながら言う。

「南の楽園と聞いて楽しみにしていたのに。船酔いが酷すぎて、危うく死んで極楽に行くところだった」

それを聞いた佑樹は内心でため息をついた。……お前が極楽に行くことだけはないけどね、と。彼も今回の復讐のターゲットだったからだ。

古家は三雲の所属する芸能事務所・コガプロの社長で、今日は水色のポロシャツにネイビーの綿パンという恰好をしている。

その膝の上でおやつをかじっているポメラニアンは非常に大人しい。先ほどまで船長や佑樹に向かって吠えまくっていた犬と同じとは思えないくらいだ。この犬種にしては少しだけ大柄なようだったけれど、いずれにせよ小型犬であることには変わりない。

急に古家は愛犬をわしゃわしゃと撫でまわし始めた。犬はお返しと言わんばかりに彼の顔をべろべろと舐めまわす。

「タラちゃんは船酔いに強くて良かったねぇ。ひひっ、くすぐったいよぉ！」

甘ったれた口調は聞くに堪えなかった。佑樹はそれが表情に出てしまわないうちに、荷物の山がある方へと逃げ出すことにした。……いくら彼でも、古家・木京・海野という諸悪の根源が揃って談笑しているのを見るのは、精神的に耐えられないものがあった。

荷物を積み上げておいた場所には先客がいた。

どこかストイックな雰囲気を漂わせている二人が、機材を取り出しては確認を続けている。佑樹はそのうちの一人がまだ菓子パンを食べていないことに気づいて話しかけた。

「西城さん、もうちょっと休んでからでも大丈夫ですよ」

長身の男性、西城が振り返りながら首を横に振った。

「そうも言ってられない。船の揺れでカメラに不調が出ていないか確認をしておかなきゃ」

西城はＪ制作が専属契約しているカメラマンだ。

今回、島にやって来た男性陣は身長が一七〇センチ前後の人が多かったが……そんな中、西城だけは一八五センチのひょろりとした体型をしている。ちなみに、もう一人の例外は佑樹で、彼の身長は一七七センチほどだ。

西城は必要最低限の撮影機材を持ち込むと言っていたが、それでもかなりの量があった。それらを一つ一つ開いて、電源を入れては確認するというのを繰り返して行く。

「一応、電源について確認しておこうか。モバイルバッテリーはこっちでも用意してるが、発電機も持って来てるんだよな？」

「ええ。今晩にも稼働させる予定ですから、充電の際には使って下さい」

そう言って佑樹は荷物の山に紛れていた発電機に手をかけた。

一辺六〇センチ前後の立方体のサイズで、ガソリンを入れていない状態でも重量は五〇キロを超える。重さはあるが、運搬のことを考えて本体に四つの車輪が付属しているタイプを選んだので問題はない。

「って……あれ？　気が早すぎませんか、八名川（やながわ）さん」

発電機から手を離し、佑樹はもう一人のカメラマンに向かって呼びかけた。彼女はパンの最後の一欠片（かけら）を口に放り込みながら、早くも撮影を始める準備をしていた。

「気が早いいうことはないよ」

そう関西弁で返した八名川は、業界内では誰よりもタフなことで定評があった。

海外のジャングルのロケでも全く平気だし、現地の食事（芋虫含む）もバクバク食べる。その上、何を食べても食中毒になったことがないらしい。

身長も一六〇センチ台後半で、日ごろからカメラマンとしてのハードな仕事で鍛えている為、非常に健康的に見えた。今日もトレードマークになっているTシャツにジーンズという恰好で、下手をすると真冬でもそれに近い服装をしていたりする。

鹿児島に前日入りする前も、報道系番組のADから助っ人を頼まれてホームレス連続傷害事件の取材につき合い夜遅くまで奔走（ほんそう）していたと聞くが……その疲れすら感じさせないタフさがあった。

「……ほら、センセーは早くも仕事を開始してるみたいやから」

彼女が首で示す方向を見てみると、港の近くの斜面で茂手木が何かのサンプルを採ろうとしていた。その傍には食べかけのピザパンが落ちている。……食事の最中に気を取られ、そのまま放置されているらしい。

「あ、ほんとですね」

そう呟きながら佑樹は荷物の山を探り、中距離用のトランシーバーを三つ取り出した。出力が小さいので免許は不要だったが、郊外では二キロの通信距離が出るものだった。

彼はそのうちの一つを持って、古家にお追従笑いをしていた海野のところへ戻る。

「お取込み中、失礼します。茂手木教授が調査を開始したようでして」

トランシーバーを差し出された海野は顰め面になったけれど、すぐに諦めたようにそれを受け取った。

今回のロケでは明確に役割分担がされていて、撮影も二つの班に分かれることが事前に決まっていた。一つは三雲が島の紹介を行うのに同行する『三雲班』で、佑樹と西城が撮影を担当することになっている。それに対し、茂手木の調査研究につくのが、通称『茂手木班』の海野と八名川の二人だった。

もちろん、番組のメインは三雲の出演パートだったし、フィールドワークを行う茂手木の調査は過酷なものになると予想された。それなのに、海野が茂手木班を担当することになったのは……単純に教授が海野を指名したからだった。

学生時代に先輩後輩という二人のパワーバランスは佑樹にはよく分からなかったが、どうやら海野は茂手木に頭が上がらないらしい。

海野は露骨に気の乗らない表情のまま、コーヒーを飲み干した。それからトランシーバーをポケットに突っ込む。

「……あの感じだと、大した発見じゃなくない？」

「オレンジ色のベタベタしたモノをすくってますね。粘菌か何かでしょうか」

「うぇぇ、せめてテレビ映えするものにしろって」

海野はぶつくさ言いながらも、カメラを構えた八名川に声をかけて茂手木のところへ向かった。それを表面上はニコニコとして見送っていた佑樹もトランシーバーを一つ、自分のボディバッグのポケットに差し込む。

トランシーバーは幽世島内で、撮影本部と三雲班と茂手木班が連携を取れるようにする為に用意されたものだった。

最後に残った一つは木京の分で、彼は撮影本部である旧公民館にスタンバイして、そこから撮影の全体を統括することになっていた。……少なくとも、建前上は。

実際のところ、今回の撮影で木京にはやることがない。元々、撮影の実務を担当するのは制作会社のプロデューサーやディレクターであり、テレビ局のプロデューサーである木京の仕事ではなかったからだ。

彼が得意とするのは撮影ではなく、各企画の調整や人脈を生かしたキャスティング、スポンサーや会社上層部からの企画承認の取りつけなどだ。その為、木京はテレビ局から一歩も出ずにふんぞり返っていることが多い。

そんな彼が南の島のロケに乗り出すと言い出したのは、半年一緒に働いている佑樹にとっても意外なことだった。

訝しく思った彼が探りを入れてみたところ、木京と古家は誰かに幽世島が常夏の楽園だと吹き込まれたらしかった。特別な許可を得なければ上陸が許されない島だというレアさも後押ししたのだろう。

つまり、木京と古家はロケを口実に南の島に遊びに来ているだけなのだ。

確かに、幽世島は海も空も抜けるように青く美しい。特に海などは日本でも有数の美しさだ。しかし、ここにはビーチがある訳でもなく、観光的なインフラが整っている訳でもなかった。実際に二人を満足させられるのかは……佑樹には疑問に思えた。

理由は何にせよ、二人がこの島への渡航を決めたのはラッキーだった。細工をする必要もなく復讐のターゲットが一か所に集まってくれるとは、幽世島のことを悪党ホイホイと呼びたくなるくらいだ。

……最初の殺人まで残り十六時間。それまでは不自然に思われない程度にロケの仕事を進めておく必要がある。

彼は二つ目の菓子パンをぺろりと平らげた信楽に向かって言った。

「体調的に大丈夫そうなら、そろそろ荷物を運ぼうか」

バイトくんは勢いよく「了解です」と言ったものの、顔色にはまだ青さが残っているようだった。それに気づいたからか、西城がカメラをケースに戻しながら口を開いた。

「俺も手伝うよ」

いつもはカメラマンの仕事しかしない西城にしては珍しい申し出だったので、佑樹と信楽は顔を見合わせた。照れくさいのか、西城はこう続けた。

「船では酔って迷惑をかけたからな。動いた方が調子も良くなるかも知れないし……それにお偉いさんたちをあまり長い間放っておく訳にもいかないだろ？」

彼が視線で示した先を見ると、木京と古家の二人が水平線を指差しながら喋り続けていた。木京は愛飲している『シックススター』の煙草を燻（くゆ）らしている。時折、笑い声が混ざるところを見ると、まだお怒りにはなっていないらしい。

佑樹も信楽も、西城の好意に甘えることにした。

お偉いさんが南国の風景に飽きてしまわないうちに、宿営地の設置を終えるのが得策だろう。

*

搬入にあたって最初に行ったのは、屋外で使うものと屋内で使うものの仕分けだった。

屋外で使う料理関連の道具は表口の付近に、発電機とガソリン携行缶三つは裏口の脇に置いておくことにする。携行缶はガソリンが十リットルずつ入ったものだ。

裏口の付近は屋根もあったし建物の北側だったので、直射日光が当たるということもなかった。ガソリンを保管しても危険はないだろう。

それから屋内で使うものを運び込んで設営を行った。

結局、一時間ほどでワンタッチ式のテントの設置などを一通り終えることができた。主にモニター回りを担当した佑樹は、仕上げに撮影本部用のトランシーバーをその傍に置く。

その後、佑樹は多目的ホールに並べられているテントを見てため息をついた。赤紫色と青灰色のテントが、思っていたのと違う風に並べられていたからだ。

「西城さん……赤紫のは右端にお願いしますって言いませんでしたっけ？」

テントのうち一つは女性陣専用になる予定で、識別しやすくする為にも、佑樹は赤紫のテントを女性陣に割り振っていた。

それを受けて、テントの設置を担当していた西城は気まずそうに笑い始めた。

「悪い、うっかり置き間違えた」

「赤系統が女性っていう竜泉さんの発想が古いんですよ。とりあえず、直しときますね」

毒舌を吐きながら信楽がさっさとテントを移動させる。青灰色のテント二つは海野・佑樹・信楽・西城・茂手木の五人で利用する予定だ。

「ちなみに、このテントは二人用だよな？」

テントを見下ろしていた西城がそう呟いたので、佑樹は小さく頷いた。

「商品説明には二〜三人用とあるんですが、想像よりは小さい感じですよね」

ちなみに、テントは着替えなどを行うプライベートスペースにする為と、虫対策の蚊帳代わりにする為に持って来たものだった。その目的から薄手で風通しの良い製品が選ばれている。

「……ぶっちゃけ、野郎が寄り集まって二晩もテントで過ごすのかと思うと、めちゃくちゃ憂鬱ですよね？　外で寝ようかな」

遠慮ない口調でそう呟いたのは信楽だった。とたんに佑樹と西城は哀愁のこもった目になって彼を見つめ返す。

「また本音が出ちゃってるよ、信楽くん」

「むさいオッサンで悪かったな」

上着を脱いで紺色のＴシャツ姿になっていた西城が両腕を組んだ。高身長なだけに威圧感がある。普段から一言多い信楽は、慌てたように両手を振り始めた。

「すみません。もちろん、悪い意味じゃないですよ、悪い意味じゃ」

「フォローになってない。……まあいいや、小部屋に設置したテントは、木京Ｐと古家社長が使うのか？」

佑樹は仕上げに寝袋をテントの中に配置しながら答えた。

「あの二人は最低でもそのくらいしないと、キレますからね」

奥の二部屋はＶＩＰルーム扱いをすることが決まっており、信楽が個別のテントを設置していた。色は赤紫色をあてがっている。

「ま、どれだけ気を遣っても小言を言われるのには変わりないんだけどな」

西城はズケズケと物を言う代わりに、相手が何を言っても受け入れるタイプだ。佑樹とは十歳ほど年齢が違っていて業界のキャリア的にも大先輩なのだが、二人はとても馬が合った。

一方で信楽は並べたばかりの寝袋を恨めしそうに見下ろした。

「船酔いのせいでヘトヘトなので仮眠したいな……。でも、まだ調理用品系の設営は終わってないし、料理の仕込みもしないといけないし」

キャンプが趣味というだけあって、以前、別番組で野外料理特集をした時には信楽の知識が大いに役立ったものだった。

そんな彼でも九人分もの食事を作ることは初めてのはずだが、食にはこだわりがあるらしい。提供されるメニューは細かく決められ、様々な調味料も持ち込んでいると聞いていた。

一方、佑樹は睡眠薬をたっぷりと島に持ち込んでいた。水に混ざりやすく色がつかず味がしないモノを苦労して入手し、ビタミン剤の小瓶に詰めてある。

後ほど夕食で配布する紙コップに細工し、海野と自分以外の全員に薬を盛る予定だ。彼らが襲ってくる眠気に疑念を抱く可能性は低い。長旅の疲れと昼間に飲んだ酔い止めのせいだと考えるはずだからだ。

まだ薬も飲ませていないというのに、西城は眠たそうに欠伸(あくび)を連発していた。

「じっとしてると眠気が来るな。俺たちもぼちぼち撮影をスタートさせるか？」

「そうですね」

佑樹は頷きながら腕時計を確認した。ほとんど同時に信楽が悲鳴交じりの声を上げる。

「やばい、十一時半近いじゃないですか！　木京Pと古家社長を一時間以上も待たせちゃってることになりますよ」

今さら急いだところで無駄だった。佑樹たちは憂鬱な足取りで、のそのそと建物の外へ向かう。

旧公民館の前は開けた場所になっていて、バーベキューコンロや二バーナータイプのガスストーブ、それから食材や水などの箱が未開封のまま放置されていた。屋内の設営を優先して、こちらにまでまだ手が回っていなかった為だ。

そんな中、きっちり設営が完了しているものがあった。

折り畳みテーブルには木京と古家と三雲が腰を下ろしている。どうやら彼らが自ら折り畳みテーブルと椅子を広げたらしい。ちゃっかり荷物の中にあったアウトドア用の超強力な防虫香まで使っていた。

テーブルの上にはウイスキーの瓶と炭酸水のボトルが並び、金属製のアイスペールには砕かれた板状の氷がたっぷり。傍にはアイスピックまで置かれている。アイスピックは針の長さが六センチほどの携帯用ミニサイズのものだ。

木京と古家はプラカップを手にしていた。氷のたっぷりと入った薄琥珀色の液体はハイボールだろう。鰹節やおしゃれな感じのチーズといったつまみも並んでいる。

それを見た佑樹は思わず口を半開きにした。

……どこからバーみたいなグッズが？　ここは絶海の無人島なのに。

そう考えながらも、実は心当たりがない訳ではなかった。

今回、船で運んで来た荷物の中には佑樹にも信楽にも見覚えのないものが二つあった。二人とも不審物かと警戒したのだけれど、すぐに木京の私物だと判明した。

一つはクーラーボックスにもなるポータブルの冷凍庫で、木京が船内の電源を借りて使わせてもらっていた覚えがある。もう一つは普通の青いクーラーボックスだった。ポータブル冷凍庫には板状の氷が、クーラーボックスにはハイボール用のグッズが詰められていたのだろう。

異常に酒に強い木京は、素面（しらふ）としか思えない顔色のままがなり立て始めた。

「相っ変わらず仕事が遅えな、グズが。いつまで待たせる気だ？」

佑樹はクソ重い荷物を運んで汗だくになっているというのに、昼間からハイボールを飲んでいた彼らにそんなことを言われる筋合いはない。

それから続いたのはネチネチとした嫌味だった。

こういう時、木京は決まって声のトーンを抑えて喋った。それでいて時折、不意を突くように激高して声を荒げ、人格否定やこの世に存在していることへの否定などを織り交ぜてくる。

……嫌味で心をじわじわと削った上で、怒鳴りつけて本格的に傷をつけてくる感じだ。

これまでにも木京のハラスメントで肉体的な健康を害し、精神のバランスを崩した人間は数えきれないほどいた。退職後に自殺した人数も五人を超えている。

何度も何度も説教を聞いているうちに、佑樹はこの嫌味と激高のバランスが常に同じ割合を保っていることに気づいた。いつだって九対一なのだ。

実は……木京が声を荒げて部下たちを罵っているのは、本当に怒り狂っているからではなかった。彼が『激高』を装っているのは、それが最も効率的に部下たちを痛めつけられる方法だと知っているからのようだった。

とにかく、木京は何かを痛めつけて壊すことが楽しくて仕方がないらしい。

例えば彼は頻繁にペットを購入するが、数か月以上同じ犬や猫を飼い続けたことはなかった。もちろん本人は誰かに譲ったとか病死したと言い訳をしていたが、少し探りを入れれば彼がペットに何をやっているのか知るのは難しくなかった。

なお悪いことに、木京は虐待を露見させにくくする為に、暴力をふるうのは自分のペットだけ、そして精神的に痛めつけるのは自分の部下だけに限っていた。

木京には悪どいまでの狡猾さがある。その為、佑樹のターゲット中で最も厄介な存在だと言えた。

説教があまりに続くからか、一緒にテーブルについていた三雲がどんどん俯き加減になっていく。彼女は炭酸水が入ったプラカップを前に居心地の悪い思いをしているらしい。

それに対し、古家は膝の上の愛犬に喋りかけていた。

「うるさい人間が多くてごめんねぇ。怖いよねぇ、タラちゃん？」

ポメラニアンはテーブルに置いてある紙皿を舐めている。入っているのはただの水だと信じたいところだったが、その液体にはひどいことにハイボールが混ざっていそうだった。

またしても木京が激高モードに入ったが、佑樹はろくに聞いていなかった。

彼は復讐の為に苦労してJ制作・Jテレビに入り込んだ。だから、どんな陰湿な嫌がらせも菜穂子の命を奪ったと自供しているようにしか聞こえなかった。

木京の説教は平均で四十分続く。それが分かっていたので佑樹はきっちり十分だけ待ってから、木京の言葉を遮った。

「僕が無能なばかりに、申し訳ありません」

「謝るだけなら、どんな無能にだってできる。問題は……」

「木京Pと古家社長のお二人には個室を用意しています。木京Pは奥にある部屋を、古家社長は手前の部屋をお使い下さい」

「話を逸らすな」

「あ、段ボールに入っているアルファ米は勝手に食べないで下さいね？　あれは村役場のものですから」

「あ、じゃねえよ！　誰が食うか」

木京の目に殺気が宿ったが、対する佑樹は『善意で言ったのに、どうして怒られているか分からない』という表情を返しておくことにした。

「もういい……お前じゃ話にならないのを忘れてた」

深くため息をついて、木京は鰹節の袋に手を伸ばした。もう偽の激高を続ける気もないらしい。

「では、僕らもこれから撮影に向かいますね」

佑樹は木京に小さく頭を下げてから、三雲と西城を促して港へと向かい始めた。

木京があっさりと引き下がったのは、佑樹が何を言っても痛めつけがいがないからというのが一つ。だが、本当の理由は他にあった。

佑樹の父は国内最大手の製薬会社である、リューゼン製薬の副社長を務めている。このことからも分かるように……今でも彼の家族は経営の中枢にいた。つまり、竜泉家は経済界に一定の影響力を持っていると言っても過言ではない訳だ。

その気になれば、佑樹も竜泉家の人脈をフルに活用することができた。彼がＪ制作のＡＤになれたのも海野の下で働いているのも、全てはそのおかげだった。

もちろん……佑樹には自らの持つコネクションを駆使して復讐するという選択肢もあったが、彼は敢えてそうしないことを選んだ。理由はいくつかある。

一つは、彼が裏から手を回したとしても、木京たちを完全に破滅させることができない可能性が高かった為だった。

特に木京はある衆議院議員に深く取り入っていた。過去に大臣を歴任したこともあるほどの人物だ。彼の庇護を受ける形で、木京はテレビ業界・音楽業界・広告業界で強固な地位を築き上げている。その牙城を崩すのは佑樹にも難しかった。

しかし、仮に某衆議院議員の存在がなかったとしても、佑樹はやはり今と同じ方法を選んだことだろう。並大抵の復讐……不祥事で失脚して職を失う、不幸な事故に遭って命を落とすくらいのことでは、彼らのあまりに深い罪業とは釣り合いが取れなかった為だ。

だから、佑樹は三人がつつがなく今日という復讐の日を迎えられることを祈ってすらいた。

半年にわたって彼らと仕事をし、佑樹は三人が何よりも『死』を恐れていることを知った。

ならば、彼らにたっぷりと死の恐怖を味わわせた上で、何故死なねばならないのか、その理由を耳元で囁(ささや)いてやるのがいいだろう。……その役割を他者に委ねるなど論外だった。

彼は目の前に広がる、島の亜熱帯植物林を見つめた。

ここには携帯電話の電波も届かない。ターゲットの三人が逃亡する恐れもなければ、邪魔が入る心配もない。通報してから警察が来るまでに何時間もかかるのも好都合だった。

幽世島……それは佑樹の復讐にうってつけの場所だった。

『アンソルヴド』（二）

〈月刊誌『アンソルヴド』二〇一七年二月号〉
「真実の行方シリーズ　『幽世島(かくりよじま)の獣』事件」

（承前）

しかしながら、県警が出した『島で飼っていた犬が遺体を荒らした』という結論では、説明がつかないことが多すぎるのも事実だ。

筆者がそう考えるに至った根拠を列記することにしよう。

一つ目は、島内で飼われていたという三頭の犬（中型犬）についてだ。

事件後の本島からは、錐(きり)状のもので胸を刺された二頭の犬の遺体が発見され、残りの一頭は神域に逃げ込んでいるのが見つかった。警察はその一頭も殺処分した。

だが、当時の捜査を担当したB元警部によると、犬の胃の内容物を調べた獣医師は三頭が人間を襲ったとは思えないと語っていたそうだ。

一九七四年当時、島には飼い犬と半野生化した猫以外には肉食性の動物は生息していなかった。それを考えると、獣医師の見解は奇妙に映る。

……笹倉の遺体を襲ったのは本当に飼い犬だったのだろうか？

二つ目は、笹倉博士の遺体の発見場所にまつわるものだ。

B氏によると、笹倉博士の遺体は三雲氏が崖から転落した時についたと思われる痕跡から一〇メートル以上離れたところで発見されていた。

これでは二人が相討ちになったと考えるには距離がありすぎるだろう。当時の警察上部は瀕死の笹倉博士が歩いて移動したということで強引に処理をしたのだという。

……だが、心臓を一突きにされた人間が移動することなどあり得るのだろうか？

三つ目は、現場に残されていた格闘の跡についてだ。

B氏によれば、崖の上付近は人間同士の争いでついたと思えないほどの格闘の痕跡があり、木々の折れ曲がり方も激しかった。また崖ぎりぎりの場所には、三雲氏が転落した際についたと思われる跡とは別に、土がえぐれたような真新しい跡が残っていたという。

……あの日、三雲氏が相手にしていたのは本当に笹倉博士だったのだろうか？

四つ目は、猟銃に関するものだ。

三雲氏は自宅から猟銃を持ち出しており、墓地の崖上には全弾を撃ち尽くしたライフルが落ちていた。元島民のA氏によると、三雲氏は一〇〇メートル先のカモメを撃ち落とす腕前だったという。それにも拘（かかわ）らず、笹倉の遺体に銃創は見当たらなかった。

……銃の名手である三雲氏は、一体何に向かって発砲していたのだろうか？

五つ目は、最も不可解なものだ。

当時、島には島民が保有する船が二隻停泊していたのだが、そのエンジンが破壊されているのが見つかった（なお、狙われたのはエンジンのみで、予備の燃料などは無事だったらしい）。指紋を調べた警察はエンジンを破壊したと思われる道具から三雲英子氏の指紋を検出したという。また、島内と船内にあった無線機も同様に全て壊されていた。

……三雲氏は何故、無線機や生活の足だった船のエンジンを破壊したのだろうか？

もちろん、筆者も鹿児島県警が発表した『笹倉博士が墓を荒らし、結果的に島民を殺害する凶行に及んだ』という見解には異論はない。だが、想像力が乏しすぎるという批判を受ける覚悟で書くならば、あの時の幽世島には未知の獣がいた可能性も否定できないだろう。

例えば、島では以下のようなことが起きていたとは考えられないだろうか？

笹倉博士は何らかの理由で島に大型犬を連れてきていた。だが、その犬は笹倉博士には懐いておらず、非常に狂暴な性格をしていた。

犬は縛め（いまし）を解いて逃げ出してしまい、笹倉が島民十一名と島の飼い犬二頭の命を奪ったところで彼に襲い掛かる。その衝撃により、笹倉は手にしていた凶器で自らの心臓を貫いてしまって命を落とす。

その後、無残にも笹倉の遺体は狂犬の餌食となった。事態に気づいた三雲氏が猟銃で犬を追い詰めたが、彼女は弾を打ち尽くしてしまう。

やむを得ず三雲氏は笹倉が使っていた凶器で応戦し、狂犬を崖から海に突き落とすことに成功するものの……格闘の最中に笹倉と同じように命を落として、崖下に転落してしまった。B

氏が見たという、崖付近の土がえぐれていた原因不明の跡も、狂犬が海に落ちる時についたものだろう。

長々と書いたが、あくまでこれは可能性の一つとしての話に過ぎない。

また、筆者もこれが不完全な仮説だということは理解している。例えば三雲氏が無線機や船のエンジンを破壊したことには全く説明がつかないからだ。

警察の見解が正しかったのか、あるいは幽世島に未知の獣がいたのか？　事件が起きて四十数年が経過した今となっては、真実を知る術はもうないのかも知れない。

第二章　本島　撮影開始

二〇一九年十月十六日（水）　一一：五五

背後を歩いていた西城が、感嘆半分呆れ半分という声で言う。

「相変わらず……竜泉は最強だな。見ているこっちはハラハラするが」

「でも、木京Ｐは本当に食いしん坊なんですよ？」

「確かに、いつもロケ弁を二つ食ってるもんな。鰹節（かつおぶし）をたっぷりとかけてさ」

「お気に入りの天むす弁当なんか、三個用意しないと子供みたいに不機嫌になりますからね」

木京は鰹節狂として局内でも有名だった。ロケ弁用にＭＹ鰹節を持ち歩いているほどだったし、さっきハイボールのお供に鰹節があったのもそのせいだ。

ここで西城は佑樹を親指で示しながら、三雲に悪戯（いたずら）っぽい声で話しかけた。

「ちなみに、素直そうな顔をしている癖に竜泉には表裏があるんだ。……上司に説教された時だけ、どうしようもない天然を演じるんだから、性質（たち）が悪いよ」

それを受けても、三雲は全く驚く様子を見せずに微笑んだ。

「嘘つきだってことも含めて、知ってた」

西城は小さく口笛を吹く。

「完全に本性を見抜かれてたみたいだな。竜泉？」

「僕についての話なんか止めましょうよ。そんなことより……三雲さん、先ほどは失礼しました」

佑樹が立ち止まってそう言うと、三雲は驚いたように佑樹を見返した。

「謝るようなことなんてあった？」

「ありましたよ。三雲さんにお偉いさん三人の接待をお願いする形になってしまい、申し訳ありませんでした。……旧公民館に荷物を運び込む前に、僕か信楽が気づいて前もって対応しておくべきでした」

それを受けて三雲の表情がふっと柔らかくなった。

「へえ、優しいところもあるんだ」

「たまーにですけどね」

「でも……あの場にはうちの社長もいたし、Jテレビのプロデューサーもいたでしょう？　自分を売り込むチャンスだと思ってやったことだから謝る必要なんてないのに」

この言葉に佑樹は複雑な気分になった。

彼は木京と古家が数日以内に死ぬと知っていたし、それが考えの前提になっている。その為、彼女の言ったような可能性に思いが及ばなくなっていたことに気づいたからだ。

これは良くない兆候だった。失言という下らないミスのせいで計画を失敗させる訳にはいかない。今後は言動にもっと気をつける必要がありそうだった。

港に戻ったところで、まずはオープニングの撮影を始めた。

今回のロケは少人数編制なので、マイクを担当する者はいない。それらの作業を佑樹と西城が役割分担をする形で作業が進んだ。

本番を迎えた三雲は不安げな面持ちだった。こういう仕事は初めてだというので、無理もないだろう。何度かNGを出したものの、大きなトラブルもなくオープニングの収録は完了した。

そろそろ報告を入れる頃合いだと、佑樹はトランシーバーで海野に連絡した。

応答した声のトーンが異常に低いことからして、茂手木班の撮影は順調に進んでいないようだ。これからマイクを使った撮影をするので、しばらくは緊急時以外の報告は省略しても構わないという指示を受けた。

そのやり取りを終えたところで、西城はリュックから昼食のピザパンを取り出して立ったまま齧(かじ)り始めた。そのついでに腕時計を見下ろす。

「……十二時四十五分か。夕暮れまでは時間があるし、次はどこに向かう?」

「時短の為にも、歩きながら説明しましょうか」

そう言いながら、佑樹は旧公民館のある方角へと戻りながら続けた。

「僕らの班は島の三か所を重点的に撮影します。具体的に集落跡・墓地・神域ですね。ロケハンの時に確認しましたが、どれもインパクトの強い場所ですよ」

「どこから見て回るの?」

三雲もやはり自分のルーツは気になるらしく、少し弾んだ声になっているようだった。

「まずは集落跡に向かいましょうか」

佑樹を案内役として、その後ろから三雲とパンを頰張る西城が続いた。

かつて港から集落に至る道の傍には畑が広がっていたそうだ。戦後は主にサトウキビを栽培していたらしいが、今では低木や雑草がうっそうとしていて当時の面影は全くない。

旧公民館の前辺りを過ぎると、道路のアスファルトも風化が激しくなり、植物に占拠されてしまうのも時間の問題と思われた。

リゾートワンピース姿で悪路を進むのには不安があったので、三雲には黒いスポーツタイツを身に着けるようにお願いしていた。これで多少は激しい動きができるようになるし、虫よけにもなるので一石二鳥だった。念の為、島に来ている全員には虫よけスプレーをかけるようにと周知徹底している。

いくらも進まないうちに、右手の藪の奥から大きな音がした。佑樹はぎょっとして立ち止まり、傍にいた西城も緊張した面持ちになる。

「野生動物か？」

「……そうじゃないみたいですよ」

藪の隙間を覗いた佑樹の目に飛び込んできたのは、茂手木教授の姿だった。大きな音は、彼が何かを調べる為に石をひっくり返した時に立てた音だったらしい。

三雲もほっとしたように息を吐き出した。

「何だ、向こうの班も意外と近くで撮影をしていたんだ」

「ほんとですね、これならトランシーバーで連絡するまでもなかったですよ」

垣間見える茂手木は不機嫌そうで、ひっくり返した石をそっちのけにして海野と八名川に向かって何か喋り続けていた。

耳を澄ましてみると、茂手木はフィールドワークの成果に不満があり、二人にちょっと八つ当たりをしているらしい。……何でも、植物や昆虫や鳥類については想定通りにサンプルを集められたのに、動物については成果が上がっていないのだという。

研究者としての茂手木は足跡・糞・食べ残しによるアニマルトラッキングを得意としていることで有名だったが、その彼でも島で野生動物の真新しい痕跡を見つけることができずにいるらしい。

「どうなっているんだ、この島にはイエネコしかいないのか！」

茂手木がそう叫んだので、佑樹は笑ってしまった。その声が聞こえたのか、八名川がこちらに気づく。佑樹は彼女に小さく手を振ってから再び歩き始めた。

「……教授はああ言っていたが、こんな無人島に猫がいること自体が意外だけどな」

しばらく経って、そう漏らしたのは西城だった。

「不思議でも何でもないですよ。ロケハンで僕が来た時にも黒猫の親子に会いましたし」

「へえ、飼い猫だったのが野生化したのかも知れないな」

しばらく三人で他愛もない話を続けているうちに、森の中に続く道はアスファルトの舗装が心細いものになってきた。森の中には小鳥のさえずりが響いていたけれど、茂手木の言う通りに動物の気配はない。もちろん人間の気配を感じて隠れてしまっているだけかも知れなかったが。

六分くらい進んだところで、佑樹は脇道を選んで右手に折れた。曲がり角付近には風化した石碑があって目印になっていた。

三雲がその石碑の前にしゃがみ込み、面食らったように呟く。

「これ、道案内の為のじゃないんだ」

石碑にはこう刻まれていた。

『こが×むし　仲間×ずれの　×枚×　その心臓に　真理宿らん』

「昔、幽世島(かくりよじま)では和歌が流行(はや)っていたんでしょう。同じ歌が港のところにも刻まれていましたから」

ここにある石碑の方が状態は良かったが、やはり一部が読めなかった。眉をひそめたままの三雲が両腕を組む。

「こんな歌、石碑に刻んでどうするんだろう」

「さあ？　幽世島の歴史上の偉人の残したものなのかも知れませんよ」

適当に話を聞き流しながら、佑樹はわき道をずんずんと進んだ。やがて木々が少なくなって、彼らは大きく開けたところに出た。

目の前に広がる光景に、西城が小さく息をついたのが聞こえた。

「……これは何というか、資料で見る以上に幻想的だな」

それは十戸ほどの家が立ち並ぶ集落だった。

台風に備える為なのだろう、ほとんどは平屋だった。中には本州では珍しい石造りのものも交ざっている。島の気候にはその方がマッチしているのかも知れない。

外壁は白で統一されている。元々は地中海を思わせる、異国情緒溢れる美しい家並みだったのに違いない。それが、今では人間の背丈以上の低木と蔦植物に覆われていた。

植物の集合体に呑み込まれつつあるその姿は、どこか終末期の地球を思わせた。

屋根も壁の一部が崩れ落ちてしまっていて、そこら中に亀裂が入っている。四十五年間もの苛烈な風雨によって、今にも倒壊しかかっているのは明らかだった。

「この集落には……一九七四年当時は十二人の島民が暮らしていました」

そして、ここはかつて凄惨な事件が起きた現場でもあった。それが分かっているので西城は顔を歪(ゆが)める。

「確か、この場所で遺体の大半が見つかったんだな？」

「そうです。事件は十月四日に起きたとされ、この集落でも十体の遺体が見つかっています。どの遺体も錐(きり)状、つまりはアイスピックのようなもので心臓を貫かれていたことが致命傷になっていたそうです」

佑樹の説明に吐き気が復活してしまったのか、西城は詰まったような声になった。

「とんでもない事件だな」

「この事件を更に不可解にしているのは、遺体のうち一体が獣に襲われたような無残な姿で発見されたことです。それが『幽世島の獣』事件と呼ばれるようになった所以でもあるんですが」

気づくと、三雲が夢遊病者のような足取りで歩み出していた。佑樹は慌てて彼女に呼びかける。

「建物には近づかないで下さい。村役場から、これらの集落跡はいつ崩れ落ちてもおかしくないと聞いていますから」

その言葉を聞いているのかいないのか、三雲は一軒の建物を凝視していた。それは集落の中でも、異質な存在感を放っているものだ。

やがて、彼女は呆けたような声で呟く。

「……もしかして、これが?」

「ええ、三雲家のもの。つまり、あなたのお祖母さんが住んでいた家ですよ」

旧三雲宅は集落の中でも、一段高い場所に建てられていた。

昔はさぞ大きくて立派な建物だったのだろう。敷地面積もどの家よりも広かったし、唯一の二階建てだったが……同時に損傷も激しかった。

他の民家との一番の違いは、その家だけが黒かったことだった。だが、三雲宅の壁や屋根は元々黒かった訳ではない。その家を黒く染め上げたのは、かつて起きた火災だった。家の一部は炭化していて、そうでない部分も黒い煤を纏っていた。天井や壁には炎が穿った大きな穴があり、それらの隙間も蔦植物やシダ植物が覆いつくしてしまっている。

佑樹の忠告を無視して、三雲は玄関扉の残骸のすぐ傍にまで歩み寄った。生い茂る葉や茎から垣間見えるのは黒いノッカーだけだった。

やがて、彼女はぼんやりと建物を見上げながら呟く。

「火事があったなんて、知らなかった」

「ここ二十年で起きたものですから、ご存じないのも無理はありません。落雷が旧三雲宅を直撃したらしくて、それで焼けてしまったんだそうです」

佑樹は村役場の職員から聞いた話をそのまま受け売りした。

「中を調べることはできないの？」

建物の損傷がどれほど酷いか目に入っていない訳でもないだろうに、三雲は期待をかけるように彼を見返していた。佑樹は首を横に振る。

「この状況ですからね。村役場からも立ち入り厳禁だと釘を刺されています。何でも重要な柱がやられていて、今でも建っているのが不思議なくらいなんだそうです」

彼女はしばらく悲しそうに建物を見つめていたけれど、やがていつもの皮肉っぽい調子を取り戻して言った。

「中を見られないなんて残念……。竜泉家の家訓を聞いてから、私も父が言っていたことが本当か確かめたくなっていたのに」

これには西城も興味を惹かれたらしかった。

「二人して俺の知らない話ばっかりするな。三雲さんのお父さんの話って何なんだ?」

振り返った三雲は、西城に対し意味深な微笑みを返す。

「父が子供向けに創作した、ちょっと残酷なおとぎ話ってところかな? 荒唐無稽(こうとうむけい)すぎて、こんなところで話す度胸はないけど」

「いや、そんなこと言われたら逆に気になるんだが」

それでも彼女は笑うばかりで何も言おうとしない。何か聞き出せないかと粘っていた西城だったが、やがて諦めたらしくポツリと呟いた。

「三雲さんって……頑固な人だったんだな」

佑樹は両手を振りつつ、いつものように気のないとりなしを入れる。

「まあまあ。夜になったら怪談めいた話に合った雰囲気も出てくるかも知れませんよ」

すると西城に睨(にら)みつけられた。

「はぐらかすな。お前の家訓も教えてもらってない」

「何の話ですか?」

「お前ら……」

脱力してしまった西城を放置する形で、佑樹は真顔に戻って再び口を開いた。

「真面目な話、ここでの撮影は一時四十分までとします。それまでに進められるところを撮ってしまいましょう」

急いで台本を確認し始めた三雲だったけれど、すぐに訝(いぶか)しそうな表情になる。

「何で、終わりの時間がそんなにピンポイントに決まっているの？」

「次は神域の撮影を予定しているんですが、それには引き潮の時間が関係するもので」

予定通りに集落跡を出て、佑樹たちは港があるのとは逆の方角に進んだ。

道は相変わらず心細いものだったし、左側が急勾配のちょっとした山になっていることもあって、高低差も激しかった。三人とも歩くのに集中して会話も弾まない。

旧三雲宅を中心とした撮影は順調に進み、集落跡で予定していた撮影内容の半分まで進んだ。天気予報では明日も快晴ということだったので、この分なら三雲班は明日中に全ての撮影を完了させられそうだった。

そこまで考えたところで、佑樹は小さく首を横に振った。

……いや、明日の撮影はないんだった。朝には死者が出ることになるんだから。

佑樹は持ち込んだ睡眠薬で他の全員を眠らせて、夜中に海野を港へと連れ出すつもりだった。そして話を聞き出した上で、そのまま海に突き落とす。彼はカナヅチだったたし、水に対する恐怖心は異常なほどだった。闇夜の海に落ちればパニックに陥ってなす術もなく溺死するだろう。

いよいよ、計画の実行開始まで十二時間ほどに迫っていた。

集落跡を出て十分くらい経っただろうか？　汗ばんでくる頃になって、波の音が聞こえて来た。この辺りから急に下り坂になって、舗装もコンクリートへと変わる。

佑樹は一息つくつもりで立ち止まって時刻を確認した。十四時前だ。

「島の反対端にまでやって来ましたよ。僕らは島を横断した形になります」

幽世島本島は楕円形をしていて、短い方の直径が約九〇〇メートル、長い方の直径が約一四〇〇メートル、島の周囲は四キロ近くあった。これまで佑樹たちは短い方の径を道なりに歩いて来たことになる。

「今は干潮が始まったばかりのタイミングです。下に降りてみましょう」

そう言いながら、彼はコンクリートで固められた急勾配の坂を下り始めた。

視界を遮（さえぎ）っていた木々がなくなると、正面に緑色の丸っこい島が浮かんでいるのが見えてくる。その島は一五〇メートル近く離れており、サイズは本島よりも一回り以上小さい、直径六〇〇メートルほどの小島だった。

佑樹は対岸に見える島を指で示しながら続けた。

「あれが神島です。かつては信仰の対象であり、神域と呼ばれていた場所ですね。……一般的にはこの神島と本島を合わせて幽世島と呼んでいますが」

ロケ資料を読むのをサボる癖のある西城が、気まずそうな表情になって言った。

「島って言われても、陸続きにしか見えないな」

彼の指摘した通り、二つの島は青い海に挟まれた幅五〇センチほどの砂利道で繋がっていた。確かに、一般的な島の定義は満たしていない。

ここで三雲が悪戯っぽい声になって説明を始める。

「神域は普段は海で隔てられているんだけど、干潮時の数時間だけは砂利道が現れて陸続きになるの。モン・サン＝ミシェルみたいに、タイダル・アイランドと呼ばれるものの一種ね」

「マジか、珍しいモンなんだな」

「撮影しておいたら？　後で何かと使えると思うけど」

西城は慌ててカメラのビューファインダーを覗き込む。

佑樹は撮影の邪魔にならないように本島側で待機することにし、三雲もそれに倣(なら)った。

全景の映像には後で音楽をあてることが決まっていたので、今回は音声に気を遣う必要もなかった。なので、佑樹たちにとっては比較的気楽な待ち時間だった。

三雲が海に視線をやって目を細める。

「こんなにきれいな海は初めてかも。泳いでいる魚までクリアに見える」

「でも、潮の流れが速くて泳ぎには向いていないそうですね。前にガイドから聞きました」

「そういえば、父もすぐそこに見えるウニを獲ることができないのが悔しかったと言っていたな」

ふと、佑樹はロケハンで来た時から気になっていたことを思い出した。

「前から気になってたんですが……これって門の跡ですかね？」

本島側の坂の下の右手と左手に、それぞれ二メートルほどの高さのコンクリの壁が作られていた。下の方はフジツボだらけで、集合体恐怖症の人が見たら卒倒しそうだ。

壁同士の間隔は三メートルくらい。右側の壁には錆びた金属製の門の残骸がぶら下がっていて、左側の壁にも蝶番(ちょうつがい)の痕跡があった。門の厚さは一〇センチくらいだろうか。

二つの壁は五メートルほど続いていて島の崖に接するように作られている。……かつてそこにあった門を閉めれば、神域へと続く砂利道に降りることはできなくなったはずだ。

三雲は強い日差しに手で庇を作りながら頷いた。

「神域に人が立ち入らないようにする為に、門が設けられていたというのは聞いたことがある。祭の時以外は鋼鉄の閂がかけられていて、三雲家の人以外は立ち入ることができないようになっていたんだって」

その説明を受けても、やはり佑樹には納得がいかなかった。

「門や塀は神島の側に作るべきだと思うんですけどね。これじゃあ、簡単に神域に侵入できてしまいますよ」

「どうやって？」

「島の周囲を船でうろうろして、干潮になった時を狙って砂利道経由で入り込めばいいんです。僕が悪事を目論んでいたら間違いなくそうします」

三雲が怯んだ。

「確かにそうかも。考えたことはなかったけど」

「これじゃあ、神域への侵入を防ぐのではなくて……逆に神域から本島への侵入を防ごうとしていたようにしか思えませんね」

「そんなバカなことある訳ないでしょ？」

急激に三雲の声が冷たくなって、目が吊り上がったように見えた。

佑樹には何が彼女をそんなに刺激したのかが全く分からなかった。彼がポカンとしていると、三雲は取り乱した自分を恥じるように、顔を俯けてしまった。

「神域にはみだりに手を加えてはならなかったに決まってる。だから、神域の側には柵や門を作りたくても作れなかったんだと思う」

「信仰を前提に考えれば、あり得ないでもなさそうですけどね」

「何それ？　全然納得してないみたいだけど」

二人はしばらく見つめ合った。あるいは、睨み合ったという方が正確かも知れない。佑樹はこういうことは譲る気のないタイプだったが、三雲も同じらしい。

ここで撮影を終えた西城が小さくため息をつく声が聞こえた。

「不毛な話をしてるな。そんなことより、神域まで行ってみようや」

そう言いながら、彼は鼻唄交じりに砂利道に降り立った。佑樹たちもそれに続く。

足元には美しい貝殻や見たこともない海藻の切れ端が転がり、潮の香りと波の音がとても心地いい場所だった。まだ潮が満ちてくるまで時間の余裕があることは分かっていたけれど、佑樹たちは急ぎ足で神域へと向かった。

島に近づくにつれて、佑樹は前にロケハンで見た時と何かが違う……そんな印象が強まるのを感じた。つらつらとその原因を考えていた彼はハッとした。

「そうか、木がなくなってるんだ」

前を歩いていた西城が訝しそうに振り返る。

「何の話だ？」

「前にロケハンで来た時は、神域右側の崖上に大きな木が生えていたんですよ。でも、今はその枝の大部分が失われているみたいなんですよね。ほら、そこのオレンジの花が咲いている木の隣です」

西城は問題の木を探すのに苦労していたが、神島との距離が縮まるにつれて、佑樹が何を言っているか理解ができるようになったはずだった。

崖上に生えている木は黒焦げになって、幹が大きく裂けたような跡が残っていた。

「……落雷かな？」

同じく崖の上を見上げた三雲が自信なげにそう口ごもる。

「恐らくは。『雷祭（らいさい）』というのがあるくらいですから、土地柄、雷が多いんでしょう。僕がロケハンで来た後で落雷があったのに違いありません」

運が悪ければ、そのまま燃え広がっていた可能性もあっただろうけれど、幸いにして周囲の木々は無事なようだった。雨か島の湿度の高さのおかげだろう。

……神域に大規模な落雷があった時に、雷祭は行われる決まりだった。四十五年前の事件が起きていなければ、今でも秘祭の伝統は守られていたんだろうか？　佑樹の頭をそんな疑問がかすめた。

西城は神島まで残り数十メートルという位置までやって来たところで、再びカメラを回し始めた。それとほとんど同時に、三雲が弾んだ声を上げる。

「猫だ」

彼女の指さす先、対岸の藪の中から黒い塊が顔を覗かせていた。

猫は佑樹たちに気づくなり、鈍く大きな着地音を響かせて段差を飛び降り、のしのしと海の砂利道にまでやって来た。根っからのカメラマンらしく、西城は三雲が猫を指さした瞬間から素早くカメラでその姿を追っている。

猫といえば水を怖がることが多いのだが、この黒猫は平気な様子で波の打ち寄せる場所にまでやって来ていた。……佑樹の中で、変わった猫だという印象が強まった。

野生化しているといっても、サイズは佑樹が見慣れている飼い猫と変わらない。ただ、体はずっと引き締まっていた。金色の目にベルベットのような毛並みを持つ美しい猫だ。

前に佑樹が島に下見に来た時も、彼は黒猫の親子に出会っていた。この猫は彼が十日ほど前に見た母猫なのかも知れない。もっとも、今日は黒や灰色の子猫たちを連れていなかったが。

黒猫は好奇心旺盛な瞳を輝かせ、彼らから距離を保って観察し始める。猫が砂利の上を歩くと、人間が歩く時と同じようにコリコリと小石同士が擦れ合う音が響いた。

猫を警戒させまいとしたのか、三雲はしゃがみ込んで黒猫に微笑みかけた。

「……もしかして、この子はタイダル・アイランドの特性が分かっているのかな?」

猫は彼女に向かって甘えるように「ニャーン」と応える。

「本能的に分かってるんじゃないかな。二つの島を行き来して生活をしてるんだろう」

そう言いながら西城が猫に近づこうとしたので、佑樹は慌てて釘を刺す。

「この猫はイエネコに違いないですけど、野生化していることを忘れないで下さい。みだりにスキンシップを試みるのは危険です」

「大丈夫だよ、触りやしないから」

猫はカメラのレンズに鼻を近づけてフンフンしていたけれど、すぐに三人を害のない相手とみなしたらしかった。カメラの横をするりと抜け、佑樹のすぐ傍にどっしりと腰を下ろして、毛づくろいを始める。

その愛くるしい姿に、佑樹は表情を綻(ほころ)ばせた。

「今なら……今なら、撫でさせてくれそうですよね？」

子供の頃に自身も猫を飼っていた彼が思わず手を伸ばしそうになったところで、西城に盛大に背中を叩かれた。

「おい、竜泉が誘惑に負けてどうするんだよ！」

「……そうでした」

佑樹は咳払いをしてから、ポケットに突っ込んでいた潮見表を取り出す。

「ちなみに、今回の干潮のピークは午後三時二十六分の予定です」

その言葉を裏付けるように、彼らが海の道を渡っている間にも道の幅は広がって一メートルくらいになっていた。彼らが最初に降り立った時よりも更に潮が引いているということだ。

三雲が潮見表を覗き込みながら口を開いた。

「日によって海の砂利道が現れる時間の長さが違うというのは聞いたことがあるけど、今日はどんな感じなの？」

「ンナォ」

彼女の質問に合わせて黒猫が鳴き声を上げたので、佑樹は思わず笑ってしまった。

「実は、今日明日は特に潮位が下がる日らしいんですよね。なので、海の道も年間を通して最長クラスの三時間ほど出現します」

日によっては神島へ渡るのが難しい日もあるそうで、佑樹たちは潮位と天候を最優先にしてロケ日を決定していた。

三雲はしばらく考え込んでいる様子だったけれど、やがて呟いた。

「それだと、五時近くまで神域に渡ることができる計算になるのか」

ここで西城が戸惑い気味に片手を上げた。

「すまん、資料をちゃんと読んでなくて。潮ってどのくらいで満ち引きを繰り返すもんだったかな？」

「今日の場合だと、午後九時半ごろに満潮を迎えて、明日の午前三時四十五分くらいに次の干潮が来るイメージですね」

「そんなものか。よし、ちゃちゃちゃっと撮影を進めよう」

西城はそう言ってカメラを抱えたまま急勾配の岩場を登り始めた。佑樹もワンピース姿の三雲に手を貸しながら神島へと上がる。

岩場の上側には道らしい道もない。唯一の人工物は、木の陰に隠れるようにして置かれている石碑だった。それを見た三人は顔を見合わせる。

「いや、まさか同じ歌ってことはないだろ」

そう言いながら最初に石碑に顔を寄せた西城は、そのまま何とも言えない表情になる。

『こがねむし　仲間はずれの　四枚は　その心臓に　真理宿らん』

絡まった蔦が保護していたからなのか、神域の石碑は状態が良くて全ての文字を判読することができた。これまで三雲に気を遣っていた佑樹だったが……とうとう我慢できなくなって吹き出してしまう。

「えー、どんだけこの歌が好きなんですか！」

「……和歌が流行っていたなんて、父からも聞いたことないんだけどな」

三雲は何となく居心地が悪そうな様子になっていた。西城は石碑にまとわりつく蔦をむしりながら言った。

「おかしな歌だよな。標準語で現代仮名遣いだから、戦後に作られたものってことで間違いなさそうだが。そんな新しいもんが祭の祝詞（のりと）とも思えないし」

結局、石碑にはその歌しか彫られておらず、作者が誰なのかも分からずじまいだった。

気づくと、三雲が昼でもうっそうと暗く、藪のようになっている原生林を見つめていた。

「もしかして……この中で撮影するの？」

急に怯んだ表情になっている彼女に対し、佑樹は安心させるべく首を横に振った。

「神域は原生林になっていますからね。村役場からも立ち入りには注意が必要と聞いています。

……なので、三雲さんにはこの辺りに立ってもらって、いくつかカットを撮影するだけでＯＫです。足りない部分があったら、明日もう一度撮影しに来ます」

海の砂利道に寝そべってお腹を舐めていた黒猫が、わあわあ言っている佑樹たちを不思議そうに見上げていた。

手早く神域での撮影を終え、三人は十五分ほどかけて森の中の道を戻った。

例の黒猫は三人のことが気に入ってしまったらしく、海の砂利道からずっとついて来ていた。歩いている間も足に交互にじゃれつくので、黒猫に足を取られて何度も躓きそうになった。時折「ドゥロロロロ……」と喉を鳴らすその姿が可愛すぎて、佑樹の表情は緩みっぱなしだった。他の二人も似たり寄ったりの反応を見せている。

木々の間から旧公民館の建物が見える頃になって、三雲が訝しそうに言った。

「あれ、墓地に行くんじゃなかったの？」

「もちろん行きますよ。墓地は旧公民館の裏手にあるんです」

旧公民館の前の広場では、カセットコンロやダッチオーブンなどの設置が終わっていて、調理の準備が着々と進んでいた。

佑樹たちの足音を聞きつけたのか、野菜を切っていた信楽が顔を上げる。

「お、三雲班も戻って来たんですか」

「俺たちはまだ途中だよ」

西城がそう返すと、信楽は夕食の予定時刻について説明を始めた。

「食いしん坊の木京Pから夕食を早めるように指示があったんです。五時くらいから食べられるようにしときますんで、そのつもりで」

木京と古家が酒盛りをしていたテーブルも今は空になっていて、二人の姿はない。つまみのチーズや鰹節も消えていたので、散会になったのだろう。

黒猫は食べ物の匂いに惹かれたのか、信楽の周囲をうろうろし始めた。佑樹たちは黒猫を残して建物の裏側へと進んだ。

急な石造りの階段の上は、高台になっていた。

海側は見晴らしが良くて、声が出そうになるほど美しい紺碧の海が広がっている。逆に神島の方角は本島にある小山が邪魔をして見ることができない。

「……『死』についての考え方は宗教や文化によって大きく違う。ここの島民たちは『死』を必ずしも暗いものとは考えなかったのかも知れないな」

西城の言う通り、この島の墓地は一般的なお墓とは雰囲気が違っていた。

並んでいる墓石は一般に使われている御影石よりもずっと白っぽい色の石が選ばれている。ここにも生命力にあふれた笹や、色とりどりの花をつけた木々が墓石を囲むように伸びているので余計に『死』とは縁遠いように見えた。

また、通路に敷き詰められたタイルも変わり種だった。

五センチ四方くらいの大きさで、表面には土がかぶさって苔が生えているところもある。タイルのほとんどが灰色だった。ただ、そのタイルにはどれ一つとして同じ色をしたものはないようだった。

オフホワイトもあればダークグレーもあり、更にオレンジがかった灰色、青みを帯びた灰色、黄色っぽい灰色等……ありとあらゆる灰色が揃っていた。

通路を歩くうちに、佑樹はタイルの中に四枚だけ灰色ではないものがあることに気づいた。それらはくすんでいたけれど、紅梅色とサーモンピンクに近い色をしているようだ。

佑樹はタイルから顔を上げて口を開いた。

「ちなみに、ここにあるお墓は戦後に建てられたものだそうです」

これは三雲も初耳だったらしく、目をぱちくりとさせる。

「そうなんだ」

「戦前までは島には土葬の習慣が残っていて、お墓も木材を組んだ簡易のものだったらしいです。戦後は伝染病対策の観点からと自治体からの指導もあって火葬をするようになったそうですが」

これは『アンソルヴド』の記事にもあったことだし、佑樹が村役場で聞き及んだ話でもあった。

幽世島には一九七四年当時も火葬場は存在していなかった。その為、薪を地面に敷いてその上に棺桶を置くことで野焼きのような形の火葬が行われていたのだという。昔は島によって風葬だったり土葬だったり……埋葬のやり方が違っていたそうで、村役場の年配の職員は離島での埋葬・葬儀がいかに大変かということを切々と語ってくれたものだった。

その説明が一通り終わったところで、西城が重々しい口調になって言った。

「……ここも、かつての事件現場だったんだよな?」

「ええ、墓地では二名のご遺体が発見されました。島民の方と、この事件を引き起こした張本人とされる笹倉博士の、合わせて二人です。三雲さんのお祖母さんにあたる英子さんのご遺体は、ここから少し離れた海上の岩場に漂着しているのが発見されたそうです」

佑樹が低い声でそう答えると、三雲は悲しそうに墓地の奥へと進んだ。海に面している側だ。そこには崩れかけた石の手すりがあり、その奥は切り立った崖になっていて真下は海だった。

「きっと、祖母はこの崖から海に……転落してしまったのね」

鹿児島県警の見解では、笹倉は幽世島に隠されていると噂されていたキッドの金貨を狙って墓荒らしをしているところを、島民に目撃されたということになっている。

その島民を殺害した笹倉は狂ったように、就寝中の全島民の命を狙った。辛くも三雲英子だけは魔手を逃れて自宅から逃げ出すも、墓地の崖の付近で笹倉ともみ合いになり、最終的には二人は相討ちとなって、致命傷を負った英子が海に転落してしまうという悲劇を迎えた。

これが『幽世島の獣』事件の真相だとされている。

それに対し、『アンソルヴド』誌で加茂冬馬は新説を持ち出していたが……佑樹からすれば、未知の大型犬というのは話を飛躍させすぎとしか思えなかった。

元刑事が語っていた内容も怪しいものだったし、当時の獣医の見解だってどこまで正しいかは分かったものではない。やはり、笹倉の遺体を襲ったのは飼い犬というのが『幽世島の獣』の真実なのだろう。

墓地全体の撮影を終えてから、佑樹は墓石群に取りついていた蔦や雑草をかき分け、三雲英子の墓を探す作業に取り掛かった。三雲が墓参するシーンを撮影する為で、この場面は今回のロケでも重要な部分となる予定だった。

しかしながら、この作業は想像以上に難航した。

墓石群には手では千切れそうにもない茎の太い植物がまとわりついていたし、墓石自体にも泥や土埃が積もっていて、彫られている文字を読み取ることが難しくなっていた。

結局、作業をはじめて数分後には……佑樹は三雲と西城に呼びかけていた。

「道具がないとダメですね。一旦、解散しましょう。英子さんの墓石が見つかるまで、お二人は旧公民館で待機をお願いします」

こういうこともあろうかと、彼は島に折りたたみ式の小ぶりな万能鎌やブラシを持ち込んでいた。それらを持って来れば三十分もしないうちに墓を見つけ出せるだろう。

菜穂子の遺書と新聞記事

〈続木菜穂子の手紙〉

お父さんがこの手紙を読んでいるということは、私はもうこの世にはいないということですね。……最低の書き出しだけど、私らしく後ろをかえりみず続けることにします。

大学の先輩に信用できる人がいるので、私に万一のことがあったらこの手紙を投函するように、その人にお願いしようと思います。お父さんへの感謝の言葉の手紙だと伝えているので、あの人ならきっと中身を見ないという約束も守ってくれるはず。

何から説明すればいいのかな？　やっぱり、こういう時はお父さんに教えてもらった通りにストレートに書くことにします。

今、私は命の危険にさらされています。

普通なら信じてもらうのに苦労しそうだけど、この手紙が届く時には私は既に死んでいるわけだから、きっとお父さんも疑うことなく受け入れてくれると思います。

命を狙われている理由は悲しいくらい単純なもので、ある人物の罪を告発しようとして失敗したのです。

実際に私が行動に出るまでは、彼らも私を説得しようと必死でした。でも、今では気味が悪いくらいに静か。私の番がやって来たということなのだと思います。

でも、死ぬのは私一人で充分です。

誰かを巻き込んだりしない為に、私はお父さんに対しても誰に対しても、何事もなかったかのように振舞い続けるつもりです。

そうすれば、彼らも私のことを身の危険が迫っていることにすら気づかない、バカで鈍感な人間だと思ってくれるに違いないから。私が誰にも何も喋っていないと思わせておけば安全なのです。

子供の頃から夢だったテレビの仕事につけたという意味では、私は幸せ者だと思います。でも、私の職場ではイジメ・パワハラ・セクハラが日常的すぎて、今では何がハラスメントなのかが分からなくなってしまいました。ここにいると、じわじわと正常な感覚が麻痺していくのを感じます。

幸か不幸か、私は配属されてすぐに台風の目とも言うべき二人に気に入られました。Jテレビの木京Pと J制作の海野Dです。

私が望む、望まないにかかわらず、二人に虐められるのもハラスメントを受けるのも、常に私以外の誰かでした。そのせいで自殺者が何人も出ているというのに、Jテレビ内では誰も木京Pには手出しができない、そんな空気が漂っていました。

私がいたのは、そんな狂った世界だったのです。

こんな状況に耐えられるはずもなく、私は何度も会社を辞めようと思いました。でも、テレビ番組の制作の仕事はやりがいがあったし、何より私がいなくなればもっとひどいことが起きる気がして怖かったのです。

私は木京と海野による被害が少しでも減るように、できる限りのことをやりました。こんなの自己満足に過ぎないのだけど、傷つけられた人たちのサポートにまわり、二人の怒りの矛先が誰にも向かわないように……。あの時の私は必死でした。

でも、一か月前の海外出張の時に、全てが変わってしまいました。

私たちは東南アジアの地方都市で行われた映画祭に参加しました。お父さんにも向こうから連絡したから知っているよね？

そこには木京の友人でもあるコガプロの古家社長も来ていました。そしてオフの日に、木京と古家の二人は買春を行って……恐ろしいことに、その女性に暴行を加えて命を奪ってしまったのです。

同じ宿に泊まっていた私と海野は、二人が遺体を捨てに行こうとしているところに出くわしました。遺体の顔は何かで執拗に殴ったように崩れていて、首には絞められた時についた手形が生々しく残っていました。

首を絞めたのは古家だったらしく、彼はかっとしてまた首を絞めてしまったと言って、首に残っている手形から指紋が出るに違いないとひどく怯えていました。

私はすぐに警察へ通報しようとしましたが、海野は二人の言うなりでした。彼は遺体の遺棄に協力し、その間に勝手な行動をさせない為だと言って、私をベッドに縛りつけさえしたのです。

三人が話している内容から、彼らが過去にも海外で知り合った女性二人に睡眠薬を盛ったことがあるのを知りました。目的は考えるまでもないでしょう。その時は薬の効果が出る時間に個人差が生まれ、先に眠り込んだ一人を見てもう一人が異常に気づくことができました。彼女は助けを求めて叫び暴れ、薬の効果が現れるまでに海野の頭を殴って怪我を負わせたようです。けれど抵抗はそれが限界でした。惨（むご）いことに、慌てた古家に首を絞められてしまったのですから。

……結局、私はそれから六時間も縛られていました。

殺されると思うと震えが止まらず、今でもその時のことを夢で繰り返し見るほどです。何より恐ろしかったのは、遺体を捨てに行く三人の様子が完全に手慣れているように見えたことでした。

やがて戻って来た三人は私に沈黙を要求しました。私は恐怖のあまりそれを呑み、そのまま日本に戻ることを選んでしまいました。

帰国してからは、海野が毎日のように私のマンションにまでやって来ました。

海野はあの手この手で私を脅したり宥（なだ）めたり出世を約束したりしながら、秘密を守るように求めました。そのたびに私は沈黙を約束しましたが、彼は私のことを少しも信用していないようでした。

ある時、海野は気持ちが楽になるからと大麻を勧めてきました。

彼は麻薬を常習しており、そのことを木京と古家に知られた為に仕方なく彼らに手を貸していると言うのです。脅されているという意味では、私と似たもの同士なのだと。

でも、これは嘘です。……どうすれば自殺に見せかけて人を殺すことができるか、証拠を残さずに交通事故に見せかけられるか、海野は私に嬉々として語ったのだから。

私は表面的には彼らに服従し、告発の準備を進めました。

日本の警察では海外で起きた事件の調査は無理だろうし、信じてもらえない可能性が高そうに思えたので、マスコミを使うことにしました。仕事で知り合ったT新聞の記者にあらかじめ事情を話しておき、密かに会う約束まで取りつけたのです。

ところが、この判断は間違いでした。

私に親切にしてくれた記者は、木京の息のかかった人間でした。彼女との出会いは仕組まれたもので、私が告発をしようとするか確かめる為の罠だったのです。

気味の悪いことに、私の裏切りを知っても海野は怒りませんでした。ただ、こう告げたのです。

……バカだな、何をやっても無駄。どの出版社・新聞社の上層部にも協力者がいるって知らなかった?

その笑顔は、以前に自殺工作や交通事故に見せかける方法について語っていた時と同じでした。

私は自分の死が避けられないことを悟りました。私にできるのは、これ以上被害者を増やさないことだけです。

最後になりますが、お父さんにお願いがあります。手紙を読み終わったら、お母さんには見せずに燃やしてしまって下さい。

この手紙の目的は三人の罪を告発することではありません。私は既にそれに失敗し、学んだのです。……誰がやったとしても結果は同じ、必ずもみ消されてしまうと。

本当のことを言うと、手紙を残すべきかについても悩みました。

こんなことをすれば、お父さんはとんでもない重荷を背負うことになってしまう。私は誰にも何も知らせずに、ひっそり死ななければならないのかも知れません。

でも、どうしてもお父さんにだけは……全てを理解してもらいたかった。私はお父さんとお母さんを残して死んだりしない。お父さんにはありのままの真実を伝えたかった。

これまでも私は正しいと信じたことしかやって来ませんでした。その生き方に後悔したことはないし、もう一度やり直せるとしても、やっぱり同じことをやると思います。

でも、ユーキに謝ることができないのは心残りだな。一緒に映画を観に行くと言ったのに、その約束を守ることはできそうにもありません。

お父さん、親不孝な私をどうか許して下さい。そして、お母さんのことをお願いします。

二〇一八年十二月五日　菜穂子

〈T新聞　二〇一八年十二月十五日　夕刊〉

「民家全焼、焼け跡から二遺体／東京都江東区」

15日の未明、東京都江東区の続木隆三さん（56）方から出火し、木造二階建て住宅が全焼した。火は5時間ほどで消えたが、焼け跡からは性別不明の2人の遺体が見つかった。F署によると、火災発生時には入院中だった妻の敦子（あつこ）さん（50）は不在で、一人暮らしをしていた隆三さんとは連絡が取れていない。同署では遺体のうち一人は隆三さんの可能性が高いとみて確認を急ぐとともに、出火原因を調べている。


〈T新聞　二〇一八年十二月十七日　朝刊〉

「民家火災、二遺体の身元判明／東京都江東区」

15日に江東区の続木隆三さん（56）方が全焼した火災で、F署は16日、見つかった遺体は隆三さんと娘の菜穂子さん（25）と判明したと発表した。

司法解剖の結果、隆三さんの死因は一酸化炭素中毒とみられ、遺体は2階の寝室で発見された。菜穂子さんの死因は火事とは関係なく、15日に行われる予定だった通夜の為に遺体が自宅に安置されていた。同署は放火の可能性も視野にいれて出火原因の解明を急いでいる。

第三章　本島　撮影中断

二〇一九年十月十六日（水）　一五：一五

墓地から戻る頃には、旧公民館の周囲には美味しそうな香りが漂い出していた。それもそのはずで、信楽がダッチオーブンを使った調理を始めていた。

「今度こそ、一段落ですか？」

信楽の問いかけに佑樹は首を横に振った。

「作業に必要な道具を取りに来ただけ。三雲さんと西城さんの二人はしばらくここで待機だけどね」

いい匂いにつられて急に疲れと空腹を感じて、佑樹はクーラーボックスの中から麦茶のペットボトルを選んで一服することにした。三雲と西城もめいめいにスポーツドリンクとコーヒーを取り出す。

三雲は折り畳み椅子に腰を下ろすと、大きく息を吸い込みながら信楽に問いかけた。

「いい匂い、今日のメニューは何？」

「食べる時のお楽しみってことで。簡易ビュッフェ形式になる予定なんですけどね」

ここで、ふと佑樹は前に信楽が言っていたことを思い出した。

「……そういえば、前に戻って来た時に『三雲班も戻って来た』みたいな話をしていたな。茂手木班も戻って来てるの？」

「びっくりするくらい、早い時間に戻って来てましたよ」

佑樹はちらっと旧公民館の多目的ホールを覗き込んでから問う。

「でも、ここにはいないみたいだ。どこにいるんだろう」

「料理の支度にかかりきりだったので、自分もはっきりとは知らないです。木京Pと古家社長なんていつの間にかコップも瓶も置きっぱなしにしていなくなってたし。二人ともどうしようもなく気まぐれですよね」

カメラを肩に下げたまま煙草を咥えた西城が苦笑いを浮かべる。

「それは毎度のことだよな」

「料理の準備に邪魔だったので、移動してくれたのは普通にありがたかったんですけど」

「おーい、また本音がだだ洩れしてるぞ」

「口が悪くてすみません。きっと今は二人そろって奥の小部屋にいると思いますよ」

多目的ホールには人の気配はなかったけれど、小部屋で昼寝でもしていたら爆音でいびきをかいてもここまでは聞こえないかも知れない。

「……これは何？」

突然、そう言葉を挟んだのは三雲だった。彼女は折り畳みテーブルを指さしている。指で示す先の紙皿には未調理のアジが載っていた。つまみにも見えない。

信楽が照れたような表情になった。

「ああ、さっきの黒猫にあげようと思ったんです。めちゃくちゃ人懐っこそうな子だったから食べてくれるかと思って。……でも、用意している間にどこかに行っちゃいました」

佑樹は例の黒猫の姿を探し求めて周囲を見渡してみたが、残念ながら近くにはいないようだった。少しだけがっかりしつつも、信楽への質問を再開する。

「それで、茂手木班の三人は？」

信楽は小声になって言った。

「撮影の最中に茂手木教授と海野Dが喧嘩になったみたいなんですよね。教授は調べ足りないところがあるから一人で出かけると息巻いてましたし、八名川さんも島の映像がもう少し欲しいって再出発してしまいました。二人ともすぐに戻ると思いますけど」

「海野Dは？」

この質問に信楽は返答に詰まった。

「えっと、海野Dについては僕もさっぱり。何か不機嫌そうにしていましたが、その建物に入った感じもなかった気もするんですよね」

西城は幸せそうにコーヒーを飲みながら言った。

「なら、いつものように煙草だろ」

「そわそわしていたから、ニコチンが切れたのかもですね」

……だとすれば、海野は煙草を吸いに行ったのではないと考えて間違いないだろう。

佑樹はこの半年間で海野がＬＳＤや大麻を常習している証拠を押さえていた。幽世島にもそれらを持ち込んでいるはずで、喫煙と称して薬物を摂取しに行った可能性が非常に高い。

佑樹はボディバッグに差し込んでいたトランシーバーを取り出した。

「連絡してみますか」

そろそろロケの撮れ高の報告をしなければならないタイミングでもあった。彼はトランシーバーに向かって呼びかける。

「こちら竜泉です。海野さん、撮影について報告したいことがあります。至急、旧公民館まで戻って下さい」

ところが、待っても応答はない。

「……どうかしたんですか、海野さん、どうぞ」

一分以上もそんな問いかけを続けているうちに、佑樹は胃の辺りがずしりと重くなるのを感じていた。厄介なことになったと思ったからだ。

薬物中毒の海野のことだ、薬物を多量摂取して昏倒している可能性もある。そして、それは命の危険に直結することでもあった。

……この手で殺す前に、勝手に野垂れ死になんてされたら困る。

佑樹は内心で舌打ちをしながら、トランシーバーを荒っぽくバッグの外ポケットに戻した。それから、三雲と西城に呼びかける。

「反応なしです。急な体調不良かも知れませんし、手分けをして探しましょう。僕は港の側を探しますから、西城さんは旧公民館の裏手を……」

「ちょっといい?」

振り返ると、三雲が強張った顔で彼を見返していた。

「さっきトランシーバーに呼びかけていた時、竜泉さんの声があっちの方からしたような気がして。風に乗って微かに聞こえただけだけど」

「それなら俺も聞いた気がするな」

三雲と西城が指さしていたのは、旧公民館から見て東の方角だった。木々がうっそうと茂っている方向でもあった。

「ちょっと見てきます」

そう言ってから佑樹が歩き始めると、カメラを肩に下げたままの西城がコーヒーのペットボトルを片手について来た。煙草は灰皿に捨ててきたようだ。少し遅れて三雲も……。

西城はペットボトルをリュックに押し込みながら言った。

「海野Dが不注意でトランシーバーを落っことしただけだろ。そんなに深刻な顔をすることもないだろうに」

「最悪の事態を想定しておく方が、かえって安心するんですよ」

そう言いながら、佑樹は再びトランシーバーを取り出して、通話用のボタンを押しつつマイクを何度か指ではじいた。

それに呼応するように、前方の木の向こう側からボフボフという音が返って来る。三雲の言った通り、トランシーバーは彼らの進行方向にあるらしい。場所的には旧公民館の前の広場から五〇メートルほど離れたところだ。

その木は五メートルくらいの高さがあり、葉も大きく針のような形をしている。何よりも特徴的なのはパイナップルに似た実をいくつも実らせていることだった。

それを見た西城は何度か瞬きをする。

「パイナップルの木って、こんなに大きくなるのか?」

「いえ、これはアダンの木ですね」

「アダン?」

「一応、食用になる実らしいですけど、美味しくないみたいです。沖縄ではヤシガニが好んで食べているっぽいですけど」

「……竜泉さんって、見かけによらず博学なんだ」

三雲がからかうような口調で言葉を挟んだ。

「ロケハンで来た時に、ガイドから教えてもらっただけです」

これは嘘で、実際は佑樹が計画の為の下調べとして亜熱帯の植物図鑑を熟読したり、植物園に通い詰めたりして手に入れた知識だった。

計画を立てている時も、不測の事態が起きるのは避けられないと覚悟していた。そういった場合に備えて、彼は特に毒性のある植物や昆虫について重点的に調べつくしていた。もちろん、現地で毒物を調達できるようにする為だ。

熟したアダンの実からは甘い匂いが漂っていた。その木の傍を通りながら、西城は低木の下に落ちているトランシーバーを見つけて指さした。

「ほら、やっぱり落としただけ……」

先にアダンの木の裏側にまで回り込んだ西城はそのまま絶句してしまった。三雲も小さく悲鳴を上げ、ほとんど同時に佑樹も身体を硬直させる。

……パッと見た瞬間、何が起きたのか訳が分からなかった。

紅紫色の大きな花を咲かせた低木の上に、海野が仰向けになって倒れ込んでいる。

低木の高さは六〇センチくらいあったけれど、海野の体重で枝が折れ曲がってしまったらしい。今では彼の身体は花々の中に深く沈み込んでいた。

見ようによっては、花で彩られた自然の低反発ベッドに横になっているように見えなくもない。だが、状況はそんな下らない連想を許すようなものではなかった。

重ね着した海野のTシャツのみぞおちは真っ赤に染まっており、その中心には小さな穴が開いていて、今もそこから血が少しずつ滲(にじ)み出していた。

「……は？」

遺体発見者が上げる第一声としては異常だと分かっていたけれど、抑えようがなかった。佑樹には腹の底から込み上げて来た「何、勝手に殺されてるんだよ」という言葉を押し戻すのが精一杯だったから。

周辺は血だらけだ。海野の全身を包み込んでいる低木の葉にも、やはり血がついている。海野の身体の上には血が擦(こす)れたような跡がついており、周囲の葉や花にも飛沫が飛んだと思われる血痕が多く残っていた。

やがて、西城が震える声で呟いた。

「どう、なってるんだ?」

正直、それは佑樹が一番知りたいことだった。

彼は驚愕で麻痺(まひ)していた頭を必死で働かせ、状況をどうにかして把握しようとした。

まず、海野は身内のスタッフにドッキリを仕掛けるようなタイプではない。そんな可愛げのある性格をしていたなら、多少は救いもあったことだろう。これが自作自演でないとすれば、誰かに先を越されたと考えるしかない。

文字通り、最悪の事態だった。

佑樹は指の爪を手のひらに押し当てて血が出るほどに両手を握りしめた。けれど、今はどんな痛みも、彼の中で荒れ狂っている感情の前ではかき消されてしまう。

もちろん、計画が狂ってしまったことに対する焦りと動揺がない訳ではない。だが、それよりも彼が耐えられなかったのは、菜穂子と隆三の遺体を前に誓ったことを守れなかったことだった。……一体誰が、こんなことを? 自分自身のふがいなさへの憤りのあまり、彼は歯を食いしばった。

見たところ、海野は心臓を刺されているようだった。

その傷跡が小さいことから、凶器はアイスピック状（錐状）のものに違いなかった。それを力任せに引き抜いた為に、周囲に血が飛び散ったのだろう。状況からして自殺であるとも考えにくい。

ちょうど同じことに思い至っていたのか、西城が再び口を開いた。

「これってまるで……『幽世島の獣』事件と同じじゃないか？」

彼の言う通りだ。海野を刺した者がかつて起きた事件の再現を目指しているのは間違いがなさそうだった。

三雲の顔が見る見るうちに真っ青になり、よろめいた。西城が慌てて彼女を支えようとしたけれど、三雲はそれを拒否するようにアダンの木に右手を掛けた。

佑樹自身も頭が脈打つように熱くなって、少しも考えがまとまらない。彼は少しでも自分を落ち着かせようと目を閉じた。

この島に、佑樹以外にも殺意ある人間が紛れ込んでいるのは確かだった。

そもそも海野は恨まれることが異常に多い人間だったというのが悪かったのだろう。あの男に殺意を抱いたことのある人など星の数ほどいる。ある意味、いつ殺されてもおかしくなかった人物だ。

殺人計画を立てて実行しようとした矢先に先を越されてしまう。佑樹もそんな設定の小説や映画は知っていたが、まさか自分の身に起きるとは……。

おまけに、佑樹にとっての『邪魔者』は『プラクティカルな犯行』を目指す彼とは真逆の目標を掲げているらしかった。そうでなければ、過去の事件の再現を目指すようなことはしないだろう。

少しずつ冷静になってきた佑樹はゆっくりと目を開いた。

どこの誰だかは知らないが、これ以上は復讐計画の妨害をさせる訳にはいかない。この状況を打開する策を、彼はたった一つしか思いつかなかった。

海野を殺した邪魔者の正体を突き止めて拘束する……これしかない。

半ばやけくそになりながらも、佑樹は自嘲したくてたまらない気持ちになっていた。よりによって、復讐計画を円滑に遂行する為に探偵ごっこを始める羽目になるとは。竜泉家の家訓である『どんなにあり得ないことでも起こり得る』というのは案外当たっているのかも知れない。

小説などでは、犯罪を目論む者が自分の身を守る為に探偵ごっこを始めるのはよくあることだ。しかしながら、佑樹は自衛することにあまり興味がなかった。

復讐の結果、自分が逮捕されたり、命を落としたりすることがあっても「それはそれで」と甘んじて受け入れるつもりだった。とはいえ、計画の途中で邪魔者に殺されるのは勘弁して欲しいところでもあった。

……何にせよ、一刻も早く邪魔者を特定するしかないな。

彼は手がかりを求めて、事件現場を改めて見回した。

低木の周囲は数メートルにわたって泥がちな地面に覆われており、その上には低木へ向かった人間の足跡が薄っすらと一筋残っている。例外があるとすれば、猫の足跡がそこかしこに残っているくらいで、他にはいかなる足跡も残っていない。

残っている一筋の人間の足跡については、海野のものと考えて間違いないだろう。

そこまで考えたところで佑樹は鈍い頭痛を覚えた。

邪魔者が不可能犯罪めいた『足跡のない殺人』を演出してきたことに気づいたからだった。

全く、どこまでも佑樹とは相容れない存在であるらしい。

「……西城さん、周囲の状況をカメラで撮影して下さい」

彼がそう呼びかけると、心ここにあらずといった様子で立ち尽くしていた西城が戸惑いの表情に変わる。

「え？　でも、流石にこれはテレビでは流せないだろ」

「テレビは関係ありません。島で起きたことを警察に伝える為に、記録に残しておいた方がいいと思うんです」

不意に三雲がもたれかかっていたアダンの木から身体を起こし、掠れ声で言った。

「特に地面に残っている足跡を重点的に撮影した方がいいかも」

佑樹は思わず目を細めた。彼女もそれに気づいていたのが意外だったからだ。

「わ、分かった」

撮影が一通り終わるのを待っている間に、佑樹は低木の周囲に残されていた猫の足跡を確認した。野生化している為か、彼が近所で見かける飼い猫より少しだけ足が大きいらしい。かわいらしい形の足跡はどれも地面にしっかりと深々とした跡を残していたので、足取りは簡単につかめた。

どうやら猫も低木に向かったり離れたりを繰り返していたらしい。中には血を踏んだ後の足跡と思われるものもある。また、低木の傍でジャンプしたらしく、踏み切り跡と思われる痕跡も残っていた。もしかすると海野の遺体を見つけて近づき、驚いて逃げ出したのかも知れない。

佑樹はゆっくりと低木に近づいた。念の為に海野がつけた足跡は消さないようにしたけれど、一歩進むごとに彼の足跡が新たに記録されていく。地面は今もなお軟らかいらしい。

海野の身体は紅紫色の花々の間に埋まり込んでいた。

復讐を誓ったとはいえ、佑樹はこれまで絵にかいたような平穏な人生を歩んできた。今日まで人に怪我をさせたことすらないくらいだった。趣味で推理小説を読みはするものの、明らかに他殺だという遺体を実際に目にしたこともない。まして、これほど異様な『死にざま』を目の当たりにしたのは初めてだった。

ともすれば逃げ出したくなる気持ちを抑え込み、佑樹は海野の首筋に指先を当ててみた。……拍動は感じられない。ただ、その身体にはまだ温もりが強く残っていた。

「ダメです」

五秒ほどで手を離し背後に視線をやると、真後ろに三雲が立っていた。依然として顔色が戻っていない。撮影を中断した西城も近づいて来て不安そうに言う。

「殺された、のか?」

「状況からしてそう考えるしかないでしょうね。体温がほとんど下がっていないことから、刺されたばかりなんだと思います」

「……誰にやられたんだろう?」

「ハッキリしているのは、僕と西城さんと三雲さんではないということです」

そこまで頭が回っていなかったのか、西城はキョトンとしてから慌てたように頷いた。

「そうだ、そうに決まってる」

被せるように三雲が低い声で続ける。

「最後に私たちが海野Dを見たのは、島めぐりの最中に茂手木班とニアミスした時のことだった。それから私たちはずっと一緒に行動していたから、犯人は私たち以外の五人の中にいると考えるべきね」

「……あるいは、この島に俺たち以外の誰かがいるのかも知れない」

西城の口調にはそうあって欲しいという願いが込められているようだった。だが、佑樹にはその可能性は低いように思われて仕方がなかった。

まず幽世島は立ち入りに許可がいる島だったし、財宝伝説があるとはいえ、一般に広く認知されている場所でもない。仮に宝探しをしている輩(やから)が無断で島に入り込んでいたとしても、それがたまたま殺人者だというのは偶然にしてもできすぎだろう。

それよりも海野の人間性を考えれば、近しい人間に殺されたと考える方がしっくりくる。

「……やはり、外部犯によるものではなさそうです」

しゃがみ込んだ佑樹はそう言って顔を上げた。つられるように西城も身体を低くする。低木の下には小ぶりなアイスピックが落ちていた。

「凶器か？」

それは海野の血が滴って(したた)いる辺りに落ちていた。まだ真新しいもので、針の部分は朱に染まっている。三雲は眩暈(めまい)を起こしたように地面に手をついたけれど、やがて目を閉じたまま言った。

「そのアイスピックは、さっきハイボールを作る時に使ったもので間違いないと思う。だって、サイズも形もメーカーのシールも同じだから」

「これが木京Pの持ち込んだもんだとすれば、犯人は宿営地にあったのを持ち出したってことになるな」

西城が唸り(うな)声を上げながらそう言い、佑樹も頷いた。

「そのすぐ隣では信楽くんが料理の仕込みをしていた訳ですからね。島に僕ら以外の人間がいたとしても、危険を冒してアイスピックを取りに行くようなことはしないでしょう」

「確かに」

「それに対しロケスタッフの誰かなら、信楽くんの注意を惹かずにアイスピックを持ち出すことは難しくなかったと思います」

重苦しい沈黙が流れた。やがて、西城が途方に暮れたような表情になって口を開いた。

「こういう場合は、警察が来るまで現場に手を触れてはいけないんだよな？」

「その通りですが、通報したとしても島に警察が来るにはかなり時間がかかりますよね？　それまで犯人が分からないままでは、僕らも不安でたまらないと思うんですが」

　これを聞いた三雲が眉をひそめた。

「まさか、警察が来る前に犯人を捜すつもり？」

「身を守る為にもそうした方がいいかな、と思いまして」

　そのまま二人は探るように見つめ合った。

「……殺人事件に巻き込まれたというのに、どうしてそんなに落ち着き払っているの」

「僕は家訓を守っているだけですよ。その言葉は三雲さんにも当てはまるようですが」

「大声で泣き叫んだり、ヒステリーを起こしたり、気絶したりする方が良かった？」

　彼女はそう言って微笑んだけれど、その努力を裏切るように身体は小刻みに震え続けていた。

　この時になって初めて、佑樹は彼女の強気さは単に虚勢を張っているだけなのだと気づいた。

　彼女の目の奥には激しい怯えがあったし、そこには隠しきれない危うさと儚さのようなものが漂っていた。

　二人の様子を見かねたのか、西城が珍しく情けない声になって言う。

「こんな状況で喧嘩するのは止めてくれよ。お願いだから」

　売り言葉に買い言葉で、佑樹自身も言いすぎたことは後悔していたが、三雲に直接的に謝るのは止めておいた。彼女の虚勢に気づいていないフリを続ける方がいいような気もしたからだ。

「……ひとまず、遺体を木から下ろしましょう」

　それから佑樹と西城は二人がかりで海野の身体を持ち上げた。

力の抜けきった関節はぐにゃりとしていて、持ち上げようとする彼らの腕にまとわりついてきた。佑樹が着ていた灰色のTシャツが血だらけになったけれど、今はそんなことを気にしている場合でもない。

移動させている途中で西城が躓（つまず）きそうになった。

「悪い、海野Dが持っていたトランシーバーに引っかかったんだ。とりあえず、これは低木の下に押し込んどくぞ」

「大丈夫ですか？」

そうやって場所を空け、彼らは海野を地面へと下ろした。佑樹は身体がなくなって窪みができた低木に視線を移す。

彼らが海野を移動させた時に折れた枝を除けば、低木は人の形にきれいに窪んでいたことになる。つまり、彼の身体は低木に倒れ込んだ後は移動させられていないということだ。

窪みの下側の葉にも血が垂れた跡が大量についている。佑樹は訝（いぶか）しく思って海野の身体をひっくり返して背中を確認した。

「う、傷口は背中に抜けるほど深いものだったようですね」

海野のTシャツの背中側にも穴が一つだけ開いていて、今もそこからじわじわと血が滲み出していた。繊維の破れ方から、胸側から刺されたものがTシャツを貫いたと考えて間違いなさそうだった。

西城は我慢がならなくなったように小さく身震いをする。

「犯人はよっぽど強い力で海野Dを刺したのに違いないな」

「私……旧公民館に戻って皆を呼んでくる」

三雲はそう言って、急に顔を背けて後退し始めた。その顔色とよろよろとした足取りから察するに、彼女は今にも吐きそうになっているらしかった。虚勢を張り続けるのも限界を迎えたのだろう。

「おい、勝手に動くなって！」

西城が厳しい声で呼びかけても、三雲は足を止めなかった。

「彼女一人で行かせるのは危険すぎます。西城さんも一緒に行ってあげてくれますか？　遺体は僕が見ていますから」

「すまん」

「できれば、アイスピックがなくなっているかどうかの確認もお願いします」

カメラを小脇に抱えて駆け出した西城の背中を見送ると、佑樹は冷ややかに海野の身体を見下ろした。その胸ポケットからは携帯灰皿が覗いている。……佑樹はその灰皿には隠しスペースがあり、海野がいつもそこに違法薬物の錠剤を仕込んでいることを知っていた。

佑樹は小さくため息をつく。

「こんなことになってしまって、残念としか言いようがないですね。今晩にも僕があなたを殺すはずだったのに」

もちろん海野には何の反応もない。それでも佑樹は敢えて敬語を崩さずに、仕事中に彼に向かって話していたのと同じ口調で続けた。

「間違っても、冗談を言っているなんて思わないで下さい。あなたは続木菜穂子を卑劣な方法で殺害しました。その報いは何としても受けてもらいたかった」

菜穂子の遺書を読んだ時から、佑樹はそこに嘘があると考えたことは一度もなかった。しかしながら、何の裏も取らなかった訳ではない。

まず、佑樹は知人経由で菜穂子が事故を起こした現場のタイヤ痕とスクラップ同然になった軽自動車について情報を集め、独自に他殺の可能性が高いことを突き止めた。更に、続木宅が放火された前後に近隣の防犯カメラに海野の姿が写っていることも確認済みだった。

J制作に入社してからは、四か月以上かけて職場で起きていたこと、東南アジアの某国で起きたことなど、三人の私生活について調べつくした。

その結果、菜穂子の遺書の正確さは次々と裏づけられ、佑樹は今回の計画を実行に移す決心を固めることになったのだった。

ここで佑樹はふっと苦笑いを浮かべる。

「……なのに、僕の手からこうも簡単に逃れてしまうとは困ったものです。全く、あなたの悪運の強さには敵わない」

最後は吐き捨てるようにそう言って、佑樹はゆっくりと立ち上がった。その上で、地面に残った自分や西城たちの足跡に注目する。

西城と二人で海野の身体を持ち上げていた時だけ、わずかに足跡が深くなっているのが分かる。一方で海野がつけたと思われる足跡の深さは、手ぶらの佑樹たちがつけたものと同じくらいで、ごく浅いものだった。……やはり、この足跡は海野が自力で歩いてつけたものと考えるべきだろう。

最後に、彼は低木の上を見上げた。

他の木の枝がせり出しているというようなこともなく、低木の真上は空だった。これでは、枝を使って低木の上に何かを吊り下げるということも難しいだろう。

佑樹は二度目のため息をついた。

「本当は探偵ごっこなんてやりたくもないけど……さっさと事件を解明してしまわないと」

ロケの関係者全員……残る八人がアダンの木の下に揃うまで、五分とかからなかった。

西城と三雲が戻った時には、茂手木と八名川も信楽と合流していたのだという。木京と古家はそれぞれ小部屋のテントで爆睡していた。

佑樹は集まった全員の服装を確認してみたけれど、着替えている者はいなかった。

もともと黒い服の人はいなかったので、血で汚れればすぐに分かるはずだったが、それらしき汚れを付着させている者はいない。もちろん、例外は海野の身体を動かした佑樹と西城だった。

一番遅れて駆けつけて来た信楽などは、衛星電話を握りしめたまま泣きそうな顔になっていた。

「どうしよう、衛星電話が壊れて通報することも助けを呼ぶこともできません」

絵にかいたような最悪の事態に、木京と古家も完全に酔いが醒めた様子だった。ただし、この二人には海野の身に起きたことを悼むような様子は微塵もない。

古家は左手で愛犬タラを抱きかかえたまま、器用にも右手だけで信楽の持っていた衛星電話を奪い取る。

「貸せ！」

気が狂ったようにボタンを連打しながら、古家は言葉にならない叫びを上げた。

これに関して佑樹が言えることは何もなかった。というのも、衛星電話を壊した犯人は佑樹だったからだ。

計画がスタートした後で間違っても怖気づいてしまわないように、佑樹は敢えて背水の陣をしくことにした。その一環として、衛星電話も復旧が完全に不可能な状態にしてしまった。

今にして思えば、失敗だったな……佑樹も内心ではそう後悔はしていたものの、こんな異常事態は予想しようがないことだった。復讐に関係のない人々には気の毒なことになってしまったが。

対極的に、木京は静かだった。彼は誰が死のうとも厄介ごとが起きたとしか感じないらしい。

佑樹は彼がこう呟くのを聞いた。

「これで企画もお蔵入りか、あーあ」

彼は冷たい目をして海野を見下ろし、善後策を考えているのか煙草をゆったりと燻らせている。そんな態度には仲間内でも憤りを覚えるのか、古家は右手を振りかぶって衛星電話を力任せに地面に投げつけて喚き始めた。

「木京、呑気に構えてる場合か！」

それに合わせてタラが激しく吠えはじめる。投げ飛ばされた衛星電話は運悪く大きめの石に激突してアンテナが折れ曲がってしまった。木京は古家に薄笑いを返す。

「……汚ねえな、唾を飛ばすなよ」

「お前！」

古家はタラを地面に下ろして彼に摑みかかろうとした。傍にいた茂手木と八名川が慌てて止めに入る。筋肉質とは程遠い体型をしている古家は、あっさりと羽交い締めにされた。

一方でタラは主人の危機になど興味がないようで、近くにいた佑樹に向かって吠えてから、次に西城に駆け寄ってワンワンいいはじめた。海野の身体を動かした時に服についた血に反応しているのかも知れない。

古家はもう何もしないとジェスチャーで伝えてから、捨て台詞（ぜりふ）を吐き出した。

「ここには状況を理解できるだけの頭を持ったヤツがいないのか？　我々は海野を殺害した犯人にこの島に閉じ込められたんだぞ！」

これは当たらずとも遠からずというところだった。もっとも、佑樹が衛星電話を壊さなくても『邪魔者』がそうした行動に出た可能性は十分にあった訳だが。

自分たちが島に閉じ込められたのは、めいめいが既に気づいていたところだろう。だが、それを改めて言葉にされた衝撃は大きかった様子だ。興奮の反動かぐったりしてしまった古家を含め、全員が黙り込んでしまう。

この隙に、佑樹は海野を発見した経緯について手短に説明をした。要所要所で西城と三雲の補足を受けつつ、西城のカメラで現場を撮影したことも伝えた。加えて、三雲班には犯行が不可能だということもはっきりとさせておく。

説明が終盤にさしかかった頃、どこかから「マァウ」という声が聞こえた。

佑樹は驚いて飛び上がりそうになったけれど、すぐに例の黒猫の鳴き声だと気づいた。彼は慌ててその姿を探し求める。

黒猫は彼らから二〇メートルほど離れた木の根元に寝転がっていた。近くを舞う蝶に右前足でパンチを繰り出している。

タラが標的を黒猫に切り替えて激しく唸り始めた。それに気づいた古家は慌てて飼い犬を抱き上げる。

「病気がうつるから近づいちゃダメだよぉ、タラちゃん」

黒猫はチラッと視線をタラに向けただけで、寝そべったままの姿勢は崩さなかった。佑樹が完全に黒猫に気を取られている隙に、三雲が口を開いていた。

「……凶器がアイスピックであることから、私たちの中に犯人がいると考えるしかない。悪いけど、全員のアリバイについて確認する必要があるの」

彼女は言葉をオブラートに包む気がないらしい。案の定、場の雰囲気が凍りつき、再びヒートアップを始めた古家に充血した目で睨まれた。

「警察気取りか？　無駄金喰いの歌手の分際で、たった一度テレビの仕事がついたぐらいで自分が特別な存在になったなどと思うな」

　先ほどの鬱憤を晴らすように悪意を込めて吐き出された言葉に、三雲はすとんと表情を失った。これと似た顔を佑樹は何度か見たことがあった。木京や海野の暴言を受けた時の、精神のバランスを崩して入院をする直前の人々が浮かべていたものだ。

　佑樹は黙っていられなくなって口を開く。

「お言葉ではありますが……衛星電話が使えない以上、船が来るまで島から出る術はありません。これから十月十八日まであと二日、手をこまねいていることが得策とは思えませんよ」

　古家は口答えした若造は誰だと目を細めた。

「お前は確か、Ｊ制作のＡＤだったか？　さっきも木京にふざけたことばかり言っていたようだが」

「ええ。名前もちゃんとあって、竜泉佑樹といいます」

　彼の苗字は権力に弱いタイプの人間に劇的な効果を示すことが多い。案の定、古家も一瞬たじろいだ様子だった。それでも、すぐに小馬鹿にしたような態度を取り戻す。

「どうしようもないぼんぼんが部下にいて、扱いに困っているというのは木京から聞いたことがある」

「……ぼんぼんというのは、関西で『坊ちゃん』という意味で使われる言葉ですよね？」

古家が怒りの為か息を詰まらせたところで、木京が吸いさしの煙草を指で弾いて捨てつつ、前に進み出た。

「天然ボケの演技は止めろ。こんなクソみたいな状況にそんなものを重ね掛けされたら反吐が出そうだ」

佑樹は雑草の上に落ちた煙草を足で踏み消してから拾い上げた。

「今のは演技じゃなく、素で『ぼんぼんって何だっけ？』と思っただけなんですが……。とりあえず、了解しました」

木京がふっと笑う。

「面の皮が厚いヤツだ。事前に犯行が不可能だと分かっていなかったら、お前が容疑者の筆頭に躍り出るところだぞ」

どうやら、佑樹は木京に要警戒人物として認定されてしまったらしい。

そういう意味で失策だったのは間違いなかったけれど、今は邪魔者を一刻も早く排除することを考えた方が良さそうだった。

「話を戻しますが、海野さんを殺害した犯人はアリバイ調査なしでも突き止めることができます」

彼が続けた言葉を全員が呑み込むまでに、たっぷり十秒はかかっただろうか。黒猫は相変わらず木の根元にのんびりと寝そべっている。

まず口火を切ったのは八名川だった。彼女は腕組みをして言う。

「私は別に自分の行動を説明するのに抵抗がある訳やないよ。……ただ、私と茂手木教授は撮影を終えてからそれぞれ単独行動してた時間が多いから、容疑者の一人ってことになってまうんやろな」

茂手木も渋々といった様子で口を開く。

「私は港の付近でコノハチョウを見かけたものだから調べていただけだ。あれは準絶滅危惧種だし、この島での目撃例は少ないからね。でも、それだけのことで犯人呼ばわりされる筋合いはない」

その言葉につられるように八名川も再び口を開く。

「私かて怪しいことをしてたんやないで？　島の色んな所を撮影しとこうと思ただけやし」

「それにしちゃ、戻って来るのが早くないか？」

こう指摘をしたのは同じくカメラマンである西城だった。

「そもそも撮影が中断されたんは、教授と海野Dが言い合いをしたことが始まりやったからね。そろそろ和解してる頃ちゃうかなと思て様子を見に来ただけ。……もちろん、途中で誰にも会うてないからアリバイにも何にもならへんけど」

自分たちばかりが疑われるのが我慢ならないのか、茂手木が鋭く言った。

「なら、一人で料理してた信楽くんも怪しいな。多少持ち場を離れていても誰も気にしないだろうし、自由に動ける時間があったことになるからね」

名指しをされた信楽はむくれた様子でこう返す。

「それは木京Pも古家社長も同じでしょ？　自分は料理に集中していたので、二人がいつまでだらだらハイボールを飲んでたかも覚えていないし、何となく旧公民館に入ったような気はするけど、それだってちゃんと見ていた訳じゃないし」

またしても彼は本音をボロボロと零しまくった。

これはうっかりというより、このロケが終わったらバイトを辞めようと決心しているからかも知れない。仕事を辞める決心をした人間は怖いもの知らずになるというが、信楽もその例に漏れずに古家に睨まれても、タラに吠えたてられても平然としていた。

突然、低い声を立てて木京が笑い出した。

「何だよ、アリバイの有無は関係ねえと聞いたら、皆して女みたいに口が軽くなりやがって。……ちなみに俺はいつ飲むのを止めたのかすら覚えちゃいない。解散してからはテントで爆睡してたな。だから、古家があれからどうしていたのかも知らない」

古家は沈黙することで消極的にその内容を認めた。どうやらアリバイがないのが自分一人ではないと知って、少しばかり安心している様子だ。

佑樹は苦笑いを浮かべる。

「わざわざ説明してもらって悪いんですが、本当にアリバイの有無は関係ないんですよ」

「じゃあ、何が問題なの？」

そう言った三雲の口調には挑戦するような響きがあった。

「真相はかなり単純なんですが……一番の問題は、皆さんを納得させることができるかということにかかってまして」

案の定、ほとんどの人はもったいぶらずに話せという表情に変わっていた。例外は三雲で、彼女だけは苛立ちよりも恐怖心が先に立っているように見えた。

その表情をしっかりと記憶に刻み込みつつ、佑樹は息を吸い込んでから続ける。

「この現場には不可解な点が二つあります。一つは既に説明しましたが、周囲に犯人のものと思われる足跡がないことです」

それを聞いた茂手木が肩を竦める。

「犯人が何らかのトリックを使ったというだけの話だろう。状況から考えて、アイスピックをダーツの要領で投げたんだと思うね」

それを聞いた佑樹は口を半開きにしてしまった。

茂手木がこれほど雑な推理を述べるタイプの人間だとは思わなかったからだ。元々の計画では、彼はダミーの真相を語らせる探偵役ということになっていた。……どうやら配役を考え直す必要がありそうだ。

佑樹は内心でため息をつきながら言った。

「お言葉ですが、アイスピックを投げたくらいでは背中に抜けるほど深い傷にはなりませんよ」

「じゃあ、遺体を何かで吊り上げて低木まで移動させたのに違いない。それしかない」

「見ての通り、あの木の上には他の木の枝はせり出していません。枝にロープをかけて遺体を引っ張り上げて移動させるのも不可能です」

「だったら、あれだ。巨大なドローンを使って……」

茂手木のトンデモ推理を聞いている暇はなかったので、佑樹はそれを遮る。

「足跡がないことは置いておきましょう。それよりも、先に『犯人は何故、わざわざ武器を引き抜いたか』ということについて考えた方がいいと思います」

この言葉に信楽がハッとした様子で口を開く。

「ほんとだ。凶器さえ抜かなければ、周囲があんなに血だらけになることもなかったのに」

「武器を抜くということは返り血を浴びることにもつながるので、犯人にとっては不利な行動です。それにも拘らず抜いたということは、犯人にはそうせざるを得ない理由があったと考えるべきでしょう」

この言葉がキッカケとなったように全員が互いの服を確認し始める。中には身の潔白を証明しようと自ら背中を見せる者もいた。

「でも、返り血を浴びている人も着替えている人もいないみたいですよ？　あ、竜泉さんと西城さんの服には血がついてるけど、お二人はアリバイがありますから」

信楽の反論に佑樹は頷いた。

「犯人は返り血を浴びないようにレインコートのようなものを用意していた。あるいは、犯人には今も血が付着しているけれど、誰も血がついていることに気づいていない。……この二つのどちらかだと思います」

「二番目の方はあり得ないでしょう？　黒い服を着ている人はいませんから、皆さん血がついたらすぐに分かってしまいますよ」

その指摘はもっともだったが、佑樹は必ずしもそうではないと考えていた。ここで僅かばかりの沈黙が訪れた隙を狙いすましたように、茂手木が再び口を開く。

「犯人が凶器を抜いた理由について考えてみよう。……アイスピックは遺体のすぐ傍に落ちていたから、凶器を隠すのが目的じゃなさそうだな。それなら、現場が既に別の血で汚れていたことを隠す為に、新しい血をばらまいたと考えるしかないね」

この迷推理はスルーして、佑樹はハンカチ越しに低木の下に落ちていたアイスピックを拾い上げた。

「あまりに単純な話なので気づいている人が多いんじゃないかと思いますが、このアイスピックは海野Dを殺害した凶器ではありません。……見ての通り、針の部分が短すぎますからね」

そう言いながら佑樹はアイスピックの針を指差す。三雲はハイボールを作る時にアイスピックを実際に使っていたので、彼の言葉が正しいことを真っ先に認めた。

「その通りね。針が六センチほどしかないんじゃ、人間の胸板を貫くには足りない」

「携帯用に便利なミニサイズを選んだからな。そりゃそうだ」

アイスピックの持ち主である木京もそう言葉を挟んだ。

「これで前提としていたことが一つ崩れました。犯人はアイスピックではない何かを使って海野Dを殺害した。……となると、犯人はその何かを遺体に残しておくことができなかったから、やむを得ずに引き抜いたと考えることができるようになります」

ここで西城が小さく唸り声を立てた。

「わざわざ偽の凶器まで用意していた訳だから、その何かは犯人が誰かを特定しかねない、危険なものだったってことになりそうだな？」

「……普通でないものだったのは確かだと思います」

佑樹が目を伏せてそう言うと、再び茂手木が口を挟んでくる。

「じゃあ、凶器はボウガンの矢だったんだ。海野が低木の傍に立っている時に狙えば、足跡をつけずに犯行に及ぶことができる」

今回の推理に関しては佑樹も無視をする訳にはいかなかった。

「ボウガンの矢でも、あれほど深い傷が作れるかは微妙だと思います。今回の場合、放った矢を回収する為に紐をつける必要がある訳ですし」

矢に紐をつければ空気抵抗が増して威力が落ちてしまう。佑樹は更に続けた。

「仮にそうやったとしても、犯人が矢を回収することができたかには疑問が残ります」

「どうして？」

「背中まで貫通した矢は、そう簡単には抜けないでしょう。それどころか、矢と一緒に遺体が引っ張られて動いてしまう可能性の方が高いと思います」

ここで佑樹は西城の撮影した映像の助けも借りつつ……低木にできた窪みの跡から、低木に倒れ込んでから海野の身体が動かされた痕跡がなかったことを示した。

八名川はカメラに残された映像を熱心に確認しながら言った。

「周囲に残ってる血痕を見る限り、凶器を引き抜いた後に遺体を移動させて低木のとこに放置したって訳でもなさそうやね？　もしそうなら、低木の周囲にはもっと血が垂れてないと辻褄が合わへんもん」

「その通りです」

「やとしたら……凶器が何にせよ、犯人は凶器を引き抜く為に遺体の傍にまで行かなあかんかったことにならへん？」

「ええ、僕は犯人が自らの手で武器を引き抜いたのは間違いないと思っています」

それまで黙って話を聞いていた木京が笑い始めた。

「そいつは現場に足跡がない状況と矛盾するな。依然として事件が不可解なのには変わりないし、一ミリも前進してねえぞ？」

「いえいえ、犯人特定まであと一歩ですよ。……少なくとも、犯人の行動に新しい矛盾が見つかりましたからね。この犯人は『計画的で用心深いはずなのに、考えが浅くて無用心』なんです」

「何だ、そりゃ」

「具体的に言うと、犯人には足跡のない現場を作り上げて我々を混乱させたり、返り血を浴びない対策をとったりする計画性や用心深さがあります。……その一方で、現場に残しておくことができない武器を使ってしまったり、アイスピックを偽の凶器として用意したのに海野Dを深く刺しすぎたりする、考えの浅さと無用心さも持ち合わせているんですよ」

　木京は少しだけ感心したように息を吐き出した。

「言われてみりゃ、確かにそうだな」

「このロケはまだまだ続きます。海野Dに殺意を抱いていたとしても、犯人は慌てることはなかったはずなんです。別の凶器を用意した上で海野Dを襲うこともできたでしょう」

　これは佑樹自身の実経験でもあった。彼は皆が寝静まった頃合いを見計らって犯行に及ぶつもりだった。邪魔者がそうしなかった理由について、彼はずっと頭を悩ませていた。

「……で、その矛盾をどう解消する？」

「犯人の行動の傾向を分析してみれば、解決の糸口が見えてきますよ。旧公民館の近くで白昼堂々と海野Dを襲えば、誰かにその音を聞きつけられる恐れもあったはずです。今回、誰にも目撃されずにすんだのは運が良かったにすぎないんです」

　その言葉に三雲が大きく頷いた。

「犯人は『考えが浅くて無用心』の方にプラス一点ね」

「仮にですが『考えが浅くて無用心』という性質が強いのだとすれば……計画性があって用心深い行動だと僕らが思っていたものも、実はそうじゃないのかも知れません」

　三雲は彼の発言の意図が分からなかった様子で黙り込んでしまった。代わりに口を開いたのは目を見開いた茂手木だった。

「まさか、犯人は足跡トリックを使った訳でもないし、返り血の対策もしていなかったというのか？」

「ええ、犯人はそもそも足跡トリックを使う必要がなかったし、返り血を浴びていることも誰にも気づかれずにすんでいるんです」

「……おかしいな。それだと、犯人は私たち八人の中にいないことになってしまう」

「それが真相です」

言葉の意味を反芻（はんすう）するように茂手木は口の中で何やら呟いていたけれど、やがて周囲を見渡して一点に目を留める。

「ああ、君の言っている意味が分かったよ。確かに犯人の条件を満たすモノがいるね」

彼が指差す先には例の黒猫がいた。その名の通り、血がついても分からない漆黒の毛並みを持っている。

佑樹は黒猫から目を離さずに大きく頷いた。

「正解です。海野Dを殺したのはあの生き物に違いありません」

第四章　本島　異常事態

二〇一九年十月十六日（水）　一六：二〇

黒猫は昼寝でもしているのか、目を閉じている。

常軌を逸していると思われても仕方のない推理に対し、最初にヒステリックな反応を見せたのは古家だった。彼は甲高い笑い声を上げる。

「今までの思わせぶりな時間は何だったんだ？　猫が犯人だなんて馬鹿げた真相があってたまるか！」

この反応は想定の範囲内だったので、佑樹は諦めにも似た気持ちになる。

「猫の姿をしているので便宜上、黒猫と呼ぶしかないでしょうが……あれはそもそも猫ではありません」

佑樹が真顔でそう返すと、次第に古家の頬の筋肉がピクピクと痙攣(けいれん)し始めた。

「まだふざける気か！　猫じゃないなら何なんだ」

「僕にも分かりません。言えるのは文字通り未知の生き物ということだけです。もしかすると、クリーチャーと呼ぶのが相応(ふさわ)しいのかも知れませんね」

三雲がひゅっと息を呑む音が聞こえた。だが、それは他の全員が大騒ぎしたことでかき消されてしまう。

非難の嵐の真ん中で、佑樹は苦笑いを浮かべるしかなかった。

「だから、言ったじゃないですか。一番の問題は皆さんを納得させることができるかだって……。僕を張り倒したくなるのも分かりますが、ひとまず説明を聞いて下さい」

渋々全員が大人しくなったのを確認してから、佑樹は再び口を開いた。

「本当なら、もっと早く気づくべきでした。僕はこの中で最初に黒猫に出会った一人ですし、その時からヒントを何度も手にしていたんですから」

これを受けて西城は少しでも佑樹の言っていることを理解しようと悪戦苦闘しているようだったけれど、すぐに諦めたらしく口を開く。

「悪いが、何がなんだかサッパリだ。どう見ても普通の猫だぞ」

「あの生き物と最初に会った時、僕は変わった猫だという印象を受けたんですよ。……例えば、黒猫が段差を飛び降りた時に鈍く大きな着地音を響かせたんですが」

「うーん、記憶にないな」

「それから、海の砂利道を歩いている時にも黒猫に踏んづけられた小石が擦(こす)れて、人間が踏んづけた時のようにコリコリと音を立てていました」

西城はやはりピンとこないらしい。同じ場面を目撃していた三雲も佑樹を支持する訳でもなく否定する訳でもなく、唇を固く結んだまま何も言わなかった。

二人から同意が得られなくても、佑樹は慌てなかった。

「黒猫と会った時の一部始終はカメラに記録されていますし、運がよければ音も拾えているかも知れません」

ここで西城は髪の毛をわしゃわしゃとしながら呟く。

「何となく思い出してきた。海の道では確かに音がしてた気もする。だが、仮に着地音や足音が変だったとして、猫じゃないこととどう関係するんだ？」

「注目すべきは体重です」

「体重？」

「僕も子供の頃に猫を飼っていたから知っていますが、猫というのは基本的に身体能力の高い、身軽な生き物です。だから、土や草で覆われた地面に飛び降りた時に重量級の着地音を立てたりしませんし、砂利の上を歩く時にもあまり音がしません」

菜穂子の飼っていたメイもそうだった。彼女は貴婦人のようにツンと澄ましていたし、自分が望む時には全くと言っていいほど音を立てない術(すべ)を心得ていたのだから。

ここで佑樹の言葉を補足するように、茂手木教授が口を開いた。

「竜泉さんの言うことは正しそうだ。……そもそもイエネコの平均体重は三～五キロくらいしかない。この黒猫もサイズと体型は普通の飼い猫と変わらないから、本来なら体重も平均の範囲に納まっていて然るべきということになる」

「そうなんですよ。せいぜい三～五キロしかない猫が飛び降りたり歩いたりするくらいで、あんな音がするのはあり得ないことなんです」

佑樹が続けると、今度は西城も反論の言葉を思いつかなかったらしく弱々しく呟いた。

「言われてみれば、変だな」

茂手木はおもむろに腕組みをして、佑樹の方に向き直った。

「つまり、竜泉さんはこう考えた訳だね？　あのサイズでそんなに体重の重い猫は存在しない。よってあそこにいるのは猫ではあり得ない、と……」

本人も何度かトンデモ推理を披露しているだけあって、茂手木は話の内容がぶっ飛んでいても受け入れるだけの柔軟さがあるらしい。それどころか目が輝いてすらいた。

とはいえ……こんな反応を示す人間はごく少数しかいない。案の定、他の面々からは、到底容認できないという空気が漂っていた。

それを最初に言葉にしたのは木京だった。彼は茂手木に対して小馬鹿にしたように言う。

「あっさりと乗せられてんじゃねえぞ、先生？　よくそれで教授になれたもんだな」

「何を、失礼な！」

「とりあえず目を覚ませ。竜泉には犯人を突き止める気なんてハナからねえんだよ。俺たちに『幽世島（かくりよじま）の獣』が実在すると、無理くり信じさせようとしているだけだ」

そう一息で捲（まく）し立ててから、木京はくるりと佑樹の方を向いた。

「何のつもりか知らないが、そんな前時代的な説明に納得するようなバカはここにはいない。……そもそも、体重が異常だという根拠は『音がした』とか何とか、あやふやなものばかりだ。

そんなもんに信憑性の欠片もねえな」

その反論は折り込みずみだったので、佑樹は苦笑いを浮かべた。

「まあ、普通はそう考えるでしょうね。ところが、猫の体重が普通じゃないという証拠は、今もこの現場に残っているんですよ」

木京を含む全員の視線が低木の周囲に集中した。

残っていた足跡は既に踏み荒らされて分かりにくくなっていたけれど、無事に残っているものもかなりの数あった。やがて、地面に顔を近づけて足跡を調べていた信楽が悲鳴を上げた。どうやら彼が最初に佑樹の言葉の意味を悟ったらしい。

信楽の目の前には猫の足跡があった。

人間が残した足跡はどれも泥にごく浅い薄い跡を残しているだけなのに対し、猫の足跡は地面にしっかりと深々とした跡を残していた。

「見ての通り、猫の足跡だけが異常に深いんですよ。僕と西城さんが海野Dを木から下ろした時でさえ、僕らの足跡はわずかに深くなっただけでした。これはつまり、猫の足裏がかけた圧力の方が、我々の靴がかけた圧力よりも何倍も大きかったってことです」

木京はじろりと佑樹を睨んだ。

「詭弁だ。猫の足裏は人間の足裏に比べてずっと小さい。そのせいで、体重が軽くても泥に深く跡が残っただけなんじゃねえのか？」

「あり得ないと思います」

「どうして」

「だって、仮に猫の足裏の大きさが人間の十分の一以下だとしても、体重も同じように十分の一以下しかないんですよ？」

茂手木も小さく頷いた。

「おまけに猫は四足歩行だ。歩いている時に一つの足にかかる体重は二足歩行の人間よりも分散される。……人間よりもこれほどまで足跡が深くなることはなさそうだね」

これには一瞬怯(ひる)んだようだったが、すぐに木京は言い返していた。

「なら、猫の足跡は雨が降った後、泥が固くなる前につけられたものだったんだろ。水気が多い時分についた足跡なら、深くても問題ない」

佑樹は大きく首を横に振ってから口を開いた。

「それも違います。足跡の中には猫が血を踏んだ後につけたと思われるものも残っていますから。ほら、ちょうど木京Pと古家社長の真下にありますよ」

古家が奇声を上げて飛び下がり、木京も無言のまま数歩後退した。今や二人の目は地面に釘づけになっている。

これまで最も否定的だった二人が黙り込んだことにより、場の空気が変わった。残りの人々もつられるように佑樹の言葉に一理あると認めはじめたらしい。

黒猫は未だ眠りこけたままだった。その姿を気味悪そうに見やりながら、八名川はショートヘアの髪に手をやる。

「竜泉くん。黒猫が犯人やとしても、説明がつかないことが多すぎへん？」

「同感です」

これは佑樹の心の底から出た言葉だった。八名川も脱力したような笑い声を立てる。

「いやいや、堂々と推理を披露しといてそれはないやろ？」

「正直に言うと、猫の姿をした何かがいると分かった時点で、完全にお手上げでした。……ここにいるのは未知のクリーチャーです。その生態も何も分かっていない状況で事件の推理を試みるなんて、前代未聞。完全に無茶な話ですよ」

「はは、その気持ちは分からへんこともないけど」

「とにかくアンフェアなんです。情報が完全に不足していますし、不確定要素が多すぎて、真相を言い当てることなんてできっこありません」

想いをひとしきりぶちまけて気がすんだところで、気持ちを落ち着けてから佑樹は改めて続けた。

「とは言いましたが……これまでに集まった情報から、例の黒猫の生態や習性について推理して仮説を立てて行くことは可能かも知れません」

突然、茂手木が感心したような呻き声を上げたので、佑樹はぎょっとした。

「どうかしたんですか？」

茂手木は勿体つけた口調になって言う。

「推理小説には『特殊設定ミステリ』というジャンルがあってね」

「はあ」

「その中では、物語世界だけで通用する超自然的な現象が登場し、それにまつわる特別ルールが提供されるのがお約束になっている。そして、その特別ルールが謎解きの前提条件になるんだ」

佑樹もそういった本を読んだことがあったので、ジャンルとしての存在は知っていた。ミステリとSFやホラー・ファンタジーの設定を絡めたもので、最近は少し人気が出ているらしい。

だがそれが分かったところで、茂手木が何を言おうとしているのか予測がつかないのは相変わらずだった。話の先行きが見えず、佑樹は次第に不安になってくる。

「あの、それが事件と何か関係があるんですか？」

「もちろんあるさ。今回の事件はフィクションの『特殊設定ミステリ』に近いところがあると思うんだ」

「……死者も出ているこの状況で、よく推理小説と比較しようと思いましたね？」

佑樹は皮肉を言ったつもりだったのに、教授はどこ吹く風で話を続ける。

「これは現実に起きていることだから、この島だけで通用する特別ルールを教えてくれる人など存在しない。……だから、我々は襲撃してくるクリーチャーが残した些細な手がかりから、特別ルールが何なのかを自力で突き止める必要がある。これこそ竜泉くんがやろうとしていた推理という訳だね」

木京や古家を含めた残りの六人は、茂手木の発言を不謹慎だと憤るだけの気力を失っている様子だった。あるいは言っても無駄な人物と判断したのかも知れない。

　佑樹は困惑を深めつつも、仕方なく応じる。

「確かに、クリーチャーの生態や習性が分かれば、事件を推理する為の足掛かりも増えていくことにはなると思います。でも……」

「そこなんだよ！　この事件の最大の特徴は、解決に二段階の推理が必要になるというところにある。仮にこれを『襲撃の謎』と名づけることにしようか？」

「いや、『日常の謎』みたいなノリで言われても、困るんですが」

　反論するのが馬鹿らしくなりつつも、佑樹は口の中でそう呟いた。だが、声が小さすぎたのか茂手木には届かなかったらしい。

「『襲撃の謎』の推理の第一段階は『特別ルールを把握するべく推理を積み重ねていくこと』。そして推理の第二段階は……『正しいと判明した特別ルールを踏まえて真相を推理すること』だ」

　今では茂手木は完全に自分の言葉に酔っているらしかった。彼は更に続ける。

「うん、推理小説で例がない訳じゃないが、それでも興味深い」

　何言ってるんだろう、コイツ？　いよいよ茂手木が手に負えなくなってきて、佑樹もついに黙り込んでしまった。

　このままだと茂手木の独壇場が続くと思ったからか、ここで西城が抵抗を見せた。彼は茂手木が再び口を開こうとするのを「させるものか」と強引に言葉を挟んだ。

「竜泉に聞きたいんだが……あの黒猫から身を守る為にはどうすればいい？　あれがどんな生き物なのか、何か考えはないのか？」

何とか話の主導権を取り戻すことに成功し、佑樹は説明を再開する。

「まず、あのクリーチャーが僕らの常識を超える物質で構成されているのは間違いないと思います。足跡の深さから考えて、普通の猫の何倍もの体重がありますからね。……それどころか、身体を構成する物質の比重が重金属並みという可能性もあると思います」

これを受けて西城が力なく笑い始めた。

「おいおい、それじゃ金属でできた生命体ってことになってしまうじゃないか！」

「実際、そうなのかも知れません」

佑樹がそうポツリと漏らすと、西城は木の根元に丸まっている黒猫を見つめて表情を凍りつかせた。

「嘘だろ？」

「その上、このクリーチャーは少なくとも、見た目は完璧に猫になりすましています。身体の形を変える能力も持っていることになりそうですね」

変幻自在の金属生命体……。佑樹の説明を聞いた瞬間に、この場にいる全員の頭に某ＳＦ映画のタイトルが浮かんだはずだった。もっとも、映画に登場するのは一種のアンドロイドであって生き物ではなかったが。

当てこすりのように木京がその映画のメインテーマを口ずさみ始めた。佑樹はそれを無視して続ける。

「映画でも出てきましたが……身体の形を変えられるということは、身体の一部を刃物のように変形させて武器にすることもできるのかも知れません」

ずっと話に割り込む隙を狙っていたのか、茂手木が再び唸り声を上げる。

「これもまた、興味深いな」

何を言い出すのかと佑樹は身構えたけれど、今回の発言は比較的まともだった。

「……つまり、犯人は『真の凶器を残せば、そこから辿られて自分の正体がバレてしまう』と思って凶器を回収したんじゃなかった訳だ。身体の一部を凶器にしたのなら、それを現場に残しておくことは文字通り不可能だっただろうからね」

佑樹は茂手木が更に言葉を続けないうちに、慌てて口を開く。

「海野Dは低木の傍で煙草を吸おうとしていたんでしょう。一方で黒猫は単独行動をする人間を探していた。もちろん、自らの獲物にする為にです」

実際の海野は薬物を摂取しようとしていたはずだったが、その辺りはここで細かく説明する必要はない。

「黒猫が寄って来たところで警戒する人はあまりいません。特に人懐こい様子で近づいて来た場合はそうです。そうやって海野Dを油断させておいて、黒猫は彼に飛びかかって心臓を刺したんです」

海野の体重とクリーチャーの体重が二重にかかったことで、低木は太い枝も含めて完全に折れてしまったのだろう。

「そして、誤って胸を深く刺しすぎて貫通してしまったということか」

西城の呟きに対し、佑樹は小さく頷いた。

「だと思います。……犯行に及ぶ前、黒猫は僕らと一緒に旧公民館に行きましたよね？　その時にアイスピックを見つけ、偽の凶器に見せかけようと考えて拾っておいたんでしょう」

「おかしくないか？　人間でもないのにアイスピックを置いて偽装工作をする理由が分からない。クリーチャーが犯人なら、自分がやったと知られたところで痛くも痒くもないだろうに」

「多分、『海野Dを殺害した犯人は人間』と誤認させたかったんじゃないでしょうか。凶器がアイスピックなら、僕らは自分たちの中に犯人がいると思いますからね。少なくとも、猫が犯人だとは考えない」

この説明に西城は眉をひそめた。

「俺たちを仲間割れさせるのが目的だったのか」

「いや、続けて僕らを襲おうとしたんだと思います。猫の姿で油断させておいて、一人ずつ確実に餌食にするつもりだったんじゃないかと」

信楽が裏返った声を上げた。

「え……あの黒猫にそこまでの知能があるなんて、言わないですよね？」

黒猫は時折、尻尾を動かしてはいるものの、目を閉じたままだし、まだ逃げるような素振りは見せない。

佑樹は苦笑いを浮かべるしかなかった。

「残念ながら、あの黒猫が人間に近い知能を持っているのは間違いないと思います。やや詰めが甘い傾向があるようですが」

心底ゾッとしたように信楽は身体を縮こまらせた。その上で泣きそうな声になる。

「ということは、四十五年前にこの島で起きた事件の犯人も……？」

「未知の生き物が実在することが確認された以上、全ての前提が覆（くつがえ）ってしまいました。当時の事件も同じクリーチャーが引き起こしたものだった可能性は高いと思います」

それまで黙り込んでいた木京が低い声を出した。

「実際、この訳の分からねえ生き物は、獲物を殺す時に心臓を一刺しにする習性があるみたいだからな。あの事件との共通点は多い……」

当時の警察の記録でも、現場から凶器が見つからなかったとされている。あの時も凶器がその生物の身体そのものだったとすれば、不思議でも何でもなかったことになった。

佑樹は大きく息を吸い込んでから続ける。

「『幽世島の獣』は実在していたみたいですね」

佑樹の話が終わるのに合わせて、黒猫が金色の目を開いた。それから身体を起こして優雅な伸びをする。その仕草には焦りの欠片も見られない。

木京が顔を歪（ゆが）め、吐き出すように言った。

「まさか、俺たちの喋っている内容まで理解しているってことはねえよな？」

黒猫は木の根元を離れて、ゆったりとした足取りでこちらに向かって来る。

口角はきゅっと吊り上げられ、目は三日月の形に細められていた。その表情はもう猫ではなく、目の前にいる人間たちを心の底から嘲笑っているようだった。

「僕も信じたくはないですが……ある程度は言葉を理解しているみたいですね」

佑樹の言葉に応じるように猫が小さく鳴いた。

「ニャオォ」

その甘えるような声さえ、今はただただ不気味にしか聞こえない。

黒猫との距離が縮まるにつれて、恐怖に駆られたように後じさりを始める人が一人二人と増えていった。結局、猫が三メートルの距離に近づくまで留まっていたのは佑樹と三雲の二人だけだった。

不意に黒猫が立ち止まった。もう笑ってはいなかったけれど、彼らを見上げる双眸だけが爛爛とした輝きを帯びている。

佑樹はどうにか不敵に見える微笑みを作ると、黒猫に語りかけた。

「……どうして逃げないのか、って？」

黒猫は佑樹をじっと見つめる。彼はそれを続けろという意味に解釈して更に口を開く。

「理由は簡単。お前が大きな脅威になる存在ではないと分かっているからだ」

それまでリラックスしきっていた黒猫に緊張が走り、毛が逆立った。

これは佑樹がカマをかけるつもりで放った言葉だったのだが、どうやら図星だったらしい。それを知った彼は畳みかけるように続けた。

「お前は僕らが複数人数で固まっている時には攻撃を仕掛けず、単独行動をしている人間を狙っている。……人間と一対一でやり合う分には勝ち目はあるが、それ以上になると危うくなると考えたからなんだろう?」

今では黒猫の耳が後ろに倒れ、尻尾が後ろの足の間に巻き込まれていた。これは怯えているサインだった。

「つまり、お前の生き物としての強さや戦闘力もその程度ってことだ」

更に続けるうちに、黒猫はじりじりと後退を始めた。

「こいつ、逃げるつもりだぞ!」

突然、古家が叫んだ。ものすごい大声にタラも狂ったように吠え始める。どうやら黒猫が見せた怯えに強気になったらしい。

いかにして黒猫を捕獲するか……それを必死に考えていた佑樹までも、危うく飛び上がりそうになった。案の定、猫も大きくジャンプし、彼らに背を向けて一目散に駆け出す。

方角的には神島のある方向だ。体重は普通の猫の何倍も重いはずなのに、走る速度は逆に速いらしく、あっという間にその姿は木々に紛れて見えなくなってしまった。

上手くやれば、このまま黒猫を捕獲できたかも知れないのに。そう思って佑樹は古家を睨んだけれど、もう後の祭だった。それどころか、古家は自分の失策に気づく様子もなく更に捲し立てる。

「何をぼうっとしている。追いかけて止めを刺すチャンスだろうが！」

それを聞いた佑樹は思わず悲鳴を上げてしまった。この状況で人数を分散させるような、バカな行動に出るとは夢にも思わなかったからだ。

佑樹が次の言葉を発するよりも先に、噛み合っていない会話が耳に飛び込む。

「いけない……貴重な新種を殺すなんて」

「新種？　そいつは殴りがいがありそうだな」

そんな言葉を残して、研究バカと動物虐待常習者……茂手木と木京が走り出していた。

「何やってるんですか、戻って下さい！」

佑樹は大慌てで叫んだが、二人とも聞き入れる様子はない。

茂手木は見かけによらず駿足ですぐに姿が見えなくなってしまったし、木京も武器にするつもりなのか、太い枝を拾い上げながら木々の間に消えてしまった。

佑樹は呆然としたけれど、すぐに残りの五人も暴走しかねないことに気づいて、慌てて振り返る。

「皆さんは旧公民館に戻って下さい。五人で固まっていれば襲われることはないはずですから」

「竜泉さんはどうするの？」

こう問いかけたのは三雲だった。酷く不安そうな表情を浮かべている。

「僕は二人を連れ戻してきます。そうだ、モニターの傍に予備のトランシーバーがあります。後で連絡を入れますから」

彼女の返事もろくに聞かずに、佑樹も茂手木たちが消えた方向へと走り出した。

茂手木のことも心配だったが、一刻も早く復讐のターゲットの身の安全を確保する必要があった。これ以上、黒猫に先を越されては菜穂子と隆三夫妻に申し訳が立たない。

ところが、走り出してすぐに彼はため息をつくことになった。すぐ後ろから足音がついて来たからだ。

「ほんと、人の言うことを聞かない人ばかりですね？」

佑樹が振り返ると、むくれた様子の西城が言い返す。

「何だよ、竜泉が単独行動するのも危なかろうと思って気を遣ったのに」

地面には黒猫が土や落ち葉を蹴った痕跡が点々と残っていた。

体重が非常に重いので、黒猫が勢いよく走った地面には大なり小なりえぐれた跡が残っていた。追跡は想像以上に簡単だ。黒猫は島を横断しようとしているらしい。

「こいつ、何キロぐらいあるんだろう……気味が悪いな」

西城がそう呟いたのを聞いて、佑樹は自分自身を鼓舞する目的もあってこう言った。

「何にせよ、猫サイズで良かったですよ」

「虎ぐらいの大きさだったら、もう助かる気がしないもんな」

なおも追跡を続けながら、佑樹は必死に考えを巡らせていた。

海野の死によって、今後の撮影は中止される。そして船が島に来るまで全員で固まって過ごすことになるに違いない。実際、これが生き延びる為には最善の手だったからだ。

予測不能の事態によって、復讐の難易度がぐっと上がってしまったのは間違いなかった。しかも、正体不明のクリーチャーから身を守るという、訳の分からないミッションのおまけつきだ。

それにしても……今、優先すべきは復讐なのか？　それとも、復讐に関係のない五人を守ることなのか？　佑樹はその判断をつけかねていた。

何としても復讐は推し進めたかったが、同時に復讐に無関係な人間の命を危険に晒すことは彼の信条に反していた。それに、衛星電話を壊して島を出る手段を奪ってしまったのは佑樹自身だという負い目もある。

悩みながら走ると、余計に体力を消耗するらしい。

林の中を十分近く走って海の砂利道が見えるところまでやって来る頃には、足は鉛のように重くなって、佑樹は息も切れ切れという状態になっていた。

黒猫は林から続く斜面を滑り降りて海の砂利道に入ったらしい。斜面には土が削れたような跡がはっきりと残っていた。だが、砂利道は足跡が残っているのかが分かりにくい。

西城も肩で息をしながら指をさした。

「おい、あれは木京Pじゃないか？」

木京は既に神島にたどり着いていて、段差をよじ登ろうとしていた。

「この分だと、茂手木さんも神域に入っちゃったんでしょうか……」

木京の姿が原生林へと消えて行くのを眺めながら佑樹は逡巡(しゅんじゅん)した。

今、神島に渡れば潮はすぐに満ちてしまうだろう。海の砂利道は辛うじて残っているという状態に過ぎない。……道が海に沈んでしまえば、佑樹たちはこれから最低でも九時間以上は神域に閉じ込められることになった。

計画にとっても貴重な時間を失うのは不本意だったが、木京たちを黒猫から守る為には他に方法がなさそうなのも事実だった。

「僕らも神域に向かいましょう」

既に覚悟を決めていたのか、西城は小さく頷いただけで何も言わなかった。

二人は疲れの溜まった身体に鞭打って、一気に海の砂利道を駆け抜けた。運動不足気味だったこともあり、その一五〇メートル弱がきつかった。神島の岩場を上がる頃には、佑樹は完全にばててしまっていた。

西城も似たような状態だったが、彼よりは少しばかりマシそうに見えた。

「……西城さん、体力ありますね」

「カメラマンは、普段から鍛えてるからな」

彼らが呼吸を整えている間にも、海の道はどんどん細くなっていく。やがて大きな波と共に、海の道の中心付近が完全に水没した。

「ギリギリでしたね。この辺りは潮の流れが激しくて、ひざ下くらいの深さでも流されて危ないと聞きますから」

西城は呆れたように佑樹を見返した。

「そういうのは……事前に説明しろよ」

「いや、ロケ資料をちゃんと読んでない西城さんも悪い気がしますけど」

そんなことを言い合っていると、神域の原生林をかき分けるようにして木京が現れた。相変わらず木の棒を構えている。

彼は海の砂利道が塞がっていることに気づいて顔色を青ざめさせたが、すぐに二人に気づいて安堵した表情に変わる。

「何だ、お前らも来てたのか」

「来るしかないでしょう。教授と木京Pが飛び出しちゃったんですから」

ところが木京らしくもなく、彼は反論しようとする素振りを見せない。それどころか、強張った表情のまま心ここにあらずといった様子で口を開く。

「あれからすぐ、黒猫の姿も茂手木教授の姿も見失っちまって。俺は猫が残した痕跡を辿ってここまで来た。だが、この辺りは足跡が多すぎて訳が分からない」

「僕らがあの黒猫を見つけたのもここでしたからね。古い足跡と新しい足跡が混在しているんでしょう」

数秒の間を空けて、木京はこう呟いた。

「……お前の言う通りだった。俺たちは深追いなんぞするべきじゃなかった」

恐らく彼が後悔しているところなど見たことがないからだろう、その言葉に西城が眉をひそめる。

「何かあったんですか？」

木京はそれ以上何も語ろうとはせず、木の棒を強く握りしめたまま原生林に戻り始めた。佑樹と西城も顔を見合わせてそれに続く。

神域の奥へ七〇メートル強進んだところで、不意に木京の足が止まった。彼は左手で前方を指さす。その指先は微かに震えているようだった。

赤黄色の木の実が生（な）った木……恐らくはクチナシだろう。その木は落雷が直撃したように幹が裂けて黒く焦げていた。どうやら、神島では最近落雷が相次いでいたらしい。

そして、その木の根元には毛皮の塊（かたまり）があった。

訝（いぶか）しく思って近づいた佑樹は、それが動物の死骸が折り重なったものだと気づいた。

そこには数十を超える死骸が乱雑に放置されていた。多くは野鼠で、中にはコウモリやリスなどの小動物も交ざっており、周囲をぶんぶんと蠅が飛び交っている。

恐る恐る死骸の山に近づいた西城も小さく悲鳴を上げた。

「この傷、まさか？」

彼の言う通り、野鼠たちの死骸はどれも鋭利な刃物のようなもので胸を貫かれていた。その傷口は海野の胸にあったものとそっくりだ。

中でも佑樹に大きな衝撃を与えたのは、野鼠とは別に……猫の死体が折り重なった山を見つけたことだった。犠牲になったのは十匹ほどだろうか。そのうちの何匹かは子猫だ。黒と灰色の毛並みの子たちは、彼がロケハンの時に遭遇した子猫に違いない。それはあまりに惨い光景だった。

風向きが変わって、佑樹たちのいる所にまで猛烈な血生臭さが漂ってくる。

これには佑樹も吐きそうになったし、西城も口元を押さえた。木京だけは強烈な臭いにも平気な様子で、独り言のように呟いた。

「あの黒猫は異常だ。……例の学者先生が撮影から戻って来た時に妙なことをぼやいてたのを思い出したよ。『いくら調べても、この島には動物の気配がほとんどない』ってな。それもそのはずだ、大半があの化け物に喰われちまった後だった訳だ」

西城は不安そうにきょろきょろと周囲を見渡してから、改めて木京に問うた。

「茂手木教授がこの島に渡るところは見ましたか？」

「知るか。……学者先生は俺を置いて先へ先へと行っちまいやがったからな」

置いて行かれたことを今でも根に持っている様子で、木京は更に続ける。

「俺は猫の足跡を砂利道のあたりで見失ったが、あの先生はアニマルトラッキングを得意としているんだろ？　今頃、俺たちには分からない痕跡を見つけて、島の奥まで追跡を続けてるんじゃねえか」

あり得そうな話なだけに、佑樹は深くため息をつくしかなかった。

「まずいですね。単独行動が危険だということは分かっているでしょうに」

とりあえず、彼らは島内にいるだろう茂手木に大声で呼びかけてみることにした。残念ながら反応はなかったが。

「……言っとくが、俺は学者先生を探しには行かないぞ。子供じゃねえんだ、リスクは全て承知で行ったんだろう。どんな目に遭おうが知ったこっちゃない」

いつものように木京は無責任なことを言ったけれど、日が傾き始めている状況では彼の言うことは正論かも知れなかった。

佑樹のバッグには懐中電灯が入っていたが、その程度の光源では夜の原生林を捜索するには不十分すぎた。そんな状況で黒猫に不意討ちされれば、複数人数で固まっていたところで一たまりもないだろう。

同じ考えが西城の頭にも浮かんだらしく、彼も積極的に茂手木の捜索をすべきだと言い出せずにいる様子だった。

「さ、自分勝手な研究バカは放っておいて、夜が明けるまでしのぐ方法を考えようや。……結局、黒猫は逃げちまった訳だし、俺たちにできることは何もない」

そう言って木京は二人に背を向けて海岸へ戻り始めた。

その時、どこかから小さな鳴き声がした。

佑樹は反射的に身体を強張らせたが、すぐにそれが黒猫の声ではないことに気づいた。とても甲高い「ピュウピュウ」という声だったからだ。

彼は猫の死骸の山に近づいた。鳴き声はその辺りからしているようだった。

西城の制止する声が聞こえた。自分が危険な行動を取っているという自覚も湧いてきたけれど、佑樹は何かに取り憑かれたように声の出どころを探し続けた。

途切れ途切れの声を手がかりにして、やがて彼は小刻みに震える物体を見つけ出した。……小さな子猫だった。

最初、佑樹はそこにメイがいるのかと思った。

サイズ的にまだ生後二か月というところだろうか。ちょうど、菜穂子と一緒にメイを拾った時と同じだ。毛の色も目の色も何もかもがそっくりだった。もっとも目はキトゥンブルーだったので、大人になる頃には別の色に変わる可能性は高そうだったが。

小さな灰色の子猫は動かなくなった兄弟たちの間に埋もれていた。彼らに懸命に身を寄せながら、佑樹が近づいて来たことに怯えて鳴き続けている。兄弟たちの流した血がついたのだろうか、子猫の頭や前足は血で汚れてしまっていた。

「……下がってろ」

不意に木京の声が聞こえたので佑樹は顔を上げ、そして血相を変えた。木京が子猫に向かって木の棒を大きく振り上げていたからだ。

「何するんですか、止めて下さい！」

とっさに佑樹は子猫に両手を伸ばして抱き上げていた。その指先には子猫のぬくもりと柔らかさが直に伝わってくる。一方、木京はこの行動に意表を突かれた様子だったけれど、すぐに楽しみを取り上げやがってという表情になって舌打ちをする。

「ちょっとは冷静になれよ。そいつは『幽世島の獣』の仲間かも知れないだろ？　今すぐ殺しちまうべきだ」

佑樹は手の中の子猫を見下ろした。

子猫は弱々しい声でしきりに威嚇はするものの、攻撃したり逃げたりするような素振りは見せない。怪我でもしているのではと思って確認してみると、後ろ足に生々しい傷があり大きな血の塊ができていた。これでは逃げたくても逃げられないはずだ。……そして、子猫は佑樹をかえって不安にさせるくらいに軽かった。

「大丈夫です。体重は普通ですから本物の子猫に違いありません。きっと運よく生き延びた子なんでしょう」

そう言いながら佑樹が顎の下を指先で撫でてやると、子猫も少しずつ大人しくなっていった。木京は呆れたように首を横に振ったが、それ以上は何も言わなかった。

少し離れたところから二人のやり取りを見つめていた西城が不安げに問う。

「竜泉、その子猫をどうするつもりなんだ？」

佑樹は少し考え込んだ。このまま置いていけば、子猫は遅かれ早かれ黒猫の餌食になってしまうだろう。だが、彼にはメイに似た子を見殺しにすることはできなかった。

「……島を出るまで、僕が責任を持って預かります」

西城に向かって威嚇を始めた子猫を宥めつつ、彼はボディバッグからタオルを取り出して子猫をくるんだ。後ろ足の傷口は痛々しかったけれど、今はこのくらいしかしてあげられない。

やがて木京が手持無沙汰そうに木の枝を振り回し始めた。

「ったく、竜泉のグズが子猫にかまけたせいで日も落ちてきたな。さっさと戻るぞ」

不意に子猫は潤んだ目で佑樹のことを見上げる。そして、何かを訴えかけるようにえびぞりになって、身体を背後へ捻ろうとし始めた。

危うく子猫を取り落としそうになった佑樹は慌てた。

「どうしたんだ?」

子猫は小さく鳴きながら、自分の兄弟たちがいた場所をじっと見つめる。

つられて視線を落とした佑樹はハッとした。動物たちの遺体の隙間から、明らかに異質なものが覗いていたからだった。

「木京P、その枝を貸して頂けますか」

「あ?」

訳の分かっていない木京から強引に枝を奪い取ると、佑樹はそれで猫の死骸の山を少しずつ崩していった。西城は顔を歪める。

「何を気持ちの悪いことやってるんだ」

佑樹はそれには答えずに、黙々と死骸の山を崩し続けた。

猫の死骸のほとんどは胸に刺された傷があるだけだったが、中に一つ……異質なものがあった。

その猫の死体だけは、何かに全身を激しく喰い荒らされたように惨い状態になっており、毛皮や皮膚が完全に損なわれていた。死後、何日か経過しているのか血は真っ黒になって固まっている。

それを見た瞬間、彼の頭の中に『アンソルヴド』の記事の内容が駆け巡った。同時に恐ろしい仮説が組み立てられていく。

「……これもあの黒猫がやったことなのか？」

背後から木京の声がした。振り返って見ると動物虐待の常習者である彼でさえ、顔から血の気が完全に失われていた。西城も恐怖に駆られた目をして呟く。

「どうして、この猫だけこんな姿に？」

敢えて何も答えずに、佑樹は酷い状態の死骸の傍にしゃがみ込んだ。

途端に手の中の子猫の悲痛な鳴き声が強くなる。その瞬間、佑樹は死んでいる猫の正体を悟った。これはきっと子猫の母親なのだろう。

ロケハンで来た時に、彼は黒猫が黒と灰色の子猫たちを連れているのを見かけていた。子猫の頭や前足に血がべっとりと付着していたのも、殺された母猫に擦り寄った時についたものに違いなかった。

佑樹は唇を嚙む。

「ごめんな、お前のお母さんはもう……」

そうは言ったものの猫に言葉が通じるはずもなく、子猫は期待するように佑樹を見つめ続けていた。彼なら母親を助けられると信じて疑っていないらしい。

いたたまれなくなり、佑樹は立ち上がって母猫の傍から離れた。すると、子猫は驚いたように彼の腕の中でじたばたと暴れ始める。

「ごめんな」

そう囁きながら、彼はボディバッグの中身をビニール袋に移動させて、タオルにくるんだ子猫を鞄に入れた。子猫はなおもピィピィと鳴き続ける。

間違っても子猫が落ちてしまうことのないように、佑樹はバッグを身体の前方に持って来て、常に彼の視界に入るようにした。念の為、ジッパーを少しだけ開けて子猫が自由に顔を出せるようにしてあげる。

その上で、彼はボディバッグのポケットからトランシーバーを取り出した。

「おい、報告なら海岸に戻ってからやれよ」

ふざけているとでも思ったのか、木京は手を伸ばして佑樹からトランシーバーを奪い取ろうとした。彼はそれを避けて通話ボタンを押す。

「……こちらは竜泉です。今、神域にいます。聞こえていますか?」

十秒ほどで女性の声で応答があった。

『聞こえてるで。こっちは四人とも無事やし、今は旧公民館におるから安心して。で、茂手木教授と木京Pは見つかったん?　どうぞ』

八名川が「どうぞ」と語尾につけたのは、同時通話が不可能なトランシーバーの使い方としては正しいものだった。

けれど、佑樹は実質的に彼女の発言を無視するように続けていた。

「教えて下さい。……三雲さん、あなたは何を知っているんですか？」

三雲の父

「絵千花は、幽世島に行かなければならない」

小型船を操縦しながらそう言う父は、珍しく張り詰めた表情をしていた。絵千花はむすっとして父を見上げる。

「意味が分かんない」

今朝、これが最後の船出になると聞いて、彼女はずっと気持ちが沈んでいた。

当時、小学六年生だった絵千花には、これが何を意味しているのか分かっていなかった。

父は入院するその日まで黙っていたけれど……この時には既に肺がんが進行しているという診断を受けていた。抗がん剤治療に専念する為に会社を辞め、仕事で借りていた船も明日には返却することになっていたのだった。

その頃から痩せ始めていた父は深くため息をついた。

「昔から何度も話をしていただろう？　三雲家が何の為に神職を預かっていたか……それから、あの島の神域がどれだけ特別な場所かということも」

絵千花は操舵室の父を睨みつけた。

「あんな子供だましの話を信じると思う？　島に化け物が現れて、獲物の心臓を串刺しにして殺すなんて」

父は酷く悲しげに首を横に振りながら水平線を見つめた。

「あれは本当なんだよ。……ほんの三年前までお父さんの話を信じてくれていたのに、どうしちゃったんだ」

絵千花は少し意地の悪い笑い声を立てた。

「私の考え方が大人になったからじゃない？　吸血鬼もタイムトラベラーも宇宙人も実在すると信じてるんでしょ、お父さんは」

「そんなことは思っていない。でも、マレヒトだけは実在する」

普段から冗談をよく言う父だったけれど、今日だけはあまりに真剣な表情を浮かべて固執するので、次第に絵千花は冷めた気持ちになってきた。

「……獲物の血と肉を奪って姿を変えるような生き物が？」

「それに加えて知能も高い。だからこそ恐ろしいんだ」

「でも、私がマレヒトについて質問しても、お父さんは知らないことばかりじゃない。これって嘘をついている証拠でしょ？」

初めてマレヒトの話を聞いた当時、絵千花は毎晩のように自分の部屋の扉を見つめて恐怖に震えた。扉を開けてマレヒトが襲いに来るんじゃないかと思ったからだ。……それは父が部屋の扉に小さな閂（かんぬき）を取りつけてくれるまで続いた。

小学校の高学年になって、彼女はやっと子供じみた恐怖と妄想から解放された。

大人になったと喜んでくれればいいのに、どうして父はこんなことばかり言うんだろう？　彼女にはどうしても分からなかった。

操舵室の父は苦しそうな表情になって目を伏せる。

「中学生の時には、お父さんも絵千花と同じように考えていた。島のしきたりは何から何まで狂っていると毛嫌いしていたし、高校入学を機に全寮制の学校を選んで島を飛び出してしまったくらいだったからね」

「へえ、その頃のお父さんはマトモだったんだ」

ここで父の声が酷く震えた。もしかするとこの時、父は泣いていたのかも知れない。

「戻れるものなら、あの頃に戻って何もかもやり直したい。……高校の学生寮に警察から電話がかかってきて『幽世島の獣』事件を知らされた瞬間、犯人がマレヒトだと分かったよ」

絵千花は呆れてため息をついた。

「お願いだからしっかりして。あれは人間が起こしたの。マレヒトなんて存在しない」

「いいや、全ては一九七四年に神域にやって来たマレヒトがやったことだ。一人であの化け物と対峙した時、母さんがどんな思いだったかを考えるだけで……今でも胸が張り裂けそうになる」

父が急に船のエンジンを止めたので、彼女は危うくつんのめりそうになった。小さく悲鳴を上げた絵千花の肩を父は熱っぽい手でぎゅっと握った。

「後悔しているよ。お父さんは誰の話もろくに聞かず、雷祭（らいさい）のやり方も何も知らないまま島を出てしまったんだから」

「……痛いよ」

絵千花は父の手を払いのけた。それでも、父はまだ話を続けていた。

「けれど、お父さんでも知っていることがある。前に雷祭には偽雷祭と真雷祭の二種類があるという話はしただろう？」

「確か、島で普段行われていたのは偽雷祭で、真雷祭は何十年に一度かしか開かれないんでしょう」

絵千花がそれを覚えていたことに安心したらしく、父はすっと表情を緩めた。それから、彼女をひしと抱きしめながら言う。

「まだ絵千花にはちゃんと教えていなかったね。真雷祭は四十五年に一度開かれる決まりで、次の真雷祭は二〇一九年に行わなければならない。……そして、絵千花はその時に幽世島に行くんだ」

その言葉に絵千花は愕然とした。

「何で私が？」

真雷祭の詳細は知らなくても、それが危険なものだということだけは彼女にも分かっていた。だから、絵千花は父が何故そんな恐ろしいことを言うのか、理解ができずに裏切られたような気持ちになった。

「お父さんだって、絵千花にこんなことをさせたくない。本当はお父さんが次の真雷祭を終わらせるつもりだった」

「だったら、こんな話を私にしないで！　お父さん一人でやって」

絵千花は泣きながら叫ぶ。父は辛そうに首を横に振った。

「そのつもりだったよ。かつて母さんがマレヒトと相討ちを遂げたように、私もその為には命を捨てる覚悟もしていた。でも……すまない、無理なんだ。お父さんにはできそうにない」

父は自分が長くないことを知っていたからこそ、こんなことを言ったのだろう。でも、当時の絵千花は何も分からずに、ただただ父を恨むばかりだった。

父が再びエンジンをかけると、小型船はゆっくりと前進を始めた。それから船が港に戻るまで、二人は口を利かなかった。

下船する寸前に父はもう一度だけ、消え入りそうな声でこう言った。

「残酷なお願いなのは分かっている。でも、マレヒトの存在を知っている人間が幽世島に戻るしかない。そうしなければ……」

その先、父が放った言葉を絵千花は聞き取ることができなかった。

第五章　本島・神域　分断

二〇一九年十月十六日（水）　一七：四五

　しばらくの間、本島から応答はなかった。

　西城は釣り込まれたように真顔でトランシーバーを見つめていたが、木京はわざとらしくため息をついて話を聞く気などないという態度を貫いている。

　やがて、トランシーバーから三雲の声が聞こえてきた。

『私に何を認めさせたいの？』

　意外にもその声は落ち着いていた。彼女が苦く陰のある笑いを浮かべている様が目に浮かぶようだ。佑樹は通話ボタンを押して再び喋り出す。

「三雲さんはお父さんから幽世島（かくりよじま）について、荒唐無稽（こうとうむけい）で恐ろしい話を聞いたことがあるんですよね？」

「ニャ」と子猫がバッグの中で鳴いたけれど、佑樹はそれを無視して話を続けた。

「あなたはお父さんを嘘つき呼ばわりしていましたが、それは間違いのようです」

　三雲は肯定も否定もせずに黙り込んでいた。しばらく待ってから、佑樹は再びトランシーバーに向かって呼びかける。

「今は何も話してくれなくて構いません。その代わり僕が話す内容がお父さんの話とどれだけ一致しているか、後で教えて下さい」

そう言っておいてから、佑樹は淡々と続ける。

「これからするのは、前に茂手木さんが言っていた『襲撃の謎』の第一段階にあたります。……あの先生の言うことはクレイジーに聞こえたかも知れませんが、一理あるのも事実なんですよね」

「ミュゥミュゥ」

「例の黒猫がどういう習性を持つ生き物なのかを突き止めない限り、身を守ることすらできないのは間違いありませんから」

佑樹が通話ボタンから手を離すと、すかさず信楽の声が割り込んできた。

『ちょっと、さっきから竜泉さんの声に猫の鳴き声が混ざるんですけど！』

どうやら子猫の声が無線越しに本島にまで届いていたらしい。佑樹はバッグの上から、もぞもぞと動く塊(かたまり)を撫でた。

「この声は違うから大丈夫。怪我をした子猫を拾っただけですから」

なおも通話ボタンを押し続けながら、佑樹は皮を剝がれた猫の死体を見下ろした。

「先ほど、神域で動物の死体の山を見つけました。……亡くなっているのは野鼠がほとんどでしたが、数は五十近くあるんじゃないかと思います。全て、例の黒猫が襲ったものだと思われます」

ここで佑樹が一呼吸を入れると、三雲の声がトランシーバーから流れ出た。

『もしかして、胸を刺されていた？』

雑音混じりで聞き取りにくかったけれど、その声は深い動揺を帯びているようだった。

「ええ。海野Dと同じように胸を刺されていました。ただ、一体だけ非常に惨（むご）い姿の死骸が見つかったのが気になっています。何の動物だったと思います？」

数秒の沈黙の後に、三雲は低い声で返した。

『どうして、それを私に聞くの？』

「三雲さんなら、答えを知っていると思ったからです。……ちなみに、僕らが見つけたのは猫の死骸でした。保護した子猫の母親だと思われますが、皮を剝がされていて肉も大部分が喰われてしまっているようです」

それまで「聞く価値なし」という姿勢だった木京も、話の内容が気になり始めた様子だった。いつしか彼も真剣な面持ちになってトランシーバーを見つめている。西城は本島と通話をしていることも忘れてしまったように、佑樹に向かって口を開いた。

「どうにも分からない。猫の死骸が見つかったくらいで、どうしてそんなに深刻になる必要があるんだ？」

再び佑樹はトランシーバーの通話ボタンを押しながら口を開いた。

「数多くの動物の中で、黒猫だった母猫だけが全身を喰われていたんです。そして、例のクリーチャーがなりすましていたのも黒猫でした。これは偶然の一致とは思えません」

これを受けて西城は大きく息を呑んだ。

「まさか、クリーチャーは化ける前にコピー元の生き物を喰らう習性があるってことなのか？」

通話ボタンを押しっぱなしにしていたので、この声は本島にも届いているはずだった。佑樹は頷きつつも更に続ける。

「黒猫の姿をしていたクリーチャーの毛皮の質感は本物にしか見えませんでしたからね。恐らく、食べて取り込んだ物質を変化させて体表を覆うことで、あの完璧な姿を可能にしているんでしょう。……これは一種の『擬態』なのかも知れません」

西城は呆けたように黙り込んでしまった。佑樹は再びトランシーバーに視線をやって問いかける。

「どうでしょう。僕の立てた仮説は当たっていますか、三雲さん？」

彼は通話ボタンから指を離し、本島からの応答を待った。

『信じたくないけど、あなたの仮説は父から聞いた話と完全に同じ……。でも、もしマレヒトが実在するとすれば、事態は恐ろしいことになる』

乱れた声になった三雲がそれきり黙り込んでしまったので、佑樹が引き継ぐ。

「あの生き物は幽世島ではマレヒトというんですね？　実を言うと、僕もマレヒトの能力を過小評価していました。どんなに擬態する能力が高かろうが、せいぜい猫の大きさにしか化けられないだろうと思い込んでいたので」

改めて動物の死骸の山に目をやりながら、佑樹は更に説明を続ける。

「ところが、黒猫の死骸を見つけた時に思い出したんです。四十五年前にも、同じように全身を喰い荒らされた遺体が存在していたことを」

これはロケに参加している人なら当然知っているはずのことだった。

当時の新聞と『アンソルヴド』にも記されていた。『幽世島の獣』事件の犯人とされる笹倉博士の遺体だけは損傷が激しく、獣に喰われたような姿で発見された、と。

「四十五年前の事件の犯人がマレヒトだったと仮定した場合、笹倉博士を襲って皮や肉を喰らったのはマレヒトだったということになります。彼らが『擬態をする為にコピー元の生き物を喰う』という仮定が正しければ……マレヒトには人間に擬態する能力もあるということになりませんか?」

＊

絵千花は無言のまま、折り畳みテーブルに置かれたトランシーバーを見つめていた。

ランタンの光に浮かび上がるのは他の三人の顔。古家・信楽・八名川の視線が痛いほど刺さって来た。でも、彼女にはそれを意識する余裕すらない。

全てが悪夢だとしか思えなかった。……父から聞いたデタラメとしか思えない話が事実だったなんて。

「どうして、そんなに重要なことを黙っていた？」

古家に摑みかかられて、彼女は我に返った。

気づくと目の前に古家の顔があった。絵千花はその目の奥に殺気を見出す。首に回された古家の指先に力が入り、彼女はくぐもった悲鳴を上げた。

『……聞こえていますか、三雲さん？』

トランシーバーが竜泉の声を拾った。こちらの状況が分かるはずはない。ただ、あまりに長い時間応答がないことを訝しく思っているだけだろう。

助けを求める声を上げることすらできず、絵千花は喉が潰れかけるのを感じた。

信楽がおろおろしつつも古家を引きはがそうとするが、上手く行かない。それに対し、八名川の行動は迅速だった。彼女は古家の顎を思いっきり殴りつけていた。

古家はよろめいて多目的ホールの床に右手から派手に倒れ込んだ。その上で身体を丸めて悲鳴を上げる。

「……何をする！」

「人を殺しかけといて、よう言うわ」

八名川は冷ややかに古家を見下ろしていた。

飼い主の危機を察知したのか、タラが吠え始めたが……効果はなかった。古家は旧公民館に戻ってから興奮気味だったタラをキャリーバッグの中に入れていたからだ。

言い返すともう一発殴られかねないと思ったのか、古家は信楽に向き直った。

「こんな非常識極まりない連中とは一緒にいられない！　私は自分の部屋にいるから、トランシーバーでの通信が終わったら信楽くんから内容を報告するように」

それだけ言い残すと、古家はタラを置いたまま、右手を庇って廊下へと消えてしまった。転んだ拍子にくじいたのか、左足も引きずるようにしている。

信楽が咳の止まらない絵千花の傍に近寄って来る。

「酷いことしますよね、大丈夫ですか？」

床にしゃがみ込んでいた絵千花は小さく頷くと、八名川を見上げた。

「ごめんなさい、私のせいで八名川さんに迷惑が……」

喉が塞がって潰れるような声しか出なかった。

「気にせんといて。誰が何と言おうと、首を絞めるヤツが悪いに決まってるもん。……それに、海外で襲われた時は一瞬の躊躇いが命取りになるやろ？　危ない思たら手が出てまう癖もついてるから」

そう言って彼女は朗らかに笑っていた。多目的ホールの隅っこに取り残されたタラは悲しそうに鳴いていたけれど、やがて静かになった。

その時、トランシーバーが雑音交じりの竜泉の声を拾う。

『何かあったんですか？　無事なら今すぐ応答して下さい、どうぞ』

絵千花は震える足にどうにか力を入れて立ち上がると、トランシーバーを手に取った。

「聞こえてる、少し話をしていただけだから」

明らかに彼女の声がおかしかったからだろう、先ほどまで小憎たらしいほど落ち着き払っていた竜泉の声が乱れた。

『やっぱり大丈夫じゃ……きっと僕が強引な話の聞き出し方をしてしまったからですね。すみません』

けれど、絵千花は誰にも同情を求めるつもりはなかった。彼女は向こうが通話を終えるのを待って通話ボタンを押す。

「何から話せばいいかな……。確かに、私は父から神域に現れるマレヒトの話を聞いていた」

まだ喉に激痛が残っていたが、彼女はボタンを離して息を整えた。

『その内容を教えて頂けますか?』

微かに神島側のマイクが子猫の鳴き声を拾ったけれど、絵千花はそれを無視して再びトランシーバーに向かって続けた。

「残念ながら、私の父も詳しく知っていた訳じゃない。マレヒトの詳細は島の大人たちしか知らなかったそうだし、父は中学卒業と同時に幽世島を出てしまっていたから。……でも、父は幽世島が特別な場所だと言っていた」

「特別ってことは、昔から島には化け物が潜んでいたんですか?」

そう呟いたのは信楽だった。

「違うの。……竜泉さんも雷祭については知っているはずよね」

『ええ、今回の撮影に先立って資料を読み漁(あさ)りましたから。確か、神域に落雷があった時に行われる秘祭のことです』

「かつては数年に一度、雷祭が行われていたんだけど、そのほとんどは偽物で真雷祭(しんらいさい)に備える予行演習、あるいはその訓練だった」

その話がどうマレヒトと関わるのか分からなかったからだろう。傍で話を聞いている八名川たちも神域にいる竜泉たちも彼女の次の言葉を待っているようだった。

絵千花は更に続ける。

「真祭(しんさい)が行われるのは四十五年に一度と決まっていた。ちなみに、前回の真祭は一九七四年に行われるはずだったんだけど……このことが何を意味しているか分かる？」

そう問いかけると、竜泉の声が戸惑ったようなものに変わる。

『もしかして、クイズ形式で説明するつもりなんですか』

「あなたもさっき私に質問をした」

『いや、あれは三雲さんが隠しゴトをしていたからで……』

絵千花は喉に手をやった。長く喋り続けると痛みは増して、口の中を切ったのか血の味がした。彼女はそんなことはおくびにも出さずに短く言い放つ。

「分かるの、分からないの？」

『……前回の真祭の時期には『幽世島の獣』事件が起き、その四十五年後の二〇一九年にもやはり事件が起きています。どうやら、真祭が行われる年を狙ったようにマレヒトが現れているようですね』

「逆ね。マレヒトの出現に合わせて真祭が行われていたの」

『ということは、マレヒトは四十五年ごとに現れるという法則があるんですか？』

絵千花は小さく息を吸い込んでから頷いた。

「知っている人もいると思うけど、日本各地には古来よりマレビト（稀人）信仰という風習がある。もちろん、本来のマレビトは遠方から訪れる神聖な旅人という意味だけど」

名前は地域や時代によって違えども、マレビトは訪れた土地に幸福をもたらす存在だったとされる。

『この島に現れるクリーチャーは名前こそ似ていますが、性質は全く異なるようですね』

「ええ、マレヒトは不幸しかもたらさない。決まって四十五年に一匹ずつ神域に現れては、そこにいる動物を喰い殺す。知能は高いけれど性質は狂暴かつ貪欲で、人間を好んで襲う……」

ここで信楽が裏返った声を上げた。

「そんな化け物が来るタイミングに合わせて祭をやるなんて、幽世島の人はいかれてますよ！」

いつものように本音を零（こぼ）す彼に対し、絵千花は首を横に振った。

「真祭はおめでたい祭なんかじゃない。あれは島民たちが人喰いの化け物を命がけで退治する儀式だったの」

「なら、どうして祭なんて呼ぶんですか」

「秘祭ということにしておけば、その期間中は幽世島から外部の人間を遠ざけることができたからだと思う。いえ、そうしなければ危険だったと言った方が正確かもね」

話を聞いているうちに、八名川と信楽の顔色は完全に青ざめたものに変わっていた。だが、絵千花にできるのは話を続けることだけだった。

「万一、マレヒトが島の外に逃げ延びたら、空腹を満たす為に人間をとめどなく襲い続ける。だからこそ、島民たちは命を賭して繰り返し現れるマレヒトを殺し続けた。……神職を預かっていた三雲家はその中心的な役割を担っていた、とも父は語っていた」

絵千花は父の言葉を信じなかったが、運命は皮肉としか言いようがない。今、彼女は幽世島にいて、否定し続けていたマレヒトと対峙しなければならなくなっていた。

知らぬうちに通話ボタンから指を外してしまっていたらしい。トランシーバーから竜泉の声が聞こえてきた。

『マレヒトが神域に現れはじめてから、今回は何度目なんですか?』

「父の話では昔から襲来を受けていたみたいだけど、詳しいことは私も知らない。……でも、私が父を信じられないと思った理由も分かったでしょう? こんな厨二病をこじらせたような話が本当のことだなんて、夢にも思わなかったから」

『気持ちは分からないでもないですが、これは朗報ですよ』

「どこが?」

『あのクリーチャーを退治する方法があると分かった訳ですからね。……ちなみに、どうやったらマレヒトをおびき出せるんですか?』

「分からない」

『……今、分からないって言いました?』

絵千花は途方に暮れた気持ちになりつつ、消え入りそうな声で続ける。

「言ったでしょう、父は中学を卒業するなり島を飛び出してしまったと……。父は真祭の詳細を知らないと言っていた。どうやれば擬態しているマレヒトを見つけ出せるのかも、奴らの正体が何なのかも知らなかった」

「あー全員死んだな、終わった」

投げやりな声になってそう呟いたのは信楽だった。彼は多目的ホールの床に座り込んでしまっている。絵千花は首を横に振りながら更に続けた。

「四十五年前の事件により、ほとんど何もかもが失われてしまったのは事実。……でも、父は最も重要なことを知っていた」

だからこそ、彼女の父は一人で真雷祭をとり行う決心をしていたのだ。絵千花は神域にも聞こえるように、はっきりと言い放った。

「マレヒトは海に放り込めば、溺れ死んで擬態が解ける」

ポカンとした表情で信楽が絵千花を見上げる。

「……海?」

「これまでも、マレヒトはそうやって退治されてきたの。奴らは泳げないから」

脳裏に昼間に見た墓地の様子が浮かぶ。

島民を皆殺しにしたマレヒトに対し、三雲英子はたった一人で挑んだ。舞台となったのは、嘘みたいに美しい海の傍に切り立った崖。……どれほど恐ろしかったことだろう？　それでも英子は戦い続けた。

顔も知らぬ祖母に思いを馳せただけで、絵千花は喉の奥が熱くなり声が出なくなった。

『……結局のところ、『アンソルヴド』の解釈は当たらずも遠からずというところだったようですね？　未知の大型犬をマレヒトに置き換えれば、四十五年前に英子さんとマレヒトの間で何が起きたか分かってきそうです』

絵千花は頬を濡らす涙を拭いながら、モニターの傍に放置されていたロケ資料を取り上げた。その中の『アンソルヴド』の記事を開くと、信楽も八名川もそれを覗き込む。

その間にも、竜泉は説明を続けていた。

『四十五年前に現れたマレヒトは、笹倉博士を殺害して彼に擬態しました。その上で島民十一人と飼い犬二頭を襲った。事態に気づいた英子さんは、島にあった無線機や船のエンジンを全て破壊してしまいます。もちろん、これはマレヒトを完全に島に封じ込める為だったのでしょう……。彼女は猟銃を使ってマレヒトを追い詰めるも、弾を撃ち尽くしてしまった。激しい格闘の末、英子さんはマレヒトを崖から海に突き落とすことに成功する』

ここで西城の声が割り込む。

『崖のところの土が原因不明にえぐれていたのは、化け物を海に突き落とした時についた跡だったんだな』
『けれど乱闘の最中に、英子さんはマレヒトの反撃を受けて胸を刺されてしまった。それが致命傷となって、相討ちという形で英子さんも海に転落してしまったんでしょう』
それは不気味なほどに、絵千花が父から聞いたのと同じ内容だった。
推理力と言うべきなのか、妄想力と言うべきなのか分からなかったが……この時になって初めて彼女は竜泉のことが恐ろしくなった。

*

周囲が暗くなり始めたので、佑樹たちは海岸へ戻ることにした。時刻は十八時を過ぎている。

波が打ち寄せる岩場の上側にやって来たところで、佑樹はトランシーバーに向かって手短に黒猫の死骸を発見するまでの経緯を説明した。そしてこう締めくくる。

「黒猫に擬態したマレヒトの足跡は神域に向かっていましたので、こっちにいると考えて間違いないでしょう。僕ら三人は固まっていれば身を守れますが……問題は、単独行動を続けている茂手木さんですね」

『うーん、無事であることを祈るしかないやろね』

これは八名川の声だ。説明を終えてから三雲はほぼ喋らなくなってしまっていた。

夕闇に沈みつつある海を見やりながら、西城は煙草を取り出した。銘柄は木京と同じ『シックススター』だ。ライターで火をつけながら、彼は不安げに口を開いた。

「なあ、俺たちはこれからどうすればいいんだ？」

佑樹はしばらく考え込んでから、トランシーバーを持ち上げて三雲たちにも聞こえるように言った。

「とりあえず、八名川さんたちは旧公民館から出ないようにして下さい。マレヒトは神域にいるはずですが、念には念を入れてそうした方が安全でしょう」

『竜泉くんたちはどないするん？』

「僕らは海の砂利道が現れるのを待って本島に渡りますが……そのついでに、マレヒトを神域に閉じ込めてしまいます」

『え、どないして？』

「先に僕らが本島に渡ってしまって、海の砂利道を見張るんです。あの黒猫は警戒して神域から出てこないかも知れませんが、それはそれで構いません。……潮が満ちて海の砂利道が沈むまで粘れば、マレヒトは神域から出られなくなりますから」

『そっか、マレヒトは泳げへんもんな。潮が満ちている間は本島に来られへんのか』

誰かが佑樹のボディバッグのポケットに刺さっていたロケ資料をひったくった。その振動が伝わったらしく、バッグの中からは子猫の威嚇（いかく）する声がする。

佑樹が眉をひそめるのも構わずに、木京はページをめくって潮見表の確認を始めた。

	砂利道出現	干潮	砂利道消失
十月十六日	13:56	15:26	16:56
十月十七日	02:16	03:46	05:16
	14:33	16:03	17:33
十月十八日	02:59	04:29	05:59
	15:08	16:38	18:08

「次の干潮は午前三時四十六分か」

佑樹は八名川にも資料を確認するように伝えてから、説明を再開した。

「マレヒトが神島に渡ったのはラッキーでした。干潮の前後だけ海の砂利道を監視して、マレヒトが渡って来ようとしたら追い返すというのを繰り返すだけで、僕らの安全は確保できる訳ですから」

しばらく経ってから、久しぶりに三雲の声がした。

『最悪の場合、マレヒトが茂手木さんに擬態して本島に渡って来ようとする可能性もある。……その時に本当に追い返せるの？』

その指摘に佑樹も言葉を詰まらせた。

外見で見分けがつかない場合、佑樹たちには本物の茂手木なのかマレヒトなのかを知る手段がないことを再認識したからだ。

マレヒトは海で溺れ死ぬ、と三雲は言ったが……それはカナヅチの人間だって同じことだ。ましてこの島の周囲は潮の流れが速い。港の近辺は比較的マシなはずだが、それ以外の場所では多少は泳げる佑樹だって溺れてしまうかも知れなかった。

おまけに、海の砂利道の周辺は特に流れが速く危険だとされている場所だった。本島に渡ろうとする茂手木に対し、海に潜って身の潔白を示すように求めることも難しいだろう。

不意に木京がトランシーバーを奪い取り、すました顔でこう言った。

「俺はマレヒトにも学者先生にも同情する気は微塵もない。ノコノコやって来やがったら、この手で海の底に沈めてやるから安心しろ」

うっかりすると頼もしく聞こえなくもない言葉だったけれど、佑樹は有無を言わさずにトランシーバーを木京から取り返す。

「今のは忘れて下さい。……次の干潮が来るまでに、いい方法がないか何とか考えてみますよ。そちらも何か思いついたら教えて下さい」

それで一旦、本島との通信は終了ということになった。

長時間通信を続けたトランシーバーのバッテリーは減っていたが、USB充電が可能だったのが幸いした。西城が持ち歩いていたモバイルバッテリーで延命措置ができたからだ。

いつしか辺りはすっかり暗くなっており、佑樹は懐中電灯を取り出した。ランタンとしても使えるタイプだったので、岩の上に設置して三人ともそれを取り囲む形で座る。

木京は煙草を取り出しライターで火をつけ、ため息をつく。神域に到着してから、彼はずっと吸いっぱなしだった。いつも以上にペースが速い。

「で、どうするよ？　どうせ飲み物も食い物も持って来てねえって言うんだろ？」

「そうでもないですよ、少しなら」

佑樹がビニール袋をガサガサと探っていると、彼が座ったことを察知したのか、子猫がボディバッグから頭を出して佑樹を見上げた。

「僕が持っているのは天然水のペットボトルと麦茶のペットボトル。麦茶の方は飲みさしですけどね。それからバランス栄養食品的なバーが五つ」

他にもアウトドア用の防虫香や虫よけスプレーが入っていた。彼の装備が良かったのは、復讐計画で不測の事態が起きた時に備える為でもあったのだが……それは黙っておくことにした。

西城も背負っていたリュックを下ろして中身を取り出す。

「俺も飲みさしのコーヒーが少し。あとはチョコレート菓子が三本」

木京が眉を大きく上げた。

「何だ、意外と色々持ってるもんだな。……さて、俺は何かあったかな」

手ぶらの彼は面倒臭そうにポケットを探っていたけれど、やがて小袋を三つ取り出した。

「あ、鰹節（かつおぶし）！」

目を丸くした佑樹が大きな声を出したので、木京は警戒するような表情になる。

「つまみの余りを昼寝しながら食おうと思ってポケットに入れてただけだ。……お前は要らねえだろ？」

その後、出し渋る木京をどうにか説得して、佑樹は栄養バー二本と鰹節二袋の交換に成功した。もちろん子猫にあげる為のものだ。厳密に言うとミネラルが多すぎて猫の身体にはあまり良くないが、今は緊急時なので仕方がない。

ボディバッグの外に出して麦茶でふやかした鰹節をあげると、子猫は物凄い勢いで食べ始めた。

「この感じだと、何日も食事をしていなかったのかもな」

そう言いながら栄養バーを齧(かじ)っていた西城が覗き込むと、子猫は背中の毛を逆立てて威嚇し始めた。西城はすっかり困ってしまったような表情に変わる。

「早くも嫌われたな。……竜泉、猫には名前をつけたのか」

佑樹はチョコ菓子を口に放り込みながら頷いた。

「ワオです」

天然水を飲んでいた木京が危うく吹き出しそうになった。

「何だ、その名前は」

「昔、猫を飼っていた知人がいたんです。飼い猫の名前はメイだったんですが、二匹目を飼うならワオにすると言っていたので。……いい名前でしょう?」

そう言って佑樹は菜穂子を死に追いやった男に向かって笑いかけた。木京は目も合わさずに吐き出すように言う。

「好きにしろ。どうせ野生の猫だからノミやら病気やらを持ってて、東京に連れて帰ったら獣医が大騒ぎするに決まってるからな」

　ささやかな夕食が終わるまで、それから誰も口を利かなかった。

　子猫のワオは欠伸（あくび）をすると、自ら佑樹のボディバッグに潜り込んだ。この場所がすっかり気に入ってしまったらしい。少し遅れて小さな寝息が聞こえ始めた。

　誰が言い出した訳でもなかったけれど、三人は海を背に原生林の方を向いて座っていた。マレヒトが襲撃してくるとしたら、そっちの方向だからだ。

　木々の隙間から覗いているのは、一メートル先も見通せない漆黒だった。時折、風が葉を揺らす音がする度に、黒猫の双眸（そうぼう）が……あるいは茂手木がそこから現れるのではないかと身体を強張らせずにはいられなかった。

　十九時半を過ぎた頃、満月に近い大きさの月が出てきた。

　おかげで懐中電灯なしでも辺りの様子が分かるくらいの明るさになったが、それでも原生林の中には混沌とした闇が横たわったままだった。

　沈黙に耐えられなくなったのか、木京が小枝を放り投げながら言った。

「考えてみりゃ、四十五年前にババアが一人でマレヒトと戦ったというのも疑わしい話だよな？　本当に倒せたのかよ」

「まず、人のお祖母さんをババアと呼ぶのは止めましょう。……状況から考えてマレヒトが退治されたのは間違いないと思いますよ」

これを受けて、寄って来る虫を追い払っていた西城が呟く。

「根拠は？」

「『アンソルヴド』にもあったように、幽世島は来客があること自体が稀な島でした。事件の翌日に祖谷氏がやって来たのだって、英子さんに来て欲しいと頼まれた為だった訳ですからね。事件後、祖谷氏の永利庵丸よりも早く島を訪れた船はないと考えて問題ないと思います」

木京が小さく笑う声がした。

「また屁理屈が始まったな。だが、そこまでは異論はない」

「仮にマレヒトが生き延びていたとすれば、島にあった無線機は英子さんによって既に破壊されていた訳ですから……奴は港で船が通りかかるのを待ったことでしょう。そこに祖谷氏の船がやって来たとしても、マレヒトが自ら警察に船舶無線で通報なんてすると思いますか？　そんなことはせずに、笹倉博士の姿のまま祖谷氏を脅すなどして、永利庵丸を操縦させ九州本土に渡るはずですよ」

この言葉に西城はハッとしたようだった。

「確かに、竜泉の言う通りだな。マレヒトなら船が手に入った時点で逃げることを優先するはずだ」

だが、木京は目を細めて反論する。

「それはどうだろうな？　マレヒトが祖谷に接触する前に祖谷が通報した可能性だってあるだろ。その場合、警察と一緒に九州本土に帰った祖谷は、実はマレヒトだったのかも知れねえ」

鋭い意見ではあったけれど、佑樹は首を横に振った。

「それもないですね」

「何だよ、あっさり否定しやがるな」

「仮に祖谷氏に通報されてしまったところで、マレヒトが警察の到着を待つ必要などないでしょう？　そんなことせずに、さっさと祖谷氏を脅すなどして船で九州本土に逃げれば良かったんです。……つまり、祖谷氏の『警察の到着を島で待っていた』という行動は、彼がマレヒトではなかったことの何よりの証拠でもあるんですよ」

話を続けている間にも月はどんどん高くなっていったが、まだまだ次の干潮までは時間があった。緊張のせいか、佑樹も眠気は感じなかった。

時折、彼は木京に視線をやっては考え続けていた。

……この男を岩場から海に突き落とすことができれば、どんなにいいだろう？

復讐のターゲットを守るなんて、どう考えても馬鹿げている。ここで木京を殺せば全てを西城に目撃されることになるが、この手で復讐を遂げることができるなら、もうそんなことはどうでもいいような気さえし始めていた。

それでも彼が行動に出られずにいたのは、木京を殺害した後に何が起きるかが分かっていたからだった。

まず、佑樹の凶行を目撃した西城はパニックに陥るだろう。いくら佑樹が復讐の為だと語ったところで聞き入れる訳もなく、彼は佑樹から逃げようとするに違いなかった。……そうやって分断しているところをマレヒトに狙われれば、西城も佑樹も一たまりもない。

かくして神域にいる人間は全滅し、マレヒトは佑樹か西城の姿を手に入れる。マレヒトはその新しい姿を活用して、旧公民館にいる四人を血祭に上げることだろう。そして、迎えに来た船で、堂々と島の外へ出て行くのだ。

佑樹は首を横に振った。復讐の為とはいえ、そんな恐ろしい未来を招くことは許されない。

……今は計画を中断する以外、選択肢はなかった。

一方で、原生林は沈黙を守ったままだった。

木京はマレヒトを退治すると意気込んでいたが、早くも退屈してきた様子で原生林の傍にある石碑を蹴飛ばし始めていた。佑樹はうんざりしつつも彼を諫める。

「八つ当たりは止めて下さい」

「こんなところに石碑を作るヤツが悪い。どうせ信仰されてた神像だろ。……何が神域だ！」

蹴りがエスカレートするのを見て、力ない声で西城が言った。

「それは神像じゃなくて、歌が刻まれた石碑ですよ」

その言葉にハッとして佑樹は懐中電灯を取り上げた。石碑を照らし出すと、片足を上げたままのポーズで動きを止めた木京が彼を睨む。

「今度は何だ」

「考えすぎかも知れませんが……その石碑は暗号かも知れません」

三人は光に浮かび上がる和歌を見つめた。そこにはこう記されていた。

『こがねむし　仲間はずれの　四枚は　その心臓に　真理宿らん』

何度かその歌を口ずさんでから、佑樹は大きく頷いた。

「やっぱりそうだ。……実は『こがねむし』という部分から、ポオの『黄金虫』を連想したんです」

戸惑ったように西城が呟く。

「大学生の時に英文学の授業で読まされた気が。暗号を扱った短編だったかな」

「そうです。読み方は『おうごんちゅう』というのが一般的だと思いますが、偶然見つけた羊皮紙を元にキャプテン・キッドの財宝を探し当てるという短編なんです。暗号を用いたミステリの草分け的存在として有名でもありますね」

不意に木京が腹を抱えて笑い始めた。

「確か、幽世島にもキッドの財宝が眠っているという噂があるよな。まさか、この暗号を解いたら隠し財宝が見つかるとか言うつもりか？」

「……マレヒトに狙われている状況で宝が見つかったところで、な」

西城までが陰鬱（いんうつ）そうにそんなことを言い出したので、佑樹はがっくりと肩を落とした。

「島民も財宝探しの暗号をこんなところに書いたりしませんよ。そうじゃなくて……島の目立つ場所に同じ石碑がいくつも建っていることから考えて、これは島の外からやって来た人に対するメッセージだと思います」

「つまり、俺たちに向けたメッセージだと？」

今では笑い止んだ木京も石碑を見下ろしていた。佑樹はしばらく考え込んだ後に、トランシーバーで本島に呼びかけた。すぐに三雲の声で応答がある。

『何かあったの？』

「一つ発見がありました。幽世島の各所にあった和歌は暗号かも知れません」

『こんな歌だったっけ？　こがねむし　仲間はずれの　四枚は　その心臓に　真理宿らん……おかしな歌だから暗記しちゃった』

佑樹は彼女の記憶力に驚きつつも、ポオの『黄金虫』について言及し、この短歌が自分たちへのメッセージかも知れないと告げた。

「幽世島は定期的にマレヒトの襲撃を受ける特殊な島です。島民たちも最悪の事態として、自分たちが全滅する可能性も想定していたんじゃないかと思うんですが……三雲さんのお父さんもそんなことを言ってませんでしたか？」

『ええ、祖母がどこかにマレヒトの資料を残しているはずだとは言っていた。祖母は何にでも周到に準備するタイプだったらしいから』

「だとすると、この歌は英子さんが残したものかも知れませんね」

『でも、父が遺品の整理の為に幽世島に戻った時には、資料らしきものは見つけられなかったと言っていた。そもそも古い紙資料はほとんど残っていなかったみたいで。やっぱり真雷祭の詳細は口伝（くでん）されるものだったんじゃない？』

「資料が見つからなかったのは、隠し場所が三雲宅ではなかったからだと思います。……それに、万一に備えて四十五年後にメッセージを残すのであれば、石碑という手段は悪くありません。これは水にも火にも強い記録方法ですからね」

木京は納得いかなさそうに唸(うな)り声を上げた。

「竜泉の言ってることはおかしすぎるぞ。島の外から来た人間に見つけてもらいたいのなら、端(はな)から暗号になんぞしねえよ。もっとストレートに隠し場所を書く」

彼の反論ももっともだったが、佑樹は首を横に振っていた。

「それを読むのが、人間だけとは限らないと分かっていたら？」

聞いた瞬間、木京の顔色が青ざめた。

「……マレヒトか」

『マレヒト！』

トランシーバーの向こうでも三雲がほとんど同時にそう言った。

「ええ、マレヒトに先に資料を見つけられて破棄されてしまえば、元も子もありません。だから、マレヒトに気づかれないように暗号化したんでしょう」

石碑をまじまじと見つめていた西城が佑樹を見上げた。

「『こがねむし』の部分が暗号という意味だとすれば、『仲間はずれの　四枚は　その心臓に』の部分が資料の隠し場所を示していることになる。……竜泉、もしかしてもう隠し場所が分かってるんじゃないのか？」

心中を見抜かれて佑樹は戸惑った。実際、彼は自分の考えを明かすべきか悩んでいたところだった。

「可能性の一つとして、資料が隠されていそうな場所に心当たりがあります。……でも、それも勘違いかもですし、下手に皆さんを期待させては悪いですし」

『何、死亡フラグを立てる気？』

トランシーバーから三雲がそう言うのが聞こえて、佑樹は思わず笑ってしまった。

「茂手木さんがしていた話が、僕らの中で尾を引いているみたいですね？　確かに、推理小説だと、こんなことを言った人は確実に殺されちゃいますが」

面白がるように木京がニヤニヤと笑い始めた。

「命が惜しけりゃ、さっさと話しとくんだな」

「分かりましたよ。……墓地が怪しいと思っています。でも、これ以上の詳細を伝えたら、旧公民館にいる誰かが抜け駆けして探しに行きかねない気がするんですよね？」

トランシーバーの向こうから豪快な笑い声が聞こえてきた。

『心配はいらへんよ。そんなアホなことする人はここにはおらへんから』

残念ながら……佑樹はその言葉を信用する気にはなれなかった。事件が発生して以来、佑樹の提案を無視する人間が多すぎたからだ。

古家は暴走してマレヒトを逃がすし、茂手木と木京は彼の制止を振り切って単独行動を取った。西城でさえも善意とはいえ、旧公民館へ戻るという指示を無視している。

特に善意というのは厄介だった。古家はそんなものを持ち合わせていないだろうが、三雲・

八名川・信楽の三名が善意から勝手な行動に出る可能性も否定できない。

「やはり……マレヒトを神域に封じた後で暗号の答えをお伝えすることにします。明日、旧公民館に戻ったところで資料を探しましょう」

結局、佑樹はそう締めくくってトランシーバーでの通信を終えた。

＊

「何や、感じ悪……。竜泉ってあんなに嫌なヤツやったかな」

八名川がぶつぶつ言っているのを聞いて絵千花は笑いながら頷く。

「多分、あれが素なんでしょう」

二人は赤紫色のテントの前に腰を下ろしていた。

彼らの前にはLEDランタンが置かれていたけれど、外が闇に包まれた今では、多目的ホールを全て照らすにはあまりに弱々しいものだった。

八名川は熱々のブラックコーヒーを紙コップに注ぎながら悪戯っぽい声になった。

「三雲さんは竜泉と前からの知り合いやったん？　何や息が合ってるように見えるけど」

そんな勘違いが生まれたことが意外に思えて、絵千花は眉をひそめた。

「初対面だし……むしろ相性は悪い方だと思う」

二人の前には空になった紙皿が二枚と大鍋が並んでいた。

旧公民館に戻って来た時には調理中だったダッチオーブンの中身は駄目になってしまっていたものの、信楽が大鍋で根菜がたっぷり入った鶏肉の炊き込みご飯を作ってくれた。何でも焼き鳥缶を使って作った簡単レシピらしい。

八名川は何度かお代わりをしていたが、絵千花には全く食欲がなかった。

「コーヒーだけやとやっぱ、味気ないね」

そう言いながら八名川はポケットからウイスキーのミニチュアボトルを取り出し、中身を紙コップに垂らす。

「三雲さんもいる？　スコッチウイスキーやで」

「お酒は苦手で」

ウイスキー入りのコーヒーに口をつけて、八名川は大きく息をついた。

「……私はカメラマンとしては何でも屋を自負してるから、これまでにも国内外で色んな事故現場や事件現場に行ったもんや」

鹿児島入りする前日にも、八名川は若手レポーターに付き添ってホームレスのたまり場で取材・撮影を行ったのだという。

「ここ半年で七人のホームレスが連続傷害事件の犠牲になってるんや。取材した中にはあまり語りたがらへん人も多かったけど、誰もが怯えてるんだけは伝わって来た」

彼女は紙コップに更にウイスキーを追加してから続ける。

「でも、カメラマンとして現場に入るのと、自分が当事者として事件に巻き込まれるのとは全く違うもんやな。私はあんまりにも無力で、ただただこの嵐が通り過ぎることを祈るくらいしかできへん」

その時、廊下側の扉のすりガラスに人のシルエットが浮かび、信楽が現れた。

同時に多目的ホールの隅に置かれたキャリーバッグでタラが動く気配があった。けれど、すぐに飼い主ではないと気づいたらしく「クーン」と鳴いてから静かになった。

「お疲れさま……えらい長いことかかってたんやね」

八名川はコーヒーを入れながら、ジェスチャーでウイスキーを注ぐか問いかける。

「少し下さい。いやー、怪我の治療とマレヒトの説明はすぐに終わったんですけどね。社長が一人でいるのが怖いだの変なことを言い出して、なかなか解放してくれなくて」

結局、信楽は古家が白ワインを浴びるほど飲んで眠り込んだところを狙って、小部屋から抜け出してきたのだという。

ここで八名川は恐る恐るという口調になった。

「ちなみに……途中で救急箱を取りに来てたけど、社長の怪我は酷いん?」

「ああ、右手を突き指して左足首もくじいてました。本人は無駄に大騒ぎしてましたけど、骨に異常なさそうだから、あんなの大したことないです」

信楽は疲れ切った様子を見せつつ、残してあった自分の分の炊き込みご飯を用意し始めた。

古家の長話のせいですっかり冷めきってしまっていたが。

一方で八名川の表情は曇りがちだった。多分、島から脱出した後で古家に傷害で訴えられないか心配しているのだろう。

絵千花もあの社長なら医者を抱き込んで診断書を捏造し、損害賠償金を吊り上げるくらいはやりかねないと思っていた。けれど今回だけは……状況が状況なだけに、彼も訴えを起こすことはあり得ないはずだ。

彼女は絞められた感触が生々しく残っている首に手を当てた。八名川の行動が少しでも遅れていれば、彼女の気道は本当に潰れてしまっていたかも知れない。

やがて、信楽が多目的ホールの隅に置かれているキャリーバッグを見つめて口を開いた。

「小部屋に一人でこもるのが怖いなら、タラを一緒に連れて行ってあげればいいのに」

「まあ、かなりの狂犬やからね……この子は」

八名川がそう言いたくなるのも分からないでもなかった。餌をやろうとする絵千花にも八名川にも懐く様子を見せずに吠えまくって咬みつこうとばかりしていたから。その方が番犬としては優秀なのだろう。

ここで八名川は紙コップの中身を一気飲みして立ち上がった。

「あかん、寝てまいそうや。ちょっと外の空気を吸ってストレッチして来るわ」

使い捨てスプーンを開封しながら、信楽は驚いた様子で目を丸くした。

「ええっ、外は駄目でしょ！　多目的ホールでやって下さい、全然気にしないので」

「海外で話題の体操に凝ってるんやけど、変なポーズが多くて地味に恥ずかしいんよね。……まあ、大丈夫やって！　マレヒトはこっちの島にはいないはずやから。私かて扉の付近から離れるつもりはないし」

「とにかく気をつけて下さい」

「心配には及ばへん。護身術は一通り知ってるし」

八名川はビニール傘をぶんぶんと振り回しながら外に出て行った。いざという時の武器にするつもりらしい。その後、彼女が運動から戻って来る頃には信楽も食事を終えており、ウイスキー入りコーヒーを飲んでいるところだった。

八名川とバトンタッチをするように絵千花は立ち上がった。

「お手洗いはどこにあるんだっけ?」

「廊下の左奥です。簡易トイレはとりあえず二つ設置してるんで。あと、トイレットペーパーとかウェットティッシュもちゃんとありますよ」

信楽によると、村役場が島の自然の保全にうるさかった為、非常用の簡易トイレを持ち込む判断をしたのだという。用を足す為に外に出ずにすむのは絵千花にもありがたい話だった。

彼女は廊下へ出て懐中電灯の光を頼りにそろそろと進んだ。その時、絵千花は猛獣の鳴き声を聞いたような気がして悲鳴を上げた。

それを聞きつけた八名川と信楽が廊下に飛び出して来る。

「どないしたん?」

「……ごめん、古家社長のいびきだった」

今も右の手前側の部屋からは豪快ないびきが続いていた。信楽が我慢できなくなったようで声を立てて笑い始めた。絵千花と八名川もつられて笑う。いびきはどんどんボリュームアップしていくようだった。

「簡易トイレなんだけど……控室に移動させない？　暗い廊下をお手洗いまで行くのは真夜中になればなるほど怖くなりそうだから」

それから、三人は未使用だった方の簡易トイレを控室に移動させた。この部屋は多目的ホールと扉で直結していたので、トイレに行くために廊下に出なくて済むようになった。

第六章　本島・神域　合流

二〇一九年十月十七日（木）　〇四：一五

青白い月明かりに照らされて、神島は黒いシルエットを見せていた。

佑樹たちが海の砂利道を渡って本島で監視を始めてから、既に二時間近くが経過していた。

晴天に浮かぶ月のおかげで、海の砂利道を通る者の姿を見落とすことはない。後は……五時十六分ごろまでここで粘るだけで良かった。そうすればマレヒトを神域に閉じ込めることができるはずだ。

「しかし、茂手木教授はどうしたんだろうな、無事だといいが」

西城はコンクリートの坂道に座ったまままそう呟いた。それを聞いた木京が笑う。

「マレヒトに襲われて死んだに決まってる。擬態されていても驚かねえな」

そう言って彼は旨そうに煙を深く吸い込んだ。相変わらず木京らしい発言だった。紫煙の漂う中、佑樹は無言のまま海の砂利道を見つめた。

……マレヒトを神域に閉じ込めてしまえば、復讐計画にとっての不確定要素はなくなり、無関係な人間を巻き込む危険もなくなる。当初の予定でも、古家と木京は二日目の夜に殺す予定だったのだから、今からでも充分間に合うだろう。

計画をどう練り直すか考え始めたところで、突然、前に座っていた西城が振り返った。

「何か、臭くないか?」

そう言われて初めて、佑樹は周囲に喉を刺すような刺激のある煙が漂っていることに気づいた。これは明らかに煙草や防虫香の煙ではなかった。

西城の両目がゆっくりと見開かれる。

「……え、火事?」

佑樹も背後を振り返ると、本島にある小山の背後の空がほのかに朱に染まっていた。……場所は分からないが、どこかから火が出ているのは間違いない。

佑樹は海の砂利道に向き直ってから、トランシーバーを取り出す。

「応答してください、聞こえますか」

彼が急に動いたからか、ワオがバッグの中でもそもそと動いて小さな鳴き声を立てた。

『聞こえてるで、もしかして茂手木教授が現れたん?』

こう応答したのは八名川だった。

「いえ、本島のどこかで火事が発生したっぽいんです。外に出て状況を確認して下さい」

『火事? 今のところ旧公民館は特に変わりないけど……。ちょっと、どこかで火事があったらしいで!』

後半は一緒にいる三雲たちへ向けられた言葉なのだろう。一分ほどの沈黙の後、八名川が呆気にとられたような声を出した。

『ほんまや……公民館の裏の高台の辺が赤くなってるわ』

佑樹は背筋がぞくりとするのを感じた。三雲の声が聞こえてくる。

『墓地が、燃えてる』

それは佑樹が暗号の答えだと推測した場所だった。今晩は落雷などなかったのは確かだし、取り立てて空気が乾燥している訳でもない。この状況で偶然に火事が起きたというのか、それとも……？

三雲が更に乱れた声で続ける。

『どうしよう？　マレヒトは本島に潜んでいて、不利な資料を灰にする為に墓地を燃やしてしまったんだ。……ねえ、どうしたらいい？』

佑樹は自分を落ち着かせる為にも深呼吸をしてからトランシーバーに語りかける。

「おっしゃる通り、これでマレヒトが神域に渡るフリをして本島に残った可能性が高くなりました。でも、まだそう断言するには早いと思います」

そう言いながらも、彼は視線を海の砂利道から離してはいなかった。木京が顔を歪めて呟くのが聞こえる。

「おいおい、気休めは止せ」

佑樹はトランシーバーの通話ボタンから指を離さずに更に続けた。

「この火事を起こしたのがマレヒトではない場合、火事に気を取られて身を守るのがおろそかになったり、海の砂利道の監視を中断してしまったりしたら、元も子もないですよね?」

そう言っておいて佑樹は三雲の応答を待った。

『……でも、マレヒトが火をつけたという可能性だってある訳でしょう?』

もちろん彼もその可能性については考えていた。

「マレヒトの仕業だとしても同じですよ。資料を焼くにしても、闇夜に目立つほどの規模の火事にする必要はなかったはずです。それに、潮が引いているタイミングを狙って火をつけたことも気になります。まるで僕らの目を火事に惹きつけて、攪乱させようとしているように見えませんか」

『あなたの言っていることは理屈としては分かる。でも、残された資料を守らなくていいの?』

佑樹は小さく笑った。

「ああ、あれは僕の妄想レベルのものなので、気にする必要なんてありませんよ。どうせ何も見つかりはしませんから」

可能な限り軽い口調で言ったものの、佑樹自身は墓地に資料が隠されていることは間違いないだろうと考えていた。それでも今はこう言うしかなかったし、資料が無事であることを祈るしかできなかった。

本島サイドから返事がなかったので、彼は更に続ける。

「……今のところ、火事が旧公民館まで及びそうな感じはないのでしょう?」

今度は八名川から応答があった。

『もう空の赤味もかなり弱まったみたいやね。ほとんど煙たさもないし、鎮火しかかってるんやないかな』

「良かった。引き続き、八名川さんたちは旧公民館から離れないようにして下さい。そこが一番安全なはずですから」

『了解、竜泉くんたちは砂利道の監視を続けるんやね?』

その後、万一にも佑樹たちが合流するまでに旧公民館に火が迫って来た場合は、旧公民館にいる四人で固まって港まで逃げるということで話がまとまった。

＊

日の出より、海の砂利道が海に沈む方が早かった。

砂利道が完全に消えてしまってからも、佑樹たちは念の為に更に二十分ほど神域の監視を続けることにした。そうしているうちに少しずつ東の空が白み始める。

今では風が少しだけ強くなっていた。予報ではこの島のはるか南側を通る予定だった低気圧の進路が変わったのかも知れない。天気には大きな影響はなかったけれど、海は少しずつ荒れ始めているようだった。

「……結局、マレヒトは現れずじまいか」

白い波がしらを見つめつつ、西城が徹夜明けの疲れの残る顔でそう呟いた。

「ええ。今も神域に隠れているのか、僕らを騙して本島に身を潜めているのか……どちらでしようね」

同じく眠たそうな顔をしていた木京は煙草を燻らせながら言う。

「何にせよ、旧公民館に戻るしかねえな。火事のあった墓地を調べてみりゃ、何か分かることもあるだろ」

彼らは島を横断するアスファルトの道を進み始めたが、そこはまだ懐中電灯なしでは歩けない暗さだった。佑樹が先頭になって足元を照らしながら進んでいく。

その間も彼はつらつらと考え込んでいた。

もちろん、佑樹には復讐を諦めるという選択肢はなかった。……だが、状況が全く好転していないのも事実だった。マレヒトを隔離しておいて、木京と古家への復讐をじっくりと進めるはずが、それすらも危うくなってしまったのだから。

本島にマレヒトがいる場合、彼が不用意な行動を起こせば人間サイドの『防御』を崩すことになりかねない。それは復讐に無関係な人の命を危険に晒すことにつながり、マレヒトを島から脱出させる手伝いをすることになってしまうかも知れなかった。

いかにしてマレヒトの襲撃から逃れつつ、復讐を進めればいいのか？　状況の変化に応じて打開策を一つずつ探して行くしかなさそうだった。

辺りは少しずつ明るくなってきて、懐中電灯なしでもぼんやりと周りの様子を見て取れるくらいになっている。

　あと少しで旧公民館が見えてくる場所までやって来たところで、佑樹は立ち止まった。薄明りの中、視界の隅で何かをとらえた気がしたからだった。場所的には道の右側にある木の根元の辺りだ。気のせいか、この辺は虫も多いようだった。

　西城が不安げな声を出す。

「どうかしたのか？」

　佑樹は懐中電灯のスイッチを入れながら、問題の木の根元に近づいた。

「さっき何か見えたような気が……うわ、あああっ!!」

　大声を立てた自覚も後ろに倒れたという自覚もなかったけれど、気づくと彼は地面に尻餅をついていた。その姿を見た木京がゲラゲラと笑い声を立てる。

「竜泉でもそんなに驚くことがあるんだな」

　返事をする余裕もなく、佑樹は呆然としていた。自分が見たものが現実なのか幻なのかさえも覚束ない。彼は地面に膝をついたまま、木陰の暗がりに転がっている物体に懐中電灯の光を突きつける。

　そこに転がっていたのは皮や肉を剝がれた人間の遺体だった。蠅にたかられたその無残な姿は……本島にいた誰かが殺され、マレヒトが人間への擬態を完了したことを示していた。

　西城も恐怖の叫び声を上げ、木京は震える声でこう言った。

「どうやら……これでマレヒトが神域に渡ってなかったのがハッキリしたみたいだな」

そう、全てはマレヒトの手のひらの上で踊らされていただけだった。

佑樹たちは黒猫を神域に封じ込めたつもりになっていた。けれど実際は、マレヒトは本島に残り、自らを追って来る攻撃性の強い人間を神域に隔離していたのだ。

西城は道の反対側にしゃがみ込んで吐きそうになっているらしい。それを冷ややかな目で見つめていた木京が再び口を開いた。

「一体……誰が襲われたんだ?」

佑樹は泥だらけになりながらも、這うようにして皮を剝がれた遺体に近づいた。

神域で見た黒猫の死骸は血が完全に固まっていたが、こちらの遺体の傷口と血には生々しさがあった。死後、まだそれほど時間が経っていないことは間違いなかった。

赤剝けになった身体に衣服の残骸は見られない。全裸の状態でマレヒトに喰われたのだろうか? それとも衣服ごと食べられたということなのだろうか?

木京が手近にあった枝を使って無造作に遺体をひっくり返すと、蠅がわっと飛び立ち、同時に遺体の首が外れて転がった。喉の奥から胃酸が込み上げてくるのを感じて、佑樹は耐えられずに遺体から視線を逸らした。

首が外れようとも気にせずに遺体を調べ続けていた木京が小さく頭を振る。

「皮を全部喰われてやがる! これじゃあ、誰か分かりそうにねえな」

彼の言う通り、皮は全て剝ぎとられて肉も大部分がなくなっていた。医学の知識がある人間なら別だろうが、この状態では性別を判別することすらままならない。

這った時に、飛び散っていた血を踏んでしまったのだろう。佑樹は泥と血が入り交ざったもので汚れた手を見下ろした。手は小刻みに震えていた。

だが、いつまでもこうしている訳にもいかなかった。彼は呼吸を整えて、どうにか立ち上がる。

「……身長から何か分からないでしょうか？」

それを受けて、この中では最も冷静さを保っていた木京が大きく首を横に振った。

「無理だな。ロケに来たメンバーのほとんどは同じくらいの身長だろ？　例外はお前ら二人だけだからな」

言われてみれば、女性陣の三雲も八名川もかなりの高身長で、佑樹と西城を除く全員が一七〇センチ前後だった。

「これが、僕と西城さんの遺体でないことだけは確かですから……そうですね、それ以上は何の絞り込みにもなりませんね」

ここでふと何かに気づいたように木京が目を細めた。

「待てよ、マレヒトが俺たちを混乱させる為に、海野の死体を使って嫌がらせをしてるって可能性もあるよな？」

「念の為、海野さんの遺体も確認しに行きましょう」

目印となるアダンの木は、皮を剝がれた遺体を見つけた場所から五〇メートルほど奥に入った場所にあった。パイナップルに似た実がたわわに生（な）っている木の根元にまで進んだところで、佑樹は問題の低木に懐中電灯の光を向ける。

光に映し出されたのは、マレヒトに胸を刺された海野の姿だった。前に佑樹たちが調べた時と大きく変わったような様子は見られなかった。

西城が陰鬱(いんうつ)な声になって言う。

「やっぱり……あの無残な遺体は海野Dのものじゃなかったのか」

懐中電灯を持ったまま更に低木に近づくと、ワオが目を覚ましたらしくボディバッグから顔を出した。子猫は震えながらも威嚇(いかく)を始める。

ここで木京が首筋をぼりぼりと掻きむしりながら、皮肉っぽい声を上げた。

「竜泉がうかうかしている間に新しい犠牲者が出ちまったみたいだぞ？　普通に考えりゃ、行方不明になっている、茂手木の死体ってことになりそうだが」

佑樹は木京をじっと見返した。

「……つまり、茂手木さんも神域には渡らなかったということですか？」

「ここに死体があるってことはそう考えるしかないだろ。あの学者先生はアニマルトラッキングが得意だったからな」

「確かにそうですね。茂手木さんなら、黒猫が僕らを神域に誤誘導しようとしていたのも見抜けたかも知れません」

無残な姿の遺体を発見した衝撃が抜けきらず、先ほどから佑樹の頭はまともに働いていなかった。この状況では無理な相談かも知れなかったが、何とか冷静さを取り戻さなければ……。

一方で木京は饒舌になって続けた。

「これでマレヒトは茂手木の姿を手に入れた。偽茂手木は何食わぬ顔をして俺たちに合流しようとするだろうが、騙されちゃいけねえってことだ。……ああ、旧公民館に避難してた四人のうちの誰かがここに転がってる可能性もあるのか。案外、俺たちの知らない間にあいつらも全滅していたりしてな?」

いつにも増して最低の発言だったので、佑樹は我慢がならなくなって木京を睨みつけた。

「旧公民館にいる四人は無事ですよ」

こんな状況だというのに木京はなおも喉の奥で笑っていた。

「だと、いいがな」

彼らが急ぎ足で旧公民館に戻る頃には、時刻は六時を過ぎようとしていた。

多目的ホールには人の気配がなかった。テントには使われた形跡があったけれど、肝心の三雲たちが見当たらない。

佑樹と西城が非難するように木京を見つめると、彼は肩を竦めた。

「俺を見たって仕方がないだろが。まだ全滅したと決まった訳じゃない。先に墓地に向かっているだけかも知れねえし」

この時、廊下から話し声が聞こえてきた。

佑樹はほっとして小さく息をつく。やがて多目的ホールと廊下をつなぐすりガラスの扉に人のシルエットが浮かび上がり、扉を開いて八名川が現れた。

「良かった、無事でしたか。実は戻って来る途中に新たにマレヒトの犠牲……」

報告を続けようとしたところで、彼は八名川がかつてないほどに顔面蒼白になっていることに気づいた。それは扉の向こうに立っている三雲と信楽も同じだった。

彼らは佑樹たちと合流したことを喜ぶ様子も見せずに、暗澹とした表情を浮かべるばかりだった。

「……何があったんだ?」

ただならぬ様子を察した木京がそう問いかけると、八名川は無言のまま廊下の右側を示した。木京は眉をひそめる。

「そこは古家の小部屋だな。まさか、あいつが死んでいるってことはないだろ?」

冷やかすように言いながら小部屋を覗き込んだ木京の表情が凍りついた。

事態を理解した佑樹も前に進む。

赤紫色のテントに上半身を突っ込むようにして人間が寝転がっていた。早朝の弱い光では確認できない部分もあったが、あお向けの人物の胸が赤く染まっていることだけは見間違えようがなかった。

佑樹はテントの中の暗がりに横たわる男に懐中電灯の光を向けた。照らし出されたのは古家の顔だ。更に胸の傷口を調べてみると、海野の胸にあったのと瓜二つだった。これもマレヒトによる犯行と考えて間違いないだろう。

部屋の隅にはキャリーバッグが置かれていて、中ではタラが狂ったように吠えまくっている。

飼い主の身に降りかかった惨劇を察しているのかも知れなかったが、今は誰も彼を気にかけるだけの余裕がなかった。

念の為、佑樹は遺体の首筋を探ってみた。脈拍は感じられず、身体も冷たくなり始めていた。海野の時と違い、死亡してから多少の時間が経過していると考えた方が良さそうだ。

……またしても、マレヒトに先を越されてしまった。佑樹は言葉もなくその場に立ち尽くすしかなかった。


冷静になるにつれて、佑樹は段々と腹が立ってきた。

「どういうことです、昨晩は全員で固まって過ごさなかったんですか！」

それさえきちんと守っていれば、古家にはこの手で復讐することができたはずだった。恨めしさと口惜しさから詰問するような口調になる。

八名川がカチンときた様子で言い返した。

「私らが悪いみたいに言わんといてよ。マレヒトは神域におる可能性が高いって言い出したんは自分やろ？」

彼はうっと言葉に詰まった。

「それはそうですけど……単独行動は危険だとも伝えたはずです」

「普通、旧公民館から出えへんかったら安全やと思うやん？　だから、社長が小部屋に引きこもっても問題ないくらいに思ってたんよ。何せ、多目的ホールには常に私らがおったし、裏口もきちんと鍵をかけてたんやから」

それを聞いた西城が驚いたように眉を上げた。

「まさか、マレヒトは裏口の鍵を破って入って来たのか」

「自分で見た方が早いで」

案内役を買って出た三雲が廊下に出たので、佑樹と西城と木京はその後に続いた。八名川と信楽は古家の部屋に残ったまま何やら話し合っている様子だった。

問題となっている裏口は、閂(かんぬき)は外されていたものの、パッと見は特に壊されているようには見えなかった。

先頭を歩いていた三雲が強張った表情を浮かべてドアノブに手を掛けた。すると扉はあっさりと廊下側へ開いた。サムターンを回さなかったことからして鍵は開きっぱなしになっていたらしい。

彼女は扉の外側にある鍵穴を指さす。

「私たちが気づいた時には、もう裏口の鍵は開けられてしまっていた。……ねえ、ここの鍵を管理しているのは竜泉さん？」

佑樹はズボンのポケットから鍵の束を取り出しながら頷く。

「村役場から借りて預かっています。僕の知る限り、島にはこの一本しか存在していないはずですが」

「だとすると、やっぱり外から不正開錠されたということで間違いないみたい。見て、鍵穴の周囲に傷がいくつかついているでしょう？」

佑樹は彼女の言葉が正しいことを認めつつ頷いた。

「本当だ、まるでピッキングされたような跡が残っていますね」

「多分、マレヒトの仕業だと思う」

それを聞いた木京が腹を抱えて笑い始めた。

「馬鹿な、化け物がコソ泥みたいな技を持っている訳がねえだろ！」

一方で、佑樹は三雲の言葉の意味を悟って表情を暗くしていた。

「いえ、そうとは限らないでしょう」

「は？」

「マレヒトは身体の一部を細長い刃あるいは針に変化させる能力があります。同じ要領で、身体の一部を鍵穴に差し込んで開錠することもできたのかも知れません」

「もはや何でもアリだし、マレヒトはやりたい放題に何でもできることになるじゃねえか！ああ、胃が痛くなってきた」

木京が珍しくげんなりしてそう言ったけれど、佑樹は小さく首を横に振る。

「何でもアリと決めつけるには早いですよ。……どうして旧公民館の出入り口に閂がついているのか？　窓には雨戸と面格子の両方が取りつけられているのか？　それを考えれば、分かってくることがあります」

その言葉に三雲が驚いたように目を丸くした。

「どういうこと？」

佑樹はそれには直接的には答えずに、敢えて遠回しに説明を続けた。

「まず、この公民館は特殊な目的の為に作られた可能性があります。多分、マレヒトの襲撃時に島民たちが逃げ込むシェルターとしての役割も持っていたのではないかと」

あまりに突拍子もない話に聞こえたからだろう、西城が困惑気味に呟く。

「いくら何でも想像力がたくましすぎないか？」

「この建物だけだと、確かに根拠としては弱いですね。でも、この島には少なくとももう一つ門が取りつけられていた場所がありました」

そう言いながら佑樹は三雲を見つめ、更に続ける。

「前に、神域に人が立ち入らないようにする為に……海の砂利道を封鎖する門が設けられていたという話をなさいましたよね？　その時、三雲さんはその門にも鋼鉄の門が取りつけられていたとおっしゃっていたように思うのですが」

彼女は少し遠い目になって言った。

「確かに言った記憶がある。父から聞いた話の受け売りをしただけだけど」

「マレヒトが決まって神域に出現するのだとすれば、海の砂利道を閉鎖する門は……マレヒトが本島に侵入するのを防ぐ為に作られたものだったと考えるべきでしょう」

今回は三雲も反論はせずに黙ったまま彼の話を聞き続けていた。

「当然、門はマレヒトがこじ開けられないものにする必要があります。島民がその門に閂を取りつけていたということは、マレヒトには閂を破る能力はないということにはならないでしょうか？」

木京は伸びてきた髭に手をやっていたが、やがて冷ややかに裏口の扉を見つめた。

「なるほどな。島民たちが公民館にわざわざ閂を取りつけたのも、マレヒト対策だったという訳か」

「ええ。マレヒトは身体の一部を鍵穴に差し込んで、扉を外からピッキングすることはできるようですが……閉ざされた扉の内側にかけられた閂までは、身体の一部をどう伸ばしても届かず手が出せないのかもしれませんね」

「だが、仮にお前の推測が正しかったとしても、裏口の閂をかけとかなきゃ何の意味もねえだろ。ったく、どいつもこいつも役にも立ちやしない」

佑樹は改めて閂を見つめた。

閂の表面は鈍い光沢を放っていて、目立つような汚れも付着していない。それは前に確認した時と同じだったけれど……彼は目を細めながら口を開く。

「いえ、裏口の閂は昨晩もかかっていたはずですよ。シャッターを開けた後で僕が意識して閉じたのではっきり覚えています」

その話を聞いていたのか、古家の部屋から八名川が廊下に顔を覗かせた。

「それは、間違いないで。私らが昨日の夕方に建物内を一通り確認した時には、確かに閂はかかってたもん」

三雲も小さく頷いて彼女の言葉を認めたので、木京はぎょっとした様子を見せた。

「じゃあ、一体誰が閂を外したんだ？」

同じく小部屋から顔を覗かせた信楽がおずおずと口を開く。

「実は、今も八名川さんとその話をしてたんですよ。もちろん、自分は閂には手も触れてないし、それは八名川さんも三雲さんも同じで」

「となると……閂を外したのは古家社長ということになりそうですね」

佑樹は古家の小部屋に戻りながらそう言った。余計な不和を招かない為にも、誰かが嘘をついている可能性には敢えて言及しなかった。

すると信楽の表情が少しだけ緩んで、いつものように口が軽くなる。

「昨晩の古家さんはめちゃくちゃ飲んでいたんです。だから、深夜に目を覚ましてトイレに立った時に、酔い覚ましに裏口から外に出ちゃったんじゃないかと。戻って来る時にうっかり閂をかけ忘れたんですよ、多分」

あり得る話のように思われた。佑樹がこの半年間で探りを入れた限りでは、古家は酒好きではあったがアルコールには強くなかった為だ。飲み会の最後には眠り込んでいることも多いのだという。

ひとまず佑樹たちは表口と裏口の閂をかけ直し、今後は人が出入りする瞬間以外はかけておくことに決めた。

続けて、手分けして建物内の全部屋を確認する作業が行われる。

マレヒトが猫やコウモリ等の動物に擬態して潜伏している可能性も考えられたので、荷物の中やテント下、汲み取り式のお手洗いの内部から壁や天井に至るまで徹底的に調べられたが、動物も不審物も見当たらない。

これで少なくとも……旧公民館の内部の安全は確保されたはずだった。

全員がやや落ち着きを取り戻したところで、佑樹は昨晩の自分たちの行動や新たに発見した皮が剝がれた遺体について、三雲たちに報告を行った。

話を聞き終わった八名川が腕組みをして眉をひそめる。

「ということは、昨日の夕方から今に至るまで、竜泉くんたち以外に神域を出た者はおらへんってこと？」

「ええ、僕らは二度目の干潮が終わって海の砂利道が沈み切るまで、しっかりと監視を続けましたから」

新たに無残な状態の遺体が見つかったという話は、特に三雲に強いショックを与えたようだった。

「そんな、もう一人犠牲者が出てしまったなんて……」

彼女が呆けたようにそう呟いたのを聞いて、佑樹も視線を床に下げた。

ついに復讐とは無関係な犠牲者を出してしまった……この考えが彼の心にも重くのしかかっていた。

西城が力なく呟くのが聞こえる。

「あの遺体は恐らくは茂手木さんのものだろう。マレヒトに騙されずに本島に留まったところまでは良かったが、隙をつかれて襲われてしまったんだ」

昨晩から佑樹たち三人は一緒に行動していたので、あの遺体が西城や木京のものでないことは確かだった。旧公民館にいた四人だって、小部屋に引きこもっていた古家を除いた三人は多目的ホールで固まって過ごしていたはずだ。

……となると、消去法であの遺体は茂手木のものということになりそうだった。

マレヒトが人間の姿を手に入れたという事実に打ちひしがれつつも、彼らは古家の小部屋に戻ることにした。

日の出を迎え、部屋の中は先ほど見た時よりもずっと明るくなっていた。

部屋に取り残されていたタラが再び吠え始める。飼い主を失ったポメラニアンはパニックに陥り、人間に対する警戒心を一層強めているらしい。佑樹はそんなタラが可哀そうで仕方がなかった。

とはいえ、鳴き止む様子のないタラを室内に置いておく訳にもいかず、彼らはタラを隣の木京の小部屋に移すことに決めた。

佑樹がキャリーバッグを持ち上げたところで、ワオがひょこっと顔を覗かせた。その瞬間、牙を剝いたタラと目が合ったらしく、子猫は飛び上がってバッグの中に戻ってしまう。

隣室に移してからもしばらくは犬の唸(うな)り声が聞こえていたけれど、やがてそれも静かになった。静寂が戻ったところで、改めて古家の遺体の調査が行われることになった。

それにしても……古家はかなり荒っぽい飲み方をしたらしい。

Tシャツの首の辺りには薄い染みができていて、ワインの匂いをぷんぷんとさせていた。室内に紙コップやプラコップが見当たらないことから、白ワインを瓶から直接飲んで零したものだろう。左手は空になったワインボトルの上にそっと乗せられていた。

眠っているところを襲われたのか、テントや周辺の荷物にも乱れたところはなく、当人の表情も穏やかなものだった。魂が実在するなら、古家の魂は自分が殺されたことにすら気づいていないことだろう。

遺体をひっくり返してみたところ、海野の遺体と同じように心臓を貫いた傷が背中にまで達し、テントの床部分にまで傷を残していることが分かった。ただ、今回はマレヒトが凶器を慎重に引き抜いたらしく、周囲に飛び散っている血はほとんどなかった。出血の大部分は背中の傷から出たもので、テントの床部分をじっとりと濡らしていた。

佑樹は振り返って問いかける。

「遺体を最初に見つけたのは誰だったんですか?」

信楽が小さく手を上げた。

「自分です。そろそろ竜泉さんたちが戻って来るかなと思って、タラを連れて古家さんを起こしに来たんです」

「遺体を見つけた時刻は?」

「午前五時半よりも後、六時よりは前だと思うんですが……動転してしまって時間の感覚がなくなってしまって。八名川さんや三雲さんと色々調べたり相談したりしているうちに、竜泉さんたちが戻って来た感じです」

ここで三雲が口を開いた。

「昨日の行動も含めて、全て説明した方がいい？」

「ええ、お願いできますか」

「まず竜泉さんたちと別れてから、私たちは真っすぐに旧公民館に戻った。それから念の為に建物内部の確認と裏口・窓の施錠を行って、多目的ホールに集合したの。もちろん、その時は古家社長も一緒だったんだけど」

何故か彼女は言いにくそうに口を閉じてしまい、その先を八名川が引き継いだ。

「あれは午後六時くらいやったかな、竜泉くんから無線で連絡があったやろ？　それで、マレヒトのことを知った社長が激昂して三雲さんに摑みかかったんよね」

確かに、あの時の三雲の声は掠(かす)れていたようだったけれど、佑樹は彼女が誰かと言い合いをして泣いたからだろうというくらいに思っていた。

この時になって佑樹は三雲の首に赤黒い跡が残っていることに気づき、息を吞んだ。

菜穂子は手紙の中で、古家が『かっとしてまた首を絞めてしまった』と言っていたと記していた。危うく、また同じことが繰り返されようとしていたのに違いなかった。

「そんな……」

これ以上、佑樹は言葉が出てこなかった。一方で三雲ははっきりと言い切った。

「竜泉さんは悪くない。父の話を信じずマレヒトについて何も話さないまま、この島に来てしまった私が事件を引き起こしたようなものだから」

いや、衛星電話を壊した佑樹の責任の方が大きいのは間違いなかった。かといって、この場で懺悔をする訳にもいかず……彼は俯くばかりだった。

西城が三雲を気遣うように口を開く。

「何にせよ、無事でよかったな」

不意に八名川が自嘲するような笑いを口元に刻んだ。

「その件なんやけど……三雲さんを殺す気かと思たから、私が思いっきり社長を一発殴ってやったんよね」

この告白には木京までもがポカンとした。八名川は後悔の念は見せつつもマイペースに続ける。

「他に方法はないと信じてやったんやけど、ちょっと軽率やったかも知れへんね。それが原因で社長は小部屋に逃げ込むことになってもうたから」

「でも、それは完全に古家社長の自業自得ですよね」

佑樹が苦笑いを浮かべつつそう言うと、信楽も力強く頷いた。

「間近で見てましたけど、その通りだと思います。……で、自分はトランシーバーでの話が終わった後は夕食の準備をはじめました」

「夕食が出来上がるまで、三雲さんと八名川さんは何をなさっていたんですか?」

「よく覚えてへんけど、マレヒトのこととか色んなことを漫然と話してた気がする。いずれにせよ、多目的ホールからは出てへんで」

信楽は考え込むようにしながら更に続ける。

「炊き込みご飯が出来上がったところで、古家さんが引きこもっている小部屋に届けに行ったんです。そのついでにマレヒトについて分かったことの説明もしてあげました」

「小部屋に行ったのは何時ごろ？」

「八時台だったはずです。でも、古家さんは話が終わっても解放してくれなくて、そのまま愚痴につき合わされることになっちゃったんですよ。……その後、社長が眠ってしまったのを見て、これはチャンスと思って逃げ出してきました」

改めてテントに横たわる古家の身体を見ているうちに、佑樹はあることに気づいて古家の右手を持ち上げた。

「ん、人差し指と中指にシップが巻かれてますが？」

「それは古家社長が転んだ時の怪我です。八名川さんが乱暴した社長を止めようとした時なんですけど、右手からぐしゃあと床に倒れ込んでしまって」

信楽の言葉を疑う訳ではなかったけれど、佑樹は右手のシップを外してみることにした。

確かに古家の人差し指と中指の第二関節の辺りが赤黒く腫れ上がっている。比較の為に見てみた左手も含めて、白ワインでしけっている以外には特に目立つような汚れはない。

「かなり重傷の突き指っぽいですね」

「あ、あと、左足も捻挫したって言ってましたよ。そっちは僕が見た時はそんなに腫れてなかったんですけど」

「……念の為に、確認してみましょうか」

佑樹は左足の靴下を下げてみる。こちらはくるぶしの辺りが少し腫れていた。軽度の捻挫だろう。それを見つめていた木京が八名川に顔を振り向けた。

「運が良かったな？　古家が生きてたら傷害罪で訴えられて大変なことになるところだったぞ。あいつはそういうところはしつこい奴だからな」

口調はからかうようだったが、その顔は少しも笑っていなかった。八名川は不愉快そうに顔を顰(しか)める。

「私が犯人やって言いたいんですか？」

「人間がマレヒトの模倣犯になり下がる可能性だってあるだろう。どさくさに紛れて口封じをしようとしたのかも知れねえ」

ここで三雲が木京を睨みつけて声を荒げた。

「八名川さんはそんなことをする人じゃない！」

「そう熱くなるなよ。お前がこの女の何を知っているって言うんだ？　会ったばかりの癖に」

「何時間か話をすれば大体の性格は分かる。……それに、古家社長が私の首をこんなになるまで絞めたことを忘れてもらっては困るんだけど？　その事実がある以上、私や信楽くんの証言が怖くて、社長も下手な行動には出られなかったはず」

いつもなら喰い下がりそうなところだったけれど、何故か木京は面白がるように引き下がる姿勢を見せた。

「口封じをするまでもないって？　まあ、この話はどうでもいい。俺だって本気で犯人が人間だとは思ってねえからな。……で、信楽が多目的ホールに戻って来たのは何時くらいだったんだ？」

「確か、暗号についてトランシーバーで話し終わった直後やったと思うけど」

八名川は叩きつけるように言ったきり、口をつぐんでしまった。代わりに信楽が続ける。

「多分、十時過ぎかと。その後は基本的に多目的ホールにいたんですが……何か変わったことをやったとすれば、簡易トイレのうちの一つを控室に移動させたくらいでしょうか」

旧公民館のお手洗いに簡易トイレを設置したのは佑樹だったこともあり、彼は思わず問い返していた。

「どうしてそんなことを？」

「ここに残ってたのは発電機の使い方が分かんない人ばかりでしたから、ランタンと懐中電灯だけでしのいだんですよ。そしたら廊下はものすごく暗いし、簡易トイレは近いところに移動した方がいいって話になって」

佑樹は少し考え込んでから口を開いた。

「……ということは、最後に古家社長に会ったのは信楽くんということになりそうですね」

「でも、僕はマレヒトじゃないですよ！」

信楽が慌てたように両手を振り回しはじめたのを見て、佑樹は続けた。

「いや、別に信楽くんを疑ってはいないから。僕は今回の犯行はマレヒトによるものに違いないと考えています。昨晩、信楽くんたちはずっと一緒に行動していたんでしょう？　それならマレヒトに擬態されるような隙は……」

急に三人の表情が暗くなり、佑樹も自分の言っていることがこれまでに聞いた話と矛盾していることに気づいた。少なくとも、信楽は他の二人と一緒に行動していなかった時間があることになる。

「いや、違いますね。……もしかして？」

八名川が重々しく頷く。

「そう、私らは一緒に行動してた時間帯が多いねんけど、バラバラに動いていた時間も結構あったんよね。私の場合、午後十時以降に二回くらい運動の為に外に出てしもて」

「運動なんかの為に！」

「ちょっと、そんな言い方はないんとちゃう？　マレヒトは神域におるはずやって言い出したんはそっちやん」

佑樹はまたしても言葉に詰まる。その間に八名川が続けていた。

「で、外に出たら、めっちゃ星がきれいやったから長居してもて……最初の時が十五分くらい、二回目は十分くらい外に出てたかも。扉の近くからはそんな離れてへんのやけど」

「同じく、自分も夕食を作る為に合計四十五分くらい外に出ていました。もちろん建物の傍にいたけど、八名川さんたちからは見えない位置だった気が。あと、古家社長の長話につき合わされていた二時間くらいも……他の二人とバラバラに動いていたことになってしまうんですよね、多分」

二人の告白に対し、佑樹はすっかり言葉を返す気力を失ってしまっていた。そこに追い打ちをかけるように三雲が口を開く。

「それ以外にもトイレに行った時間帯があるから。私なんて五回もトイレに行ったし、他の二人も四回はトイレを利用したんじゃないかな？　時間は最大で十分くらいだと思うけど、それだって時計で確認していた訳じゃない。……でも、一つだけハッキリしていることがある」

「何ですか」

「信楽くんが多目的ホールに戻って来た後、古家社長は間違いなく生きていた。その後でトイレに行こうとした時、社長のいびきを聞いたから」

このいびきを聞いていたのは彼女一人ではなかったので、古家が十時過ぎまで生きていたのはほぼ確実になった。

だが、これも信楽がマレヒトではないということを証明するには弱すぎた。佑樹は小さく首を横に振る。

「ダメですね。マレヒトが擬態するのに何分を要するのか……それが分からない限り、誰がマレヒトに擬態されている可能性があるのか推測することもできません」

人間を食べて擬態するのに、数十分あれば足りるのか、それとも数時間かかるのか？　それによって疑うべき人は大きく変わる。逆に、現状では多目的ホールにいた三人ともにマレヒトである可能性が残ってしまうことになった。

木京が煙草を取り出しながら、吐き出すような口調で言う。

「だとすれば、打つ手なしだな。マレヒトが俺たちの目の前で擬態の実演でもしてくれない限り、知りようがねえことだ」

それに被せるように西城が呟いた。

「例の暗号が示していた場所に、そう言った情報が隠されているってことはないかな？」

希望を捨てたくない気持ちは分からないでもなかったが、佑樹はそんな楽観的な気分にはなれずにいた。

「それを確認する為には……実際に行ってみるしかないでしょうね」

多目的ホールに戻ろうとしたところで、彼は小部屋と廊下をつなぐ扉のドアノブに、血の跡がついていることに気づいた。扉は少し建てつけが悪くなっているもので、跡自体は部屋から外に出ようとした時についたものだろう。

「これは……手形でしょうか？」

擦(す)れている為に指紋は残っていなかったけれど、右手の親指と人差し指と中指の跡だということははっきり分かった。よくよく見ると、掌紋(しょうもん)が残っている部分もあるようだ。色からして古いものではない。

「それ、僕が遺体を発見した時からありましたよ。皆に知らせに戻ろうとして、ドアノブに血がついてるのにびっくりして悲鳴を上げたから」

信楽がそう言うと、八名川も頷いた。

「私もそのすぐ後で確認したけど、その時には既に血は乾いてたで」

古家の手には血はついていなかった……佑樹はそのことを思い出しながら呟く。

「なら、マレヒトが残したものということになりますね」

その時、何かを激しく叩くドンドンという音がした。

部屋にいた全員が飛び上がって身体を硬直させる。恐る恐る廊下に顔を出した信楽が恐怖に駆られた声を出す。

「どうしよう……誰かが裏口を叩いてます」

「おおーい！　どうしてしまったんだ、誰かいないのか」

扉を叩く音はどんどん激しくなってくる。

声からして、扉を挟んだ向こう側にいるのが茂手木だというのは間違いなかった。問題は……それが本物の茂手木かどうかだった。

佑樹は扉に向かって話しかける。

「ここを開く前に、いくつか質問に答えて下さい」

「その声は竜泉さんか。質問は後にしてくれないかな？　怪我をしてしまったものでね」

「……あなたの名前は？」

相手は息を呑んで黙り込んでしまった。次に返事があるまでに、佑樹の体感では一分近くが経ったように思われた。

「私は茂手木伸次（しんじ）、S大学で亜熱帯地域の生態系を研究している。幽世島（かくりよじま）にやって来たのは『世界の不可思議探偵団』という番組でアドバイザーを務めることになったからだ。……亡くなった海野の高校時代の先輩にあたる」

それらの答えはことごとく正確だった。信楽がホッとした様子で息をつく。

「良かった、マレビトには知り得ない情報も混ざってる。本物の茂手木さんですよ」

彼が門に手をかけようとしたのを見て、八名川が小声で制止する。

「いや、まだ分からへんで。茂手木先生の持ってた身分証やロケの企画書を読んで手に入れた知識かも知れへんから」

不意に扉の向こう側で茂手木が笑う声がした。

「奇妙な質問をするとは思っていたけど……もしかして、あの生き物は人間にも擬態する能力があると分かったのか？」

隠すことでもないと思ったので、佑樹はすぐさま答えた。

「そういうことです」

「困ったな、私は疑われてしまったらしい」

その声にはそれほど慌てたような様子はなかった。妙な反応だとも言えたが、島に来た時から茂手木はかなりの変人だったような気もする。

佑樹は八名川に下がるように指示をして門に手をかけた。

「……ええの？」

「本物の茂手木さんだとしたら、中に入れないのはあまりにも酷すぎますからね」

「もし、マレヒトやったら？」

「その場合も、僕らの監視下にいてもらう方が安全かも知れません。やっぱり扉を開けるべきだと思います」

そう言いながら佑樹は閂を外しにかかった。相変わらずの固さだったが、これもマレヒトの侵入を防ぐ為に敢えてそうしてあるのかも知れなかった。続けてサムターンも回す。

外には青ざめた茂手木が立っていた。

服は上から下まで泥だらけで、顔には何か所か虫に刺された跡がある。左の足首から下にかけてズボンとスニーカーがどす黒く血に塗れていた。彼は力ない笑いを浮かべた。

「完全に信用してくれた訳じゃないらしいが、受け入れてくれてありがとう。感謝するよ」

「……何があったんですか？」

「あの黒猫は曲者だ。神域に渡ったように見せかけて本島に残ったことまでは分かったんだが、その後が良くなかった。捕まえようと島の北側まで追い続けた私の足首を切りつけてきた」

彼はそう言いながら、左の足首に巻いたバンダナを指さした。鮮やかな血の色に染まっている。茂手木は更に続ける。

「そのまま私は十二時間くらいは意識を失っていたようだ。気づいたら夜明けが近くなっていた。……幸い、傷は動脈を逸れて失血量も動けなくなるほどじゃなかった。どうにかバンダナで止血を試みてここまで歩いて来たという訳だ」

無理に動いたことで出血が悪化したらしい。彼が落とした血の跡が点々と裏口から島の北側に向かって続いていた。

出血量からして軽い怪我という訳ではなさそうだ。これが本物の茂手木である可能性が僅かにでも残っている以上、今は治療を優先すべきだろう。……佑樹はそう判断した。

「誰か、応急処置の心得がある人はいませんか？」

そう問いかけてはみるものの、佑樹以外の五人は茂手木に近づくことにすら抵抗があるらしい。彼らは廊下の後方に下がって遠巻きに眺めるばかりだった。

佑樹は深くため息をつく。

「ならせめて、救急箱と天然水のボトルを取ってきて下さい」

それから茂手木を裏口のところに外向きに座らせると、スニーカーと靴下を脱がせた。その上で救急箱に入っていた使い捨てのゴム手袋に手を伸ばす。

足首は五センチにわたってぱっくりと切り裂かれていた。傷口は深さもあったので、確実に縫う必要があるだろう。

……マレヒトは擬態した上で、負傷したように装うことはできるんだろうか？

そんな疑問が佑樹の頭に浮かんだ。もしこの傷や虫刺されがマレヒトの作った偽りのものなのだとしたら、その擬態能力は恐ろしいほど高いということになりそうだった。

佑樹は三雲が寄こした天然水のボトルを持ち上げる。

「ひとまず、水で傷口の汚れを洗い流して、消毒薬をぶっかけますよ」

それが今できる精一杯の応急処置だった。ガーゼで傷口を押さえてテープで固定したところで、三雲が包帯を巻くのを手伝ってくれた。

気になったのは、傷口の中にも土が入り込んでしまっていたことだった。洗い流したとはいえ、破傷風が心配だった。佑樹の考えを先読みしたように茂手木が口を開く。

「半年ほど前に、南米に行く時に破傷風のワクチンを打っておいてラッキーだったよ。こんなところで役に立つとはね」

そう言う茂手木はどこかぼんやりとしていた。

もし彼が本物だとすれば、皆と合流できたことで気が緩み、疲れと傷による消耗から眠ってしまいそうになっている……というところだろう。実際、傷の影響で少し発熱もしているようだった。

応急処置が一段落したところで、佑樹は彼を多目的ホールに連れて行った。青灰色のテントのうち一つは寝袋が未使用だったのでそちらに座らせた。脱水症状対策として、スポーツドリンクと天然水を渡しておく。

廊下に戻ってみると、木京が裏口の閂をかけながら肩を竦めていた。

「……これから、どうするよ？」

佑樹はその場にいる五人を見渡した。目に映るのは寝不足の顔、疲れ切った顔、ぐったりとした顔ばかりだった。

「朝食にしましょうか。じゃないと体力的に持たなさそうです」

マレヒトの独白（一）

人間というのは個体差が大きい生き物だ。

身体能力に優れた者、想像力がたくましい者、強運に守られているとしか思えない者までいる。個体差があり性別があるのは私の種族も同じことだったが、性別によって人称を使い分ける習慣はなかった。

だから、未だに理解できないことがある。最近では曖昧になりつつあるらしいが、どうして日本語では一人称と三人称を性別によって使い分けしているのだろう？

「私」「僕」「俺」「彼」「彼女」……知識としては持っているものの、常に言い間違えないように気をつけなければならない。

そんな人間に、私の種族はマレヒトと名づけられた。

我々の侵略を受けた生き物たちは、決まって我々に名前をつけたがる。単に『擬態生物』と呼ぶ者もいたし『底なし』と呼ぶ者もいた。この命名のゆえんは我々の欲望が留まるところを知らないかららしい。

それと比べるとマレヒトという名は悪くないかも知れない。だから、人間たちを襲う間だけは我々のことをマレヒトと呼ぶことにしよう。

裂け目を抜けて出現した場所がこれほど豊かな世界だったのは、私にとっては嬉しい驚きだった。……我々が元々いた世界は既に涸れ果てていて、もはやマレヒトは飢え死にするしかない状況だったからだ。

神域と呼ばれている場所を一人で彷徨(さまよ)って、私がまず食べたのはちっぽけな生き物だった。これは知能と言語のレベルが低すぎたし、味も悪かった。結局、人間を襲ってその血を味わうまで、それが野鼠と呼ばれる生き物だということすら分からなかった。

まだ島にいる人間たちは知りようのないことだが……マレヒトは吸血することで、その生き物の記憶や知識などを盗むことができる。これは擬態を行うのには必須の能力で、進化の過程で先祖が少しずつ作り上げてきたものだ。

だから『記憶の有無』でマレヒトか人間か判断しようとしているのを見た時には、失笑してしまいそうになった。その調子で私が誰に擬態しているのか探していればいい。

今のところ、人間たちは疑心暗鬼に駆られながらも朝食の用意をしている。

もちろん私もその一員な訳だが、食欲などさっぱり湧かなかった。そもそも、人間の食事は私には吸収できない。そういった毒にも栄養にもならないものは腹に溜めておいて、後で捨てるに限る。

朝食の間も人間たちは喋りまくって五月蠅(うるさ)い。

人間は我々が会話する時に使う音域よりもずっと低い、無粋な声を使って話す。擬態すれば同じ声が出せないでもないが、レベルの低い会話につき合うのも疲れる。

一度だけ、そんな人間を私の共犯者として利用できないか考えたこともあったが……すぐにそんな考えは捨てた。人間は我々にとって食い物にすぎない。食い物に大切な計画の一端を任せるなど話にならない。やはり、この計画はマレヒトの手でのみ行われるべきだろう。

それにしても、昨日は上手くやったものだと思う。

人間たちを神域に誘導できるかは賭けだったし、その為に私もこの身を危険に晒す羽目になった。だが、その成果は十分すぎるほどのものだった。人間たちはマークの薄かった本島で犠牲者が出たという衝撃から、未だに立ち直ることができていない。

この調子で行けば、新たな犠牲者を生み出しつつも目的を果たし、この島から脱出することも難しくはないだろう。

……その確信には今でも揺らぎはない。

ただ、竜泉という人間があれほどまで想像力に長けていたのは予想外だった。

まさか海野を襲った段階で黒猫の仕業だと見抜かれてしまうとは。同じ方法であと何人か始末するつもりだったのに、これでは計画倒れもいいところだ。

おまけに、あの人間は些細な手がかりからマレヒトの性質を推測しはじめた。何より恐ろしかったのは、その多くが当たっていたことだ。

・身体の比重が重金属並みだということ。

・身体の一部を武器にできること。
・獲物の心臓を一刺しにする性質があること。
・擬態する能力があり、その際に獲物の皮と肉を喰らう必要があること。
・四十五年前の事件を起こしたのもマレヒトであること。
・鍵穴をピッキングできること。
・閂（かんぬき）のかかった扉は破ることができないこと。

以上の七つに関して、竜泉は正確に言い当てた。

とはいえ、他のことに関しては間違っている部分もあった。例えば、我々の知能についての推測だ。少なくとも、私の知能は人間よりもずっと高い。

もう一つ不運だったのは、三雲英子の孫がここにいたことだ。

やはり、三雲絵千花を最初に狙うべきだった。……四十五年前のことを考えてみても、私にとって最も危険なのは三雲家の人間なのは間違いなかったのだから。

裂け目を抜けてやって来て、私は初めて知った。私よりも前に神域に出現したマレヒトたちはことごとく人間に殺戮されてしまっていたことを。

理由は分からないが、三雲家の人間はマレヒトを殺す方法を代々伝えていたらしい。そして、我々が現れるタイミングを見計らって待ち伏せしていたのだ。それは三雲絵千花も同じで、あの人間の口から雷祭（らいさい）について語られたのを知った時には、私もゾッとした。

……海に沈めればマレヒトは死ぬというのは事実だ。

我々が元々住んでいた世界では水分は貴重で、そのほとんど全てが生き物の体内に蓄えられていた。我々が好んで体液を吸うのも、そんな世界で生き抜いてきたからだ。

マレヒトの身体は水がほとんどない環境に完璧に適応しているので、大量の液体に取り囲まれるような事態には対応できない。海を含む液体に沈められれば呼吸ができなくなって、すぐに溺れ死ぬことになるだろう。

それを知られたからには、一層用心して行動する必要がありそうだ。

第七章　本島　暗号解読

二〇一九年十月十七日（木）　〇八：三五

朝食の前に、神域に渡っていた三人は着替えを済ませることにした。水やウェットティッシュを使って身体の汚れを拭う。

少しさっぱりしたところで、手間のかからないカップ麺で朝食をすませた。

眠気覚ましのコーヒーを淹れるのは佑樹の仕事だった。十個セットの紙コップをたくさん持ち込んでいたので、念の為に未開封のものを選んでそれを使う。

並行して三雲がタラにドッグフードを与えた。これは古家が島に持ち込んでいたものだ。キャリーバッグの中で眠っていたはずのタラは、三雲が近づいただけで反応して唸(うな)り始めた。警戒心が強いので餌をあげてもなかなか口をつけないようだ。

佑樹はワオが食べられそうなものを探すことにした。

昨晩使わなかった肉や魚は傷んでしまっていて使えない。かといって、人間用の鯖(さば)缶は猫にとっては塩分が高すぎると聞く。木京には「鰹節(かつおぶし)は渡さない」と睨(にら)まれた。

結局、彼はタラ用のドッグフードを使うことにした。古家は二泊三日では消費しきれないほどのドッグフードと犬用のおやつを島に持って来ていた。これも子猫の健康に最適な食べ物ではないが、人間用のものよりはマシなはずだった。

佑樹はバッグの中で眠っていたワオを抱き上げると、まずは後ろ足の怪我の治療を行った。それから、寝ぼけている子猫にウェットフードを与えてみる。

幸いにして気に入ってくれたらしく、ワオは一缶を丸ごと食べてしまった。野生の猫だけあって、身体は佑樹が想像していたよりもずっと頑丈（がんじょう）らしい。

その後、ワオがやたら床の匂いを嗅ぎ出した。子供の頃に飼っていた猫もこんな仕草をしていたことがあった気がしたけれど、どういう意味だったか……。

佑樹が思い出そうとしていると、それを遠くから見ていた西城が笑い始めた。

「多分、それはトイレのサインだな」

佑樹は慌ててワオを抱き上げると、一時的に表口の閂（かんぬき）を外してもらい、建物傍の砂地に連れて行った。すぐに子猫が用を足し始めたのを見て、佑樹はついて来ていた西城を見上げた。

「詳しいんですね」

「以前は犬と猫を一緒に飼っていたからな。この子には嫌われてしまったみたいだが」

トイレを済ませたワオは西城に威嚇（いかく）をはじめていた。元が野生の為か、佑樹以外にはなかなか心を許さないようだ。佑樹は苦笑いを浮かべながら、ワオを摑み上げてボディバッグの中に戻す。

閂を開いてもらって多目的ホールに戻ったところで、佑樹は墓地へと向かう提案をした。

「……とはいえ、茂手木さんを一人で旧公民館に残して行くこともできません。二組に分かれることにしませんか？」

短い話し合いの結果、旧公民館に残ると立候補をしたのは八名川と木京だった。

八名川は「誰かが残らなければならないのなら」という理由で挙手したのだろうが……佑樹の知る限り、木京は断じてそんなことをするタイプではない。

訝しく思っていると、彼はこんなことを言い始めた。

「まず俺と竜泉と西城はマレヒトではあり得ない。何せ、俺たちは古家が殺された時には神域にいた訳だし、その後も一緒に行動していたんだからな」

それについては誰からも異論はなかった。続いて木京は持て余し気味にカップラーメンを手にしていた茂手木に視線をやって続ける。

「必然的に、マレヒトは残る四人に擬態していることになる。中でも昨日の夕方から行方不明になっていた学者先生がマレヒトである可能性は高いだろ？」

割りばしを持ったまま茂手木は小さく頷いた。

「そう思われても仕方がないとは思う。……さっき、三雲さんから昨日起きたことの説明を受けて分かった」

木京はにやりと笑う。

「自覚があるなら話が早い」

彼は多目的ホールの床に置かれていたトランシーバーを取り上げて更に続ける。

「俺も墓地のことは気になるが、今回は損な役回りを引き受けてやるよ。俺が学者先生と八名川の二人を見張る。万が一、どちらかが不審な動きを見せたらトランシーバーで竜泉に報告する。……これでどうだ？」

提案を受け入れるべきか、佑樹は考え込んだ。

茂手木がマレヒトだった場合、本性を現しても八名川と木京がいれば、制圧ができそうだった。でも八名川がマレヒトだった場合、負傷している茂手木は戦力にはならない。木京一人で彼女に対抗することができるのだろうか？

悩んでいる間にも、木京は多目的ホールの隅にあった工具箱の蓋を開いていた。そして鼻唄交じりに中身を吟味し始める。

「……何してるんですか」

佑樹が問いかけると、彼はバールを取り出してスイングし始めた。

「何って、武器を選んでんのに決まってるだろ？」

その目は輝いていたし、マレヒトが早く正体を現すのを心待ちにしているようにすら見えた。正当防衛にかこつけて、人型のものに暴力をふるうことのできるこの状況が楽しくて仕方ないらしい。

……この調子なら心配する必要はないか。

結局、木京と八名川と茂手木の三人を残して墓地に向かうことにした。出発に先立って、佑樹は工具箱からカナヅチを、道具箱からビニール紐とカッターナイフを持って行くことにする。

彼らが裏口から出ると八名川の手で閂がかけられた。これで外部からマレヒトの襲撃を受けるという心配もないだろう。

旧公民館の裏に向かうにつれて、少しずつきな臭さが増してくる。ワオはその臭いが嫌いなようで、ボディバッグから顔を出さなくなってしまった。

ところどころ灰が舞う階段を上り切ったところで、佑樹は思わず息を呑んだ。

整然と並んでいた墓石は周囲に生えていた笹もろとも燃やされており、更に一部の墓石は倒されてしまっていた。元々は明るい色をしていた墓石も今では煤けて真っ黒になり、周囲の土の上も同じように黒焦げで灰に塗れている。

通路のタイルの上では銀色の羽に黒い斑点を一つ持つシジミチョウが羽を休めていたが、彼らが近づくと慌てて逃げ出した。その蝶が飛び立った傍には、某アメコミキャラのオイルライターが落ちていた。

それを見た西城が唸るように言う。

「これは海野Dが愛用していたものだよな?」

「間違いないと思います。何度も使っているのを見たことがありますから」

着火に使われたのは、このライターで間違いなさそうだった。マレヒトが海野のポケットに入っていたものを使ったのに違いない。

気づくと、ある墓石の前で三雲が魂の抜けたような表情で立ち尽くしていた。

煤だらけになってはいたけれど、そこには『三雲英子之墓』と刻まれていた。それは昨日、佑樹たちが探していた墓でもあった。

佑樹と西城は顔を見合わせる。何と声をかけていいのか分からなかった。そんな中、昨日の経緯を知らない信楽だけは焼け跡を熱心に調べ続けていた。

「火事が起きたから分かりにくいけど、墓石の周囲には掘り返されたような跡があるっぽいですよ」

彼の言う通り、地面にはところどころ埋め戻しをしたような跡があった。ただ、地面が焦げたり灰が降り積もったりしている関係で、それがどの程度の規模のものだったかは分からなくなってしまっていた。

西城も地面に手を触れて頷いた。

「これはマレヒトが暗号の隠し場所を求めて掘り返した跡に違いないな」

「残念ながら、そのようですね。……でも、暗号に関する話をマレヒトはどうやって盗み聞きしたんでしょう?」

最後の方は呟くようになって佑樹が考え込んでいると、信楽が不思議そうに瞬き(まばた)をした。

「え、マレヒトも暗号を解いたんじゃないんですか?」

「いや、暗号を解いていたならピンポイントに調べるはずだし、こんなに掘り返したり焼いたりすることはなかったはずなんだけど」

なおも佑樹が悩んでいると、不意に西城が小さく息を呑んだ。

「待て、この島にはトランシーバーを三つ持って来たんじゃなかったか？」

トランシーバーのうちの一つは佑樹が管理していて、もう一つは木京が握りしめていること
だろう。だが、三つ目は……。彼は自分の不注意を呪った。昨日はマレヒトを神域に閉じ込め
ることで頭が一杯になっていて、佑樹はそのことを完全に失念していた。

三雲も大きく目を見開いて言う。

「残る一つって、もしかして海野Dの遺体の傍に落ちていたアレのこと？」

「あのトランシーバーを回収しなかったのは迂闊でした。遺体が見つかった低木の傍に放置し
たままにしていたので、マレヒトが見つけて回収したんでしょう」

だとすれば、昨日の無線での会話はマレヒトに筒抜けだったことになる。……もちろん、暗
号の答えが墓地内に隠されていることも、何もかもが。

トランシーバーに向かって推測を捲し立てていたのも、謎の一部を解いた気になっていたの
も、今となっては佑樹には空しく感じられた。

しばらく沈黙が続いた後に、三雲は英子の墓石に視線を戻して呟く。

「……あの暗号が示していた隠し場所というのは、やっぱり祖母の墓石だったの？」

「いえ、別の場所です」

彼がそう答えると、西城が笑い出した。

「違うのかよ！　びっくりさせやがって」

だが、佑樹は楽観的な気分にはなれずにいた。

「今のところ、僕が暗号の答えだと思っている場所は手つかずに見えます。でも、中身は既に空かも知れません」

「それは調べてみないと分からない。今度こそ、あの暗号をどう解釈したのか教えて?」

三雲の求めに応じる形で、彼は近くの藪(やぶ)から木の枝を一本取り上げると、それを使って土に文字を書いた。

こがねむし　仲間はずれの　四枚は　その心臓に　真理宿らん

「『こがねむし』は暗号だと暗示する為の部分なので無視するとして……『仲間はずれの四枚は』について考えてみましょう」

少し考え込んでから、西城が小さく頷いた。

「普通に考えたら『四枚は』は四枚の羽って意味なんだろうな。昆虫の羽は確か、蚊などの例外を除けば四枚だろう?」

「おっしゃる通りです。でも、この部分は漢字に変換する必要もなく、文字通りの意味に解釈してOKです。……この暗号はびっくりするくらいシンプルなものですから」

三雲は説明をろくに聞きもせずに周囲を見渡していたけれど、やがてふっと微笑んだ。

「あ、意味が分かったかも」

彼女が指さしていたのは通路に敷き詰められたタイルだった。

「正解です。そこには仲間はずれのものが、四枚あるんですよね」

通路には五センチ四方くらいのタイルが敷き詰められていた。灰が積もっているところもあったけれど、タイルの色が見えなくなるほどではない。そのほとんどが灰色で……デザイン的にわざとそうしているのだと思われるが、どれ一つとして同じ色をしたものがなかった。ありとあらゆる種類の灰色が揃っている。

信楽が何かに気づいたようにしゃがみ込むと、一枚のタイルを両手でこすり始めた。赤味を帯びた色がくっきりと浮かび上がる。

「本当だ。ここにあるのは灰色じゃなくて、ピンクのタイルですよ！」

二メートルほど離れた場所では三雲が紅梅色のタイルを見つけていた。佑樹も足元にあったタイルの上の灰を払った。これが三枚目のピンク色のタイルだ。

次々と見つかるタイルを見つめていた西城が目を細める。

「ということは……『その心臓に真理宿らん』という部分は、四枚のタイルの真ん中の位置に何かが隠されていると解釈すべきなのか？」

「僕もそう考えました。心臓は赤やピンクを連想させますし、中心部というような意味で使われることもありますからね」

「へえ、俺の推理もたまには当たるもんだな」

そんな話を続けている間にも、信楽が最後の一枚を見つけていた。四枚のタイルはサーモンピンク系の色が二枚、紅梅系の色が二枚で構成されていた。

それを見下ろした佑樹はしばらく考え込む。

「四枚のタイルをつないで出来るのは平行四辺形のようですね」

それぞれのタイルの間隔は短い方で二メートル、長い方だと五メートルほどあったので、タイルの枚数を数えてその中心を割り出すのは至難の業だった。

三雲が早くもうんざりした顔になっていたので、佑樹は思わず笑い出しそうになった。

「タイルは数えなくていいですよ、ビニール紐を持って来たので、それを使って中心を割り出しましょう」

四枚のタイルは平行四辺形を示している。なら、その対角線が交わる場所こそが暗号の答えのはずだった。

佑樹の指示に従って対角線を作りながらも、信楽が不満そうに言う。

「この暗号って単純すぎません？　自分のイメージする暗号はもっと回りくどくて解読に苦労するものなんですけど、あまりにショボくないですか？」

これを受けて佑樹も苦笑いを浮かべるしかなかった。

「僕も思った。でも、島民が暗号を作った理由を考えれば、難易度が低い方が自然なのかも知れない。何せ……これは島の外から来た人に解いてもらわないといけない暗号だった訳だからね」

ビニール紐を引っ張りながら、三雲がボソッと呟く。

「あるいは、暗号の解釈が間違っているのかも」

何となく佑樹が自分の推測に自信がなくなってきたところで対角線が完成した。その中心に立っていた西城が目印に尖った石を置く。

「この辺りだ」

「よし、調べてみましょう」

そう言いながら佑樹はカナヅチで問題のタイルを叩き始めた。

すぐに一枚だけ音が違っていて中に空洞を隠していることが判明する。そうと分かると急に緊張してきて、佑樹は手が震えそうになりながらもタイルを叩き割った。

割れたタイルの奥からは細長い缶が出てきた。

錆びが少ないことから、ステンレス製のものだろう。恐る恐る蓋を開けてみると、中から一回り小さな缶が出てきた。西城が何度か瞬きをする。

「何だ？　マトリョーシカみたいだな」

「中身を長期間保存する為に二重にしているだけですよ。重さ的に、もう缶は入っていないと思います」

佑樹の思った通り、その缶の中からは風化しかかったビニール袋が出てきた。それを慎重に取り除いてみると、中にあったのは紙の束だった。

ただ……いくら密閉していても、亜熱帯地域の土の中はかなり劣悪な環境だったのだろう。字が滲(にじ)んだりカビでやられて読めなくなったりしている部分も多かった。

佑樹は全員が見守る中で、ボロボロになった紙を広げた。

＊

あなたは暗号を解読してこの手記を手にしているのだろう。ならば、私はあなたが真にこの手記を必要としている人間であることを祈る。

もしあなたがマレヒトの存在を知らぬ人間だった場合、私がここに何を記そうとも、どれだけマレヒトが危険な存在だと説こうとも、戯言にしか見えまい。

最も幸福なのはこの手記が使われることのないことだ。

この手記を必要とする人が現れるということは、幽世島の島民がマレヒトに皆殺しにされ、死に絶えたことを意味する為だ。

本島は海の道を塞ぐ門によって守られているが、その門が不測の事態により外されてしまう可能性はゼロではない。想像すらしたくないが、最悪の事態には備えておかなければならないだろう。

元々、マレヒトの情報は基本的に島民が口伝で受け継いできたものであるし、三雲家で代々保管していた資料も先の戦禍によって失われてしまっている。このような状況だからこそ……マレヒトの情報を必要とする人の為に、私は知っている限りの全てを書き記すことに決めた。

私は三雲英子、この手記を読んでいるあなたにお願いしたい。

マレヒトを幽世島から逃がすことは、絶対にあってはならない。どうか、その手であの化け物を退治してもらえないだろうか。

一　マレヒトとは（濃赤で強調）

本性は金属を主成分とする球体で、大きさは猫より二回り小さい。体重は約二〇キロ。口伝では生殖の為の性別が存在しているらしいが、外観からの識別は不可能。

本体は流動的でマレヒトの意志により形が変わる。本体のみでも活動でき、人間の手足のように自由自在に動かせる。その中心には固形の核が一つだけ存在しており、核よりも小さい五センチ以下の隙間は通り抜けられないし、二つに分裂して活動することもできない。

マレヒトは知能も高く、動物から一定量以上の吸血をすることで記憶と知識を手に入れ、皮と肉を喰らって纏（まと）うことで擬態を完成させる。だが、本体よりも小さなものには擬態できず、猫程度の小ささが限界である。

自らの身体を変化させた針（細長い鋭い刃物）を武器として使い、心臓を狙うことが多い。そして針を抜いた後、傷口を自らの身体で覆うことで吸血を行う。また、針で刺した際に動物を仮死状態に追いやる毒を打ち込むこともできる。

その性質は残忍で、特に人間を好んで吸血しようとする。

二　真雷祭（しんらいさい）について（濃赤で強調）

マレヒトは四十五年おきに神域に、決まって一匹ずつ出現する。前回が一九二九年、今回が一九七四年、次回が二〇一九年……と続いていく。

もし雲も出ていないのに神域で落雷が発生したら■判読不能■出現した徴だ。

だが、この段階で慌てる必要はない。海の道を塞ぐ門と門がある限り、本島にマレヒトが侵入することはない為だ。

また、鳥に擬態して逃げるのではないかという心配も無用だ。幽世島近辺に生息する鳥類で最大の鷲と鷺でさえ、体重は二キロを下回る。それに対し、マレヒトは擬態時に二〇キロを優に超える。全国的に考えてもその体重で安定した飛行が可能な大きさの鳥類は生息していない。

落雷のあった翌日には昼間の干潮時に合わせ、三人以上の人数で犬を連れて神域へ渡ること。その際、たいまつを持って行くのと、門を閉ざすのは忘れてはならない。

犬には擬態が通用せずマレヒトを嫌って吠えたてる習性がある。マレヒトは危険を察知した際に人間には聞こえぬ音を出すが、犬はそういった超音波にも敏感な反応を示す。本島で犬が好んで飼育されているのも、この理由からだ。

また、神域に渡った時点でマレヒトが動物に擬態している場合があるので、捜索は細心の注意を払って行うこと。

過去には人間を油断させる為に、マレヒトが手負いの動物になりすました例もある。その擬態は巧みで人間には見分ける術がない。その為、手負いの動物がいた場合は特に用心すべきである。

犬がマレヒトを発見したらたいまつの出番だ。彼らは火にも弱く、数百度の温度に晒されると本性を現して気絶する性質がある。

マレヒトが本体を晒したら、檻に入れて本島に持ち帰るべし。マレヒトが確実に捕獲されたこと、人間に擬態していないことを証明するのに必須の工程である。

この際、用いる檻の格子の目は必ず五センチ以下にすること。それより大きな格子では、目を覚ましたマレヒトが逃げ出す危険性がある。

その後、全村人立ち会いのもとマレヒトは墓地から海に投下される。マレヒトが溺れ死ぬ様を見届けたら、宴の準備に　■判読不能■

もちろん、これまでにマレヒトを幽世島の外に逃したことは一度もないが……過去にはマレヒトが本島に入り込んで犠牲者を出したことはあったようだ。少なくとも、ここ二百年はそういった事態も起きていない。

三　幽世島とマレヒトの関係（濃赤で強調）

口伝でしか残っていないが……少なくとも千年前にはマレヒトは神域に出現するようになっていたようだ。その頃からマレヒトとの戦いは続いていることになる。

言い伝えによれば、島民の祖先たちが幽世島にやって来たのが千年ほど前のこと。

当時の幽世島には男が一人住み着いていた。それは島の守り神の化身で　■判読不能■　島民に様々な知識を与え、マレヒトに関する知識も授けたとされる。

化身は百有余年ほど島に留まり、島民たちが出現するマレヒトを退治するのを二度見届けたところで、海に溶けるように消えてしまったのだという。

姿を消す前に化身が島民に残した言葉がある。

『失敗は多くの犠牲を生み、失敗を重ねることで取り返しのつかない滅びを招く』

これを守り、失敗の連鎖を起こさぬように真雷祭を執り行わねばならない。

四　幽世島とマレヒトの関係、続（濃赤で強調）

これは私個人の見解だが、マレヒトは異世界の生物なのではあるまいか。四十五年周期で一匹ずつ出現するのは、その周期で時空の裂け目が開くからかも知れない。

時折、私はこんな想像をしてしまう。

異世界と地球では時間の流れ方が違っており、異世界での一瞬がこちらの四十五年なのではないか、と。マレヒトは実は異世界に何百匹もいて行列をなして時空の裂け目をくぐり、この世界を侵略しようとしている最中なのではないか、と。人間は千年をかけて一匹ずつ……その先頭にいた二十数匹を退けたのにすぎな■判読不能■

千年前にいた島の守り神の化身こそ、マレヒトに関する知識を島民に与え百有余年生き続けたというあの男こそ……実はマレヒトだったのではあるまいか？

人間に力を貸したのは、彼がマレヒトの裏切り者であり、自らの種の破滅を願っていた為だったのかも知れない。

私の妄想の一片にでも真理があ■判読不能■

五　マレヒトへの実験結果（濃赤で強調）

過去に一度、真雷祭の手順が破られたことがあった。一九二九年にマレヒトが出現した時のことだ。私の父は捕えたマレヒトをすぐには殺さず■判読不能■　に閉じ込めて半年に渡って実験を繰り返した。その結果、口伝されていた内容は全て正確だったことが証明され、更にいくつも新しい事実が判明した。

Ａ　マレヒトが獲物とする対象について

これは経験上、分かっていたことでもあったが、マレヒトは死体には手を出さず、生き血ばかり　■判読不能■　が行った実験では、死体の血や肉はマレヒトにとって毒となることが分かった。故に、彼らは死体の皮や肉を使って擬態することができない。

Ｂ　マレヒトの持つ毒の特性について

擬態を行う際、マレヒトは自らの針から獲物に毒を打ち込む。

毒には即効性があり、たとえ致命傷を負った動物だろうと……生命活動を限りなく低下させ仮死状態にする効果がある。獲物を生かしたまま擬態するマレヒトにとっては、獲物の抵抗を抑えねば身が危ない。故に、この能力が身についているのだろう。

だがこの毒は治癒をもたらすものではない。その為、致命傷を負っている場合は、薬の効果が切れると同時に死に至ることになる。

Ｃ　マレヒトの構造　■判読不能■

マレヒトは擬態したままの状態でも針を武器として使うことができるが、この針は五〇センチしか伸ばすことができない。

これはマレヒトの身体が核を『中間層』と『外層』が覆う構造になっていることに起因する。外層はマレヒトの本体のほとんどを占め、獲物の皮や肉と融合して擬態をするのに用いられる。

一方で中間層は強度が強く武器へと変化するが、体積的な関係で到達距離に限界が生まれてしまうの ■判読不能■

D　擬態に要する時間について

マレヒトは自らの身体で獲物を覆うことで一気にその皮と肉を取り込む。大きなものに擬態する場合は、体重調整の為に土や石などを自らの体内に取り込 ■判読不能■ その擬態速度は恐るべきもので、例えば猫では僅か二分ほど、中型犬で四分ほど、大型犬でも八分ほどで擬態を完了させる。この速度は大きな脅威となり得る。

実験を繰り返した結果、身体の大きさと擬態に要する時間が比例することが判明した。人間の場合、成人男性の擬態には約十五分、成人女性は約十四分かかる訳だ。

E　マレヒトの擬態の限界に ■判読不能■

本体に戻る時、マレヒトは纏っている皮や肉を全て脱ぎ捨てる。また、元の動物の姿から逸脱した変形をしようとすると、やはり纏っていた皮や肉がはげ落ちて本体に戻ってしまう。こうして脱ぎ捨てられたものは溶けて黒ずんだ肉塊と化 ■判読不能■

何度実験を繰り返しても、マレヒトは傷んだ肉塊を利用して再び擬態することはできなかった。つまり、一たび擬態を解いたり、元の動物の姿から逸脱するような変形をしたりすれば、もう二度と同じ姿に戻ることはできないということだ。新たに擬態する為には、動物の肉と皮を新たに取り入れねばならない。

F　マレ■判読不能■

マレヒトは二種類の目や鼻を持っている。一つは外界を観察する際に使われるもので、私たち人間が持つ目や鼻に近いが■判読不能■

もう一つは消化する際に使われるもので『視覚』『触覚』『嗅覚』の三つを一気に感じ取る器官だと考えられる。彼らはその感覚器官を使い、体内に取り込んだ獲物の皮や肉を消化しながら、その外観の色や質感や匂いまでも完璧に把握して擬態する。それは間違いなく人間の目や皮膚や鼻をはるかに上回る精度で■判読不能■

外界を観察する感覚器官よりも、消化する際に使われるものの方が性能的に断然上というのは、擬態■以下、二ページは完全に判読不能■

＊

佑樹たちは英子の手記を持って旧公民館へと戻った。裏口を開けてもらって中に戻ろうとしたところで、西城が急に立ち止まる。

「……マレヒトが墓地に火をつけたことを考えると、こういうのを屋外に置いておくのはヤバくないか?」

その指摘を受け、佑樹は心の底からヒヤッとした。

裏口の傍には、発電機とガソリンの携行缶が置いたままになっていた。昨日は屋外で使う予定のものだからと建物に入れなかったし、今の今まで彼はそのことを完全に失念していた。

マレヒトは火に弱い性質があるらしいが、それは人間も同じことだ。マレヒトに高度な知能があるなら人間のように火をコントロールできて当然だし、ガソリンを使った放火を計画してもおかしくない。……万一、マレヒトがガソリンを盗んだら大変なことになるところだった。

佑樹は慌てて携行缶に異状がないか調べた。幸いなことに、携行缶は三つとも満タンで、蓋を外してみても特に変わったところはないようだった。

「無事ですね。西城さんが気づいてくれて良かった」

彼がそう報告するのを聞いて、三雲が小さくため息をついた。

「どうせ、表口のところには料理用の燃料が置きっぱなしになっているんでしょうね」

「あ」

顔色を変えて声を上げたのは信楽だった。追い打ちをかけるように三雲は続ける。

「そっちも回収した方がいいでしょう。……いくらここが無人島だとはいえ、燃料の置き場所にはもっと気を遣うべきだったと思うけど?」

これには佑樹もぐうの音も出なかった。彼よりも立ち直りの早かった信楽が発電機に手をかける。

「とりあえず、まとめて運び入れちゃいましょう」

彼は発電機に付属した車輪のストッパーを足で解除すると、発電機をゴロゴロと運びはじめた。その後ろから、佑樹もガソリン携行缶を三つ抱えて続く。

「発電機って見た目より重量がありますね」

裏口にあった段差に少しばかり手こずりながら、信楽がそう呟いた。

「ああ、ガソリンが入ってなくても五〇キロ以上あるからね」

結局、発電機と携行缶は古家の小部屋に置くことにした。車輪のストッパーをかけて、佑樹は窓を薄く開いて網戸を閉じた。気化したガソリンが室内に溜まるのを防止する為だ。

一緒について来ていた西城が眉をひそめる。

「窓なんて開けて大丈夫なのか？　マレヒトが入って来たらどうする」

「そもそも、窓ガラスや網戸ではマレヒトの侵入は防げないと思いますよ。ガラスなんて簡単に割られてしまいますから」

佑樹が窓枠から手を離しながらそう答えると、西城は目を丸くした。

「え、この建物も安全じゃないってことか」

「そういう訳でもないんです。前にこの建物はシェルターとして使うこともできるようになっているという話をしたのは覚えてますよね？」

「出入り口に閂がついているのもそのせいだって言ってたな」

「実は、この建物には面格子が取りつけられているんですよ。それも、井桁（いげた）で非常に目の細かい面格子が」

　窓に歩み寄った信楽は、格子に手を触れて感心したような声を上げた。

「本当だ、格子の目は四センチくらいしかない！　手記にあった、マレヒトの核が通り抜けられない大きさです」

　佑樹は大きく頷く。

「面格子で守られている限り、窓からマレヒトが建物内に侵入してくることはないと考えていいと思います」

　その後、三人は表口の外に置かれていた燃料と武器になりえる調理器具の回収に向かった。信楽が持って来ていた燃料はカセットボンベが六本と木炭と着火剤だけだったので、多目的ホールに入れてもほとんど場所は取らなかった。


　全員が多目的ホールに落ち着いたところで、佑樹たちは墓地で見つけたものの報告を始めた。時刻は午前十時半をまわったところだ。

　まずは手記を木京・八名川・茂手木の三人に回して読んでもらいつつ、そこに書いてあったことを要約して説明する。

　三雲は道具箱から油性マジックを取り上げると、マレヒトの性質をロケ企画書の裏に箇条書きにして行った。その傍ではバスタオルの上に寝そべったワオが不思議そうに彼女を見上げている。

マレヒトからの襲撃を退け、誰に擬態しているか突き止める上で特に重要と思われるのは……マレヒトの性質のうち、以下の十四個だった。

- 四十五年に一度、神域に一匹ずつ出現する。
- 五センチ以下の格子は通り抜けられない。
- 閂のかかった扉は破れない。
- 皮と肉を喰らって纏うことで擬態する。
- 体重は二〇キロほどあり、猫より小さなものには擬態できない。
- 死体・死骸の皮や肉を使って擬態することはできない。
- 擬態に要する時間は猫サイズで二分、人間では十四〜十五分ほど。
- 擬態した際には手負いのフリを得意とする。
- 元の動物の姿から逸脱した変形をすると、擬態の為の肉や皮がはげ本体に戻ってしまう。
- 一度擬態を解くと、二度と同じ姿に戻ることができない。
- 外界を観察する感覚器官の他に、体内に擬態専用の高性能な感覚器官を持っている。
- マレヒトの針の到達距離は五〇センチ。
- その針から毒を出すことができ、毒を打ち込まれた動物は仮死状態になる。
- 犬はマレヒトの正体を見抜き、嫌って吠えたてる。

手記を読み終わった八名川が、考え込むようにこめかみを押さえた。

「章ごとに赤字で強調してあるみたいやけど、最後の方の読めへんところにも赤字の部分があるっぽいね。……ほんまは、一発でマレヒトを特定できる情報が書いてあった章が続きにあったかも知れへんってことやんな？」

ペン回しをしていた三雲が小さく頷いた。

「その可能性は高いと思う」

ここで木京が立ち上がった。

「そういや、あの犬は使えるかな？」

彼は自分の小部屋に向かったようだったけれど、すぐにタラが猛然と吠えたてる声が聞こえてくる。一分もしないうちに、木京はげんなりした様子で戻って来た。

「あーあ、タラが誰彼構わずに吠えまくるバカ犬じゃなかったら、マレヒトが誰に擬態しているか突き止めるのに役立ったろうにな。……ったく、俺はマレヒトじゃねえっての。どうして吠えるかな」

佑樹は肩を竦める。

「仕方ないですよ。元々、タラは古家さん以外には懐かない子だったようですし、今は飼い主を喪ってパニック状態になっていますから」

「こっちだって似たようなもんだろ。……俺だって胃なんかめったに痛くならねえのに、気分が悪い」

それは佑樹も全く同じだった。

最後に手記を受け取った茂手木は、読むだけの元気がないからとそれを佑樹に返した。その上で、彼はテントに敷かれた寝袋の上に身体を横たえて呟く。

「どうやら、第一段階は終わりが近づいて来たみたいだね?」

何の話を始めたのかが分からなくて、全員の視線が茂手木に集中する。

八名川によれば、傷の影響か……三十八度まで発熱しているらしい。その為、喋っている本人も何を言っているのか分からない状態になっている可能性もありそうだった。

茂手木は更に続ける。

「『襲撃の謎』の第一段階は終わりに近づき、我々は特殊ルールのほとんどを手に入れた。後は、それを利用して誰がマレヒトなのかを突き止めればいい」

煙草を取り出した木京が腹を抱えて笑い始めた。

「マレヒトの最有力候補が何か言ってるぞ!」

「違う、私はマレヒトじゃない。こんな怪我をせず頭がちゃんと働きさえすれば、あの生き物が誰に擬態しているのかをこの手で突き止め……」

最後の方は聞き取れないくらいの音量になり、小さないびきが聞こえ始めた。どうやら茂手木は眠ってしまったらしい。これには木京も鼻白んだ様子だった。

「都合が悪くなったら、狸寝入りかよ」

ここで八名川がペットボトルのお茶を弄(もてあそ)びながら口を開いた。

「でも、茂手木教授が言ってることは、ある意味で正しいんとちゃう？」

西城も同意見らしく頷きながら言う。

「この手記によってかなり情報が増えたのは事実だ。……今までに分かったことを整理して、マレヒトが誰に擬態しているのか突き止めることはできないのか？」

更に、荷物を整理していた三雲がポツリと呟いた。

「どう分析しても、茂手木教授が怪しいのに変わりないような気がするけど？」

佑樹も同感だったが、それが真相と断定するにはまだ早いようにも感じていた。

「……この辺りで、一から考え直してみるというのもアリかも知れませんね」

彼がそう言うと、三雲は「時間の無駄」という表情を浮かべつつも、率先して再び口を開いた。

「最初の犠牲者である海野Dを殺したのは、黒猫の姿をしたマレヒトだったということで異論はないでしょう？」

誰からも異議は出ない。

「それなら、突き止めるべきは二つ。一つは、マレヒトがどんな姿をして古家社長を殺害したかということ。もう一つは、マレヒトが今どんな姿をしているかということ」

彼女の発言を受けて、木京が新たに一つ疑問を提起した。

「マレヒトが誰に擬態したにせよ、まだその姿のままって考えていいんだよな？」

「そういうことになるでしょうね。海野Dの遺体はアダンの木の傍にあったのだから、道路付近に放置されていたという、肉と皮が奪われた身元不明の遺体は……ここにいる七人のうちの誰かのもののはず。仮に、私がマレヒトの擬態だと仮定してみましょうか？」

穏当ではない例えを披露しつつも、三雲は説明を続ける。

「その場合、私が擬態を解けば、三雲絵千花の姿をしている者はこの島から消えてしまうことになる。本物の三雲絵千花は肉と皮を剝がれた姿になってしまっているし、マレヒトは一度擬態を解くと、二度と同じ姿に戻れないのだから」

この例えを面白く思ったのか、木京はニヤリと笑う。

「なるほど。この多目的ホールに七人が揃っている以上は……マレヒトはまだ最初の人間の擬態を解いていないことになるのか」

一方、マレヒトの性質の箇条書きを見つめていた西城が新たな質問を投げかけた。

「ちなみに、黒猫の姿をしたまま古家社長を殺害するのは可能だったのかな？」

この疑問には三雲も木京も答えられないようだった。佑樹は自分の考えを整理する意味も含めて口を開く。

「一応、可能ですが……古家社長を殺害した時点で、マレヒトは既に人間に擬態していたのは間違いないと思います」

木京が鋭く言葉を挟んだ。

「その根拠は？」

「まず、裏口の鍵穴へのピッキングとドアノブを回すだけなら、猫の姿でもできないことはないはずです。マレヒトは針を五〇センチまで伸ばせるようですし、普通の猫よりずっと高い知能を持っていますからね」

木京はその言葉を吟味するように考え込んでいたが、やがて頷いた。

「確かに。鍵穴は猫が立ち上がれば届くくらいの高さだし、ドアノブに飛びついて前足で回転させるくらいできてもおかしくはねえか。……だが、殺害時には人間の姿をしていたと考える理由は何だ？」

「例の小部屋と廊下をつなぐ扉に、血の手形が残っていたからです」

佑樹は三雲から油性ペンを受け取ると、企画書の裏に旧公民館の間取り図を書いた。その上で、問題の扉の記号をペン先でコツコツと叩く。その動きにつられてワオの首が左右に揺れた。

それを見た佑樹は少しだけ表情を緩めてから言葉を続ける。

「問題の手形は部屋の内側のドアノブについていました。遺体発見時には既に乾いていたようですし、被害者の古家さんの手に血が付着していなかったことからも……マレヒトが人間に擬態した時につけたものと考えていいでしょう」

「そう決めつけるのは早計だ。マレヒトは自由に姿を変えられる。別の姿のまま人間の手か腕を生やした可能性は考慮しなくていいのか？」

木京の指摘に対し、佑樹はマレヒトの性質を箇条書きにしたうちの一つをペンで示した。

・元の動物の姿から逸脱した変形をすると、擬態の為の肉や皮がはげ本体に戻ってしまう。

「手記によると、マレヒトは猫の姿をしたまま人間の手を生やすなんて器用なことはできないみたいですよ？　それに、ドアノブには掌紋も残っていました。その再現度からして、人間に擬態していた時のものと考えた方がいい気がします」

「だとしたら……誰の姿だったんだろう？」

こう言葉を挟んだのは信楽だった。佑樹は目を伏せて続ける。

「残念ながら、そこまでは分かりません」

木京が小さく鼻を鳴らした。

「特定はできなくても、ある程度の絞り込みはできるはずだ。……前にも言ったが、事件発生時に神域にいた俺と竜泉と西城はマレヒトではあり得ない」

「その通りです。マレヒトが擬態している可能性があるのは、三雲さん・八名川さん・信楽くん・茂手木さんの四名に絞り込まれます」

そう佑樹が続けると、木京が持ったままだったバールで箇条書きを示す。

- 擬態に要する時間は猫サイズで二分、人間では十四～十五分ほど。

「……前に聞いた話だと、三雲が単独行動をしていた時間は一回につき最大で十分なんだよな？」

木京が続けた言葉に、三雲は小さく頷いた。

「一人で行動したのはトイレに行った時だけだから、そういうことになると思う」

だが信楽が鋭く反論する。

「いえ、三雲さんが最初にお手洗いに行った時は十五分くらいかかっていましたよ」

八名川もこれを否定しなかった。これには三雲も困惑が隠せない表情になる。本人の意識ではそれほど時間がかかっていなかったつもりだったのだろう。

「確かに……簡易トイレの使い方が分からなくて取扱説明書を確認したりしていたから、思ったよりもかかってしまっていたのかも」

「何だよ、三雲にも単独行動していた時間が十五分あったってことかよ」

そう言って木京が笑い始めたのを見て、佑樹は疑問を投げかける。

「でも、その時間帯に既に裏口の閂が外されていたかは分からないでしょう？　閂がかけられていれば、マレヒトはまだ建物内に侵入しておらず、三雲さんを襲うこともできなかったことになります」

木京はこともなげに言い返す。

「いやいや、本物の三雲がマレヒトに騙されて扉を開けちまった可能性もない訳じゃない。シロだと断定することはできねえな」

「……その通りみたいね」

そう呟いた三雲が俯いてしまったのを見て、佑樹は他の二人についても考えてみることにした。

「ちなみに信楽くんも夕飯の準備に四十五分ほど外に出ていたようですし、古家社長と一緒にいた約二時間についても、誰もそのことを証明してくれる人はいません。八名川さんも運動をするとか言って……最大で十五分は外に出ていたそうですね？」

「うん、マレヒトが私や信楽くんに擬態することも可能やったってことやね」

潔く認めるのは八名川らしかった。佑樹はこれ以上の追及をすることに後ろめたさを感じつつも続けた。

「あの晩、マレヒトは殺人以外にも三つのことをやりました。裏口を不正開錠すること、自らが擬態する為に殺した人物の遺体を道端に捨てに行くこと、墓地を荒らして火をつけることの三つです。……八名川さんの場合、二回外に出ているという話でしたし、トイレに行った時に裏口から抜け出して細工することもできたでしょう。この場合、不正開錠はマレヒトが外から入って来たように見せかける為の偽装ということになりそうですが、いずれにせよ……一連の犯行は可能だったことになります」

八名川は苦みの強い笑いを浮かべる。

「もうあの体操には懲りたわ。金輪際やらへん」

次に、佑樹は信楽に向き直る。

「信楽くんも同じです。やはり、料理の準備中や古家社長の小部屋から帰る途中などで擬態された可能性もあります。また、古家社長は午後十時過ぎまで生きていたと考えられていますが、それ以後にトイレに行くと言って屋外に抜け出したりすれば、信楽くんにも犯行は不可能ではなさそうです」

彼が夕食に用意した『炊き込みご飯』には炒める工程がない。下ごしらえをして鍋を火にかけさえすれば、ある程度の時間は鍋の傍から離れても影響が出なかったはずだ。

それが当人にも分かっているからだろう。信楽は黙り込んでいた。

「三雲さんも時間的に厳しくはありますが……トイレに行った回数が五回と多いので、作業を分割すれば、一連の犯行は不可能ではなかったかも知れません。……ちなみに、墓地での火事が発覚した時間帯に単独行動をしていた人はいましたか？」

佑樹がそう質問を続けると、八名川は目を細めて答えた。

「あの時は三人とも多目的ホールに揃ってたで。あ、でもその二十分前には私がストレッチしに外に出たんやったか」

他の二人はその前後にはトイレに行かなかったらしい。

「なるほど。八名川さんはその時間帯に墓地に行って直接火をつけることもできたことになりますね」

これにはいまいち納得がいかなかったようで、木京が口をひん曲げて笑い始めた。

「いや、そもそもマレヒトが時間差で火がつくように細工をしていた可能性だってあるだろ」

「……その通りですね。他のお二人にも火をつけることができたかも知れません」

三雲と八名川と信楽についての話が一段落したからか、視線が一気にいびきをかいている茂手木に集まった。佑樹たちの内心を代弁するように西城が呟く。

「茂手木教授は昨晩から今朝にかけて、ずっと単独行動を取っていた。この人だけは、殺人でも放火でも何でもやり放題だったということになってしまうんだよな」

木京も顎に手をやって目を細めながら言った。

「どう考えても茂手木がマレヒトで決定だろ。……旧公民館にいた三人が単独行動していた間は、他の二人がいつ探しに来てもおかしくない状況だった訳だからな。そんな中、古家を殺したり墓地を荒らしたりするのはあまりに運任せだ」

その考えが正しいことには佑樹も気づいていた。三雲と八名川と信楽は時間的に犯行が不可能ではなかったけれど、実現性はそれほど高くなかった。

木京は更に続ける。

「それに対して、この学者先生だけは運の要素なしに犯行が可能だ。マレヒトには怪我をしているフリをする傾向があるみたいだが、その点も完全に満たしている。……なあ、コイツが寝ている間に、海にポンと放り込んじまうっていうのはどうだ？」

ニヤニヤと笑いはじめた木京に対し、佑樹は思わず顔を歪（ゆが）めた。

「何を言うんですか！　茂手木さんが最も疑わしいのは事実ですが、他の人にも犯行が不可能ではないと分かっている以上、マレヒトだと断定することもできません。茂手木さんが本物だった場合、重傷の人をただ海に突き落とすことになってしまうじゃないですか！」

三雲と西城と八名川が佑樹の言葉に賛同を示したので、木京は多数決では勝ち目がないと悟ったらしかった。彼は詰まらなさそうに肩を竦めつつも諦めた様子を見せる。

結局、茂手木については引き続き全員で監視をするということで話が落ち着いた。


その後も一時間ほど、話し合いは続いた。

中でも一番盛り上がったのは、誰がマレヒトに擬態しているか一発で特定する方法がないかという話だった。マレヒトが火や水に弱いのは分かっていたが、当然ながらこの島にいる人を片端から焼く訳にもいかない。また、怪我人である茂手木以外の人についても……水を使って人間かどうかを判別するのは難しい状況にあった。

佑樹たちは墓地から戻って来る際に、港に立ち寄って海の様子を確認していた。幽世島の周辺は潮の流れが非常に速いことは分かっていたけれど、港の周辺だけはそれも比較的穏やかなのではないかと考えられた為だった。

ところが予想に反して、今は港の周囲も波が高くなり海は荒れてしまっていた。恐らく少し離れたところを通過している低気圧の影響だろう。島の天気にはそれほど影響はなかったものの、これでは波が落ち着くまで誰も海に入ることはできそうになかった。……当然、マレヒトか否かを識別する方法としても使えない。

おまけに、船で聞いた天気予報ではこの低気圧は非常に進みが遅いという話だったので、あと数日は影響を受ける可能性が高かった。迎えの船が来るまでに海が落ち着くかどうかさえおぼつかない。

また、手記にはマレヒトは大きなものに擬態する場合、土や石などを自らの体内に取り込んで体重調整するという風に書かれていた。つまり、マレヒトが誰かに擬態しているのなら、土や石などで足りない重さを補ってその人物の体重に上手く合わせている可能性が高いということだった。

駄目元で、この場にいる人全員の体重を簡易的に確認してみたが……案の定、体重が異常に軽すぎる人も重すぎる人も見つけられなかった。

何かしら他に方法がないものかと堂々巡りをしているうちに、三雲がとうとうこんなことを言い始めた。

「もう、指とか腕を切断して断面を確認でもしない限り、それが本物の人間なのかマレヒトが擬態した姿なのか見分けることはできないんじゃない？」

完全に自暴自棄な口調だ。これには佑樹もぎょっとしたし、西城が珍しく苦言を呈したほどだった。

「冗談にしても、この状況ではそんなことは言わない方がいい」

そう言われて彼女は初めて自分が何を口走ったか自覚した様子だった。三雲は顔を赤くして俯いてしまう。いつもなら発言が悪趣味であればあるほど面白がる木京でさえ、今は心の余裕を失ってしまっているようだ。彼は渋い顔をしたまま口を開く。

「今の話は忘れた方が良さそうだな……。いずれにせよ、このまま話を続けても仕方がない。休憩にしないか？」

いつの間にか時刻は十二時を過ぎていた。

未知のクリーチャーに襲撃されるという意味不明な事態に見舞われ、佑樹たちは昨日から一睡もしていない。今日になってからは、追い打ちをかけるように……自分たちの中にマレヒトが紛れ込んでいるかも知れないと分かった。

もう一瞬たりとも気を抜ける時間はない。全員の神経が多かれ少なかれ削られて限界を迎えかけているのは間違いなかった。

佑樹自身も『復讐』という目的なしにこの島を訪れていたら、今のように覚悟を決めて物事を考えることはできていなかっただろう。それどころか、真っ先にパニックに陥って林の中に飛び出していく迷惑なタイプの人になっていた可能性さえある。

……とはいえ、佑樹も復讐を諦めるつもりなどなかった。

最後のターゲットである木京は、煙草の残りが七本になってしまったと嘆いていた。今はぶつぶつ言いながら鰹節を食べている。

だが、計画を再開するにしても、依然として問題が多いのは事実だ。

下手に木京に手を出せば、皆がマレヒト＝佑樹という結論に飛びついてしまう危険性があった。彼を捕まえたことに安心しきって油断が生まれれば、そこから先は本物のマレヒトの思う壺になってしまうことだろう。

となると……マレヒトの仕業(しわざ)に見せかけて木京を殺し、船が来る前にマレヒトが誰に擬態しているか突き止めてしまうしかなさそうだった。

ワオの首筋を撫でてやりながら、佑樹がそんな空恐ろしいことを考え続けていると、

「おーい、タラのことも心配してやれよ」

声がした方に顔を向けると、西城が犬用のキャリーバッグを片手に立っていた。

木京の小部屋に閉じ込められたままだったタラを連れてきたらしい。反対の手には古家の荷物から拝借したのか、犬用のリードが握られていた。

タラはものすごい勢いで吠えまくっていたけれど、黒いメッシュ越しに中を覗き込む西城は思案顔だった。

「どうも、昨日の夕方からほとんど用が足せてないっぽいんだ」

「体調が悪いんですかね」

「いや、散歩の時にしかトイレをしないように躾けられているのかも知れない。試しに外に連れ出してみるよ」

「なら、僕も一緒に行きます」

今回ばかりはワオを多目的ホールに置いていくことに決めた。タラがずっと吠え続けているので、連れて行ってもストレスになってしまうと思ったからだった。

佑樹がタラの入ったキャリーバッグを抱え、西城と二人掛かりでリードを取りつけた。ポメラニアンにしては少しだけ大柄なタラだったが、それでも成猫くらいの重さしかなかった。もたつく佑樹に対し、犬を飼っていたことのあるという西城は扱いに慣れているようだ。

旧公民館の外に出てからタラを地面に下ろしてみたものの、大騒ぎをして西城のズボンの裾

に咬みつくばかりで散歩になりそうにもなかった。

佑樹と西城はそんなタラを見て笑ってしまった。

「仕方ない、キャリーバッグで連れて行ってみるか。少しは機嫌が直るかも知れない」

中から表口の閂がかけられたのを確認してから、二人は道なりに集落がある方向に進み始めた。時刻は午後〇時半をまわったところだ。

港に向かう手もあったけれど、佑樹はマレヒトを突き止める手がかりを求めていた。その為、足は自然に皮を剝がれた遺体を発見した方向に向く。

タラの鳴き声と唸り声をBGMに進むうちに、早朝に遺体を見つけた付近にやって来た。散歩に出て煙草を吸い始めた西城は気づかなかった様子だが、佑樹は周囲が焦げ臭いことに気づいた。

「おかしいですね、ここは墓地からは距離があるのに」

まず、道路脇に横たわっている血だるまの遺体を確認してみたが、特に異状はなかった。木京が確認の為に遺体を動かした時の姿のままで、首も同じ位置に転がっている。

それを確認した佑樹は道を外れて、アダンの木のある方角を目指した。

「おい、どうしたんだ」

西城が呼びかけるのが聞こえたけれど、佑樹は説明するのももどかしく五〇メートルを進んだ。

アダンの木の付近にあった例の低木は燃やされてしまっていた。

その真ん中には黒焦げになって首や四肢がバラバラになった遺体が転がっている。周囲には濃厚な煙の名残が漂い、佑樹が歩くと地面に降り積もった灰がふわりと舞い上がった。

少し遅れて落ち葉を踏みしだいて西城がやって来る足音が聞こえた。キャリーバッグを片手に握ったままだった彼はすぐに小さな悲鳴を上げる。

「マレヒトの仕業か！」

まず佑樹は焼け跡の地面にそっと手を触れてみた。静寂の中、降り積もった灰だけがカサカサと音を立てる。

「ほぼ冷たくなってますね。火が消えたのは大分前のことなのかも知れません」

低木から数メートル離れた場所には、用済みと言わんばかりにトランシーバーが放置されていた。それを見た西城が顔をしかめる。

「昨日の夕方の段階ではトランシーバーは低木の下に置いたはずだ。それが移動しているってことは……」

「やはりマレヒトがトランシーバーを使って僕らの話を盗み聞きしていたんでしょう」

佑樹は念の為にそのトランシーバーも回収しておくことにした。

それから彼は手ごろな枝を拾い上げると、遺体の腕の部分を確認してみた。それはミイラと見間違うほど縮んで、全体が完全に炭化してしまっている。

「うーん、マレヒトはかなり徹底的に遺体を焼き尽くしたようですね」

遺体に近づく度胸のない様子の西城は、キャリーバッグを地面に置いてアダンの木の傍で口元を覆っていた。

「だが、こんなに酷い状態だと、本当に海野Ｄの遺体なのかすら分からないぞ?」

彼の言う通りだった。これが海野の遺体ではない可能性も充分にある。

佑樹は遺体の首や胴体の部分についても徹底的に調べてみたが、完全に黒炭と化した遺体からは身元の特定につながるようなものは一切見つからない。

彼はなおも考え込みながら、ほとんど独り言のように続ける。

「僕らが海野Ｄの遺体を確認したのが朝の六時前後のことです。マレヒトがここに火をつけて遺体をバラバラにしたのは、それ以降……」

「今が十二時半過ぎだから、時間的には六時間三十分くらいあったことになるな」

腕時計を見下ろした西城の言葉に、佑樹は頷いた。

「その間、旧公民館の中にいた人は基本的に外には出ていません。例外は墓地へ行った時ですが、その時は皆で一緒に行動していましたから、誰にも火をつけることなどできませんでした」

「となると、遺体を焼いたり損壊させたりするチャンスがあったのは……茂手木教授だけってことになってしまうな」

茂手木が佑樹たちと合流したのは七時過ぎだったはずだ。時間的には遺体を燃やす時間はあったことになる。

「今のところ……そう考えるしかないようですね」

突然、ポメラニアンがこれまでとは毛色の違う唸り声を立てた。佑樹と西城は話を中断して顔を見合わせる。

「マレヒトの気配を感じ取ったのか？」

さっそく西城はしゃがみ込むと、地面に置かれたキャリーバッグの入り口を開いてやった。タラはワンワンいいながら飛び出し、アダンの木陰に入って見えなくなってしまう。

リードを握って木の裏側を覗き込んだ西城が脱力した声を出した。

「ダメだ……単にトイレだったよ」

その言葉通り、タラは十秒ほどでスッキリした顔をして戻って来ると、また佑樹と西城に向かって唸り声を上げ始めた。

その後、西城はタラをキャリーバッグに追い込もうとしたけれど、彼は逃げ回って戻らなくなってしまった。もっと自由にさせろということらしい。

佑樹は苦笑いを浮かべる。

「ずっとバッグの中にいた訳ですし、少しくらい自由にさせてあげた方がいいかもですね」

「そうだな、リードで連れて行くことにするか」

それ以降、多少は聞き分けの良くなったタラだったが、誰彼構わずに吠える癖だけは直らなかった。西城がリードを引いて旧公民館に戻る道中も、二人に交互に吠えかかる始末だったし……多目的ホールに戻ってからも同じだった。

佑樹たちが海野と思われる遺体が焼かれていたことを報告する声も聞こえにくいくらいだ。室内にマレヒトがいるかも知れないことを考えれば、その反応も当然のものなのかも知れなかったが。

けれど、それは子猫にはストレスになってしまった。ワオがあまりに激しく威嚇を続けるので、西城がタラを無理やり多目的ホールの反対端に引っ張って行った。そして、咬みつかれそうになりながらも、キャリーバッグの中に追い込むことに成功する。

キャリーバッグはハウスとしても使えるものだったこともあり、タラは渋々といった様子でその中に入ると、壁の方を向いて丸まった。

ハウスでタラの視界が遮断された為か、やっと室内に静寂が訪れた。

そして問題の茂手木は、これまで以上に徹底して監視下に置かれることになった。更に、彼が少しでも挙動不審な行動に出た場合は、その時点で茂手木をマレヒトと断定し、手段や方法を一切選ばずに対処することも決められた。

これは主に木京の提案によるものだったが、今回は誰からも反対は出なかった。状況から考えて……遺体に火をつけることができたのは茂手木一人だけと考えられたからだ。

だが、不思議なことに、誰一人として「これで一安心」という表情は見せなかった。

その理由は佑樹にもよく分かっていた。彼らには一度、マレヒトにこっぴどく出し抜かれた経験があった為だ。特に、あまりに簡単にマレヒト候補を茂手木一人に特定できたことが、余計に皆の不安をあおった。

以前に『神域に逃げた』と誤認させたように……今回も茂手木がマレヒトであるように見せかけることで油断させ、その裏で何かを企んでいるのではないか?

あの化け物にはそう思わせるだけの不気味さがあった。

三雲英子があんな形で手記を残していたのは想定外だった。

確認できた範囲で言えば……手記に書かれていた我々の性質に関する情報はことごとく正確だった。

だが、同時に私は運にも恵まれていたらしい。

人間とマレヒトを簡単に見分ける方法は存在する。それを人間たちに知られれば、私といえども窮地に追い込まれるところだった。だが、幸いにしてその部分は完全に判読が不能になっていた。

それにしても、三雲英子は驚くほど鋭い人間だった。

実際、彼女が我々について想像していたことはかなり的を射ていた。まず、マレヒトが時空の裂け目を通ってやって来るという考え方は正しいし、我々がいた世界とこの世界で時間の流れが違っていることも当たっている。

唯一、外れているとすれば……マレヒトの数についてだろうか？

彼女は我々が数百人いるのではないかと考えていたが、人間が異世界と呼んだ場所には極度の飢餓（きが）状態のマレヒトが一万人ほどいる。当然、この幽世島（かくりよじま）に向かう行列もそれだけ長く続いていることになる訳だ。万一、私が失敗したところで四十五年後にはまた一人マレヒトがやって来る。九十年後にはまた一人……。

端から我々の十分の一の長さの寿命しかない人間に、勝ち目などない。

あの裏切り者さえいなければ、千年前に彼が自らの種を殺す方法を人間に与えさえしなければ……この豊かな世界はもっと容易く我々のものになっていたことだろう。

しかしながら、千年前に果たされるべきだった目的は今、私の手で実現しようとしている。

もう誰も私を止められはしない。

第八章　本島　襲撃対策

二〇一九年十月十七日（木）　一三：四〇

佑樹はレトルトの玉子がゆを持て余していた。遅めの昼食として供されたものだ。

高熱が出ている時みたいに、食べても味がほとんど感じられない。寝不足のせいか精神的な問題なのか、今朝から軽い吐き気がつきまとっていた。

ふと三雲に目をやると、まだ玉子がゆに手をつけていなかった。彼女は青と黄色の携帯用薬ケースを手にぼんやりと考え込んでいる。

「具合でも良くないんですか？」

心配になった佑樹が問いかけると、彼女は力なく微笑む。

「大丈夫。元から逆流性食道炎を起こしやすい体質で。食前に薬を飲もうか悩んでいるだけだから」

黄色い方のケースには油性マジックで『胃薬』と書かれ、中には白い錠剤がむき出しで大量に入っていた。三雲はそのケースを見下ろして深くため息をつく。

「でも、こんな状況で病気の心配をするのも滑稽かもね」

「そんなことないですよ」

「気休めは言わなくていいのに」

悲しげにそう呟いてから、彼女は今度は青いケースを持ち上げて示す。

「ちなみに、不眠症気味でもあるから睡眠薬も持って来てるんだけど……完全に無用の長物ね」

少し前から自暴自棄な言葉を吐くようになっていた三雲だったけれど、その傾向は一層強まっているらしかった。今では声にも表情にも生気がない。

青いケースにも手書きで『睡眠薬』と書かれていて、白い錠剤がごろごろと入っていた。

不意に木京がニヤニヤと笑い始めたので、佑樹はギクリとした。

佑樹も睡眠薬をこの島に持ち込んでいたが、それはあくまで復讐という目的の為だ。三雲の私物とはいえ、木京が睡眠薬の存在を意識するのは……ありがたいことではなかった。

幸いなことに、木京が興味を示したのは睡眠薬ではなく不眠症の方だったらしい。

「今は不眠の体質に感謝しておいた方がいいぞ。眠ってる間にマレヒトに襲われるよりはマシだ」

「かも知れない」

残念なことに、ビタミン剤に偽装して持ち込んだ睡眠薬を……佑樹は使いあぐねていた。

ついさっきも佑樹はコーヒーを準備して配ったが、木京は受け取りを拒否した。

佑樹がマレヒトでないことくらい分かっているだろうに、かなり警戒心を強めているらしい。

朝食の時からそうだったが、木京は未開封のものを除いて、他の人が触れた飲み物や食べ物には絶対に手をつけようとしなくなっていた。

今回は睡眠薬を入れる意味もなかったので試みはしなかったが……この調子だと、木京に薬を飲ませるのは困難を極めそうだ。

一方で、三雲は胃薬を飲まない決心をしたようだった。

彼女は薬ケースを自分の鞄に放り込むと、無造作にテント脇に放り投げた。それから、玉子がゆをスプーンでかき混ぜ始める。

佑樹は進まない食事は切り上げることに決め、茂手木の様子を見に向かう。

実質的に全員からマレヒト扱いされたことにより、彼はすっかり意気消沈してしまっていた。玉子がゆもほとんど口をつけていない。体温は三十七度三分……。一時期より熱は下がっていたが、微熱は続いている。念の為に、解熱鎮痛剤を渡しておくことにした。

やがて茂手木は眠りについたものの、彼のテントを見やる他の五人の視線は凍るように冷たい。

木京は茂手木をさっさと海に放り込むべきだと繰り返し訴えていたが、今回も佑樹が何とか思いとどまらせた。佑樹は茂手木がマレヒトではない可能性もまだ残っていると考えていたし、間違っても怪我人を荒海に突き落とさせる訳にはいかない。

それに……木京も心の底から茂手木がマレヒトだと思っている訳ではなく、単純に人を荒海に突き落とすのを面白がってそう言っているだけのようだった。

茂手木のいびきが響く中、三雲が小声で佑樹に問いかけた。

「帰りの船は、明日の今頃には到着しているんでしょう？」

「ええ、午後二時に到着する予定です。あの船長だったら、ちょっと早めに来てくれるかも知れませんよ」

できるだけ明るい口調でそう言ったのだけれど、八名川が醒めた様子で呟いた。

「でも、この教授を一緒に連れて行く訳にはいかへんやろ？　マレヒトやったら大変なことになるで」

迎えの船がやって来た時、茂手木をどうするか？　それは明日の正午までに皆で相談して決めることになっていた。

もちろん、それまでに海の荒れが落ち着いていれば、茂手木を含めた全員が港から海に入って身の潔白を証明するという方法を提案することもできるだろう。だが……進みの遅い低気圧の影響から抜けきるまでにはまだまだ時間がかかる可能性が高かった。船が到着するまでに波がおさまってくれるという保証はない。

だからこそ余計に、佑樹には手をこまねいて待つつもりはなかった。

「分かっています。それまでにマレヒトが誰に擬態しているか、火や水を使わずに何とかして確定させてみせますよ」

そして、もちろん……復讐も達成した上で船を迎えるつもりだった。

＊

茂手木の監視を木京と八名川に任せて、佑樹たちは改めて旧公民館の全部屋を調べることにした。もちろん、表口と裏口の閂(かんぬき)をかけて完全に閉鎖した上で、だ。マレヒトの本体がどういったものか判明したことを受け、念の為に改めて確認すべきだと考えたからだった。

荷物、テントの下、汲み取り式のお手洗いの中……壁、天井、発電機の下の隙間、ガソリン携行缶までもが開かれたけれど、やはり動物や不審物は見当たらなかった。

それからは体力を温存する為に、四十分ずつ仮眠をとることにした。

茂手木を除いた六人が一人ずつ交代で眠ることで、安全に休息することができる。四時間ほどでローテーションが一周する計算だ。その間に一度、佑樹と西城の二人で港の様子を確認しに行ったが、海は荒れたままだった。想像していた通り、この状態はまだしばらく続くだろう。

五人目の仮眠が終わる頃には、室内は暗くなりはじめていた。多目的ホールの四か所にＬＥＤランタンを並べて夜に備える。

最後に自分の番が回って来たところで、木京がこんなことを言い出した。

「言っとくが、俺は仮眠をするつもりもないし、そもそもここで寝る気なんてねえからな？　奥の小部屋のテントを使わせてもらう」

これまでの話し合いを無視する言葉に、皆一様に唖然となった。そんな中、佑樹だけは喜んでいるのがバレてしまわないよう取り繕わなければならなかった。

復讐という目的の為には、木京が単独行動を取ってくれるほどありがたいことはない。だが、これは同時に諸刃の剣で、マレヒトに木京を殺害させる機会を与えかねなかった。

加えて……これが木京らしくない行動だということも佑樹には引っかかった。

彼はうわべこそ激昂しやすい人間に見えるが、実際は冷静に状況を見定めるタイプで、かなり計算高い性格をしている。そんな男が何の理由もなしにこんなことを言い出すだろうか？

佑樹が真意を測りかねているうちに、八名川が鋭く言葉を挟んでいた。

「皆で茂手木教授を監視するのが、一番安全やと思いますけど？」

「俺も八割がたは、そこの学者先生がマレヒトだと信じている。……だが、俺たちが何か見落としているだけで、マレヒトは実は別人に擬態しているという可能性もあるだろ？」

「それでも、やっぱり一人で小部屋にこもる方が危険やと思います」

喰い下がる八名川を見て、木京はおかしそうに笑い始めた。

「その通りだ。相手がマレヒトだけならな」

この言葉から鋭い棘を感じて佑樹は思わずたじろいだ。木京は何故か視線を佑樹に移して更に続ける。

「俺がどんな風に見えてるのかは知らねえが、数えきれないほどの人間に恨まれてる自覚くらいはあるもんでね？　誇張でも何でもなく、いつ殺されてもおかしくないくらいに」

これが事実だということは、Jテレビの関係者なら知らない者はいないだろう。

その証拠に、西城も八名川も信楽も表情を凍りつかせて黙り込んでしまっていた。三雲も噂は知っているのか、唇を真一文字に引き結んだまま何も言わない。

自分が疑われていることを感じつつも……佑樹は努めて平然とした表情を保ったまま、木京を見返す。

「おっしゃっていることが事実だとしても、そんなことを気にかけるような木京Ｐじゃないですよね？」

これには木京も驚いた様子で眉を上げたが、すぐに再び笑い始める。

「皮肉がきついな。俺もそこまで厚かましくはできちゃいねえよ。心配しているのは『マレヒトの仕業(しわざ)に見せかけて、どさくさに紛れて俺の命を狙いに来る輩(やから)がいないか』ということだ。結託して襲われでもしたら一たまりもないからな」

実際、全く同じことを考えていた佑樹が目の前にいる訳だし……これまでの悪行を考えれば、他の人とは違うタイプの疑心暗鬼に陥ってもおかしくはなさそうだった。

もし海野か古家のどちらかが生き延びていたとしたら、ここまで頭は回らなかったはずだ。一番厄介な木京が最後に残ったのは、佑樹にとっては不運だったとしか言いようがない。

いずれにせよ、単独行動を希望しているのは必ずしも悪いことばかりではなかった。佑樹は相手の主張に折れた風を装って口を開く。

「僕らのことが信用できないと言うのなら、仕方がありませんね」

だが、木京は食えない相手だった。

「もちろん、それなりの対策をとらせてもらう。何の考えもなしに小部屋にこもったら、古家の二の舞になるだけだからな」

「対策？」

「お前らから距離を取りつつ、マレヒトの襲撃から完璧に身を守る為にも……小型カメラとモニターを使わせてもらう」

この発言には八名川もぎょっとしたようだ。彼女は眉をひそめたまま口を挟む。

「野生動物の観察をする予定があったので、小型カメラは色々と用意してます。でも、本気やないですよね？」

「冗談でこんなこと言うかよ。……小型カメラは多目的ホールと廊下に仕掛ける。これでお前らが妙な行動を取らないか監視することができるからな」

これは厄介な提案だった。佑樹が木京に気づかれずに接近することも完全に不可能になってしまう。

いよいよ不本意そうな口調になりつつも八名川は続ける。

「工夫すれば、持って来てるケーブルやコード類で間に合うとは思います。で、モニターはどないするんです？」

「一台、小部屋に持って行く」

「それやと発電機が必要になりますよ」

島に持って来た発電機は二十時間ほど連続稼働するものだった。モニターやカメラ程度の消費電力なら、明日の朝まで余裕で電気を供給することができるだろう。だが、この発電機は一酸化炭素を発生させるので屋内では使用できない。

「……発電機はどうするつもりですか？」

佑樹が鋭く質問を挟んでも、木京はニヤニヤ笑うばかりだった。

「表口の付近に置けばいいじゃねえか。お前らの中にマレヒトがいる場合は発電機に火をつけるなんて自殺行為はしないだろうし、万一、マレヒトが俺たちの中にいない場合でも、お前らが犠牲になるだけだ。部屋が離れている俺には逃げる時間がある」

あまりに身勝手な提案だったが、発電機を設置するということは建物内に光源を設置できるということでもあった。それは佑樹たちにとっても多少のメリットにはなる。

皆で相談した結果、佑樹たちは木京の要望を受け入れることにした。けれど、それが決まった矢先に三雲が思わぬ提案をした。

「待って。……それだけじゃ、マレヒトの侵入を防ぐには弱いかも知れない」

木京が訝(いぶか)しそうな顔になる。

「どういう意味だ」

「監視カメラはマレヒトにどんな細工をされるか分からない。それなら、タラの方が信用できるはず。犬はマレヒトの擬態を見抜くし……タラに限って言えば、誰にでも吠えるでしょ？人間が廊下に出た時にもアラーム代わりに使えると思う」

これまた厄介な提案だった。

木京をマレヒトや他の人間から守るという意味では、監視カメラとタラを組み合わせれば万全だろう。いや、万全すぎるのが佑樹には問題だった。

木京は多目的ホールの隅に置かれたタラのハウスをじっと見つめた。ハウスの入り口からはポメラニアンの背中がのぞいている。やがて木京が唇を歪めてニヤリと笑った。

「ふと思ったんだが、あいつがマレヒトって可能性はないんだろうな？　猫くらいの大きさはありそうだぞ」

不本意ながら、これについて佑樹は確信があった。

「……大丈夫ですよ。散歩に行く前に抱き上げましたけど体重は軽かったです。それ以後には擬態されるような機会はありませんでしたから」

実際、タラは散歩の時はずっと佑樹や西城と行動していたし、散歩の後は皆と一緒に多目的ホールの中にいる。

本当なら、これを言うことは佑樹にとって不利になることだった。

木京がタラを監視役につけることを断念してくれる方が、佑樹の復讐計画には都合が良かったからだ。だが、誤解でタラが木京に虐待されるようなことになったら可哀そうだったし……佑樹が黙っていてもいずれ西城が伝えてしまうのは分かりきっていた。

案の定、西城も同じ主旨のことを力説し始め、それを見た木京は満足げに頷く。

「なら、念の為にカメラは仕掛けさせてもらうとして……廊下の監視はあの犬に任せるのが良さそうだな」

小型カメラの設置と発電機の準備は西城と佑樹が行うことになった。

木京によると「この二人はマレヒトでないと分かっているだけマシ」ということらしい。

持って来ている小型カメラには記録媒体が内蔵されているものもあったが、西城の説明を受けた木京はそういったタイプを嫌った。

「せっかく録画するのに……カメラからメディアを取り外したり、カメラごと壊したりすれば証拠が隠滅できるんじゃ話にならねえよ。別コーナーの『幽霊ホテルにご宿泊』ではモニターと記録媒体を別室に置いてモニタリングしてたはずだ。同じようにできないか？」

乗り気ではない表情ながらも西城はカメラ回りの設置をはじめ、佑樹がそれをサポートした。木京は二人をがっつりと監視し続けている。

作業用に新たにLEDランタンを二つ投入したけれど、それでも薄暗い中での作業はなかなか捗らなかった。

まずは多目的ホールの壁に小型カメラを二つ取りつけ、廊下の壁にも一つ設置する。いずれも記録媒体が内蔵されていないカメラだ。

ケーブルやコード類はなるべく窓の外を這わせることにした。それができなかった廊下のカメラについては、ケーブルとコードを扉の隙間にくぐらせる。

ちょうど古家の小部屋と廊下をつなぐ扉は建てつけが悪くなっていたので、扉の右側に隙間があった。もちろん、ケーブルとコードを通しただけで埋まってしまうほどで、子ネズミ一匹通れないくらい小さなものだったが。

その作業中、佑樹たちは古家の亡骸（なきがら）にバスタオルを被せた。……彼らもさすがに遺体に見つめられながら作業できるほど太い神経はしていなかったからだ。

発電機の設置については、佑樹がメインになって行った。

まずは発電機と携行缶一つを外に運び出して、表口の右側に設置する。ガソリンを携行缶から発電機に移動させる際には、特に神経を要した。

このタイミングを狙ったように、作業を覗きに来ていた木京が煙草の箱を取り出したので、佑樹は慌てた。

「止めて下さい！　ガソリンに引火したらどうするんですか」

「吸いやしねえよ。……ちぇっ、いよいよ煙草が残り少なくなってきやがった。胃もまた痛くなってきたし」

カメラや発電機の設置に想定よりも時間がかかっていることもあって……木京は目に見えて不機嫌になってきていた。そんな彼を宥（なだ）めようと思ったのか、西城がポケットからセロハンのついた『シックススター』を一箱取り出す。

「良かったら、吸います？」

木京は引っ手繰るようにそれを受け取った。

「新品か。もらってやってもいい」

などと言いながらも、煙草のおかげでかなり機嫌を直した様子だ。

続いて佑樹たちは木京の小部屋に移動し、モニターと記録媒体を設置する作業に取り掛かった。本人の要望に基づき、モニターはテントからでも見える位置に置かれる。

その間も木京が二人のことを監視し続けていたので、佑樹も下手な行動に出ることができなかった。悔し紛れに木京のテントに目をやると、中には私物と思われるワインボトルが五本ばかり転がっていた。どれも未開封のものだ。味のセンスだけはいいらしく、美味で有名な銘柄の赤ワインばかりだった。

それから佑樹は表口から屋外に出て、始動グリップを引いて発電機を稼働させた。鈍いモーター音とともに電気の供給が始まる。

これにより、多目的ホール・廊下・木京の小部屋では照明用の電源を取ることもできるようになった。佑樹は今回のロケの為に小型の作業灯を二つ用意していたので、それを多目的ホールと木京の部屋に設置する。タコ足配線気味にはなったが、旧公民館には一気に光源が増えた。

明るくなった木京の小部屋にて、西城が仕上げにモニターと記録媒体の調整を行った。自身でも動作確認をした木京が弾んだ声を出す。

「よし……完璧だな。そろそろ飯にしよう」

時刻は午後八時になろうとしていた。

夕食向きのレトルト食品が足りなくなってきたので、彼らは村役場が用意していた非常食を拝借することに決めた。……温めなくても食べられるレトルトカレーとアルファ米のセットだ。

そのついでに、非常用の備蓄品の入った段ボール箱も多目的ホールへ移動させる。

各自がカレーライスの準備をするのと並行して、木京がコーヒーを大量に作り始めた。

これまでは佑樹が淹れたコーヒーを拒否していた癖に、とうとう我慢ができなくなったらしい。それなら自分で用意すればいいという発想なのだろう。

これは佑樹にとっては大きなチャンスだった。

木京に睡眠薬を飲ませられれば、少なくとも彼の抵抗を受けることはなくなる。依然としてタラの監視をどう潜り抜けるかは問題だったが……復讐実行のハードルが下がるのは間違いない。

佑樹は木京の隙をうかがったけれど、今回もガードが固かった。彼もまた未開封の紙コップを選んで使ったし、コーヒーを作っている間は誰もその場に近づけようとしない。

何もできないまま……佑樹は木京が差し出す紙コップを受け取った。結局、コーヒーを淹れてもらっただけの人になってしまった。

酷く惨(みじ)めな気持ちになりながら、佑樹はコーヒーを飲んだ。普段、自分でコーヒーを淹れない人間が作ったものだからだろう、インスタントにしても味はひどかった。

そんなコーヒーでも眠気覚ましの効果を期待しているのか、八名川と西城はお代わりをしていた。二人とも味音痴なのかも知れない。

ひとまず睡眠薬については忘れ、佑樹は改めて茂手木の容体を確認することにした。

茂手木は顔色も少し良くなって食事もほとんど完食していた。解熱鎮痛剤が効いているのか、熱も三十七度まで下がってきた。包帯を巻き替えた時にも、ガーゼに膿がついている風はない。とはいえ、傷を負ってから一日しか経っていないので、本格的に化膿するとすればこれからだと思われた。もちろん……茂手木がマレヒトの擬態なら、そんなことを考えるのすら無駄な訳だったが。

続いて佑樹はワオにドッグフードを用意し始めた。

ワオはタオルの上で丸まって眠っていたけれど、匂いを嗅ぎつけてぱっちりと目を覚ます。相変わらず食欲は旺盛だった。

タラには三雲が食事を与えた。「お前なんか信用するもんか」という姿勢を崩さないポメラニアンは……容器ごと咥えると、ハウスに持って入ってしまった。食事は中で済ますつもりらしい。

全員がコーヒーを飲み終わる頃には、気だるい眠気が彼らにとりついていた。仮眠をとったとはいえ、疲れが着実に蓄積しているという証拠だった。

それを振り払おうとするように、西城が立ち上がった。

「さ、ここからはタラに頑張ってもらわないといけないんだったな」

彼はハウスにいたタラにリードをつけると、彼をどうにか引っ張って廊下に連れて行った。ハウスの中では静かだった犬はまた盛大に吠え出して、西城と彼の手伝いに向かった三雲に牙を剝く。

二人が囮になっている間に、佑樹がリードを廊下の壁についていた電灯跡に括りつけた。リードには余裕があったので、苦しくはないはずだったけれど……お気に召さなかったらしい。タラは大騒ぎしながら、その場をぐるぐる回り出した。

「……五月蝿(うるさ)くてたまらねえが、頼もしくもあるか」

木京はそう言いながら廊下に出た。そして西城がタラの首輪を押さえている間に廊下の奥へと進む。その辺りは少し薄暗かったので、木京はランタンで足元を照らしていた。左手には多目的ホールに置かれていたトランシーバーを持っている。

これは小部屋から多目的ホールへの連絡用のものだ。こんな近距離で無線を使うというのもバカらしい話だったけれど……。

木京は厭味ったらしく手を振ってから、自分の小部屋に入っていった。

それを複雑な気持ちで見送り、佑樹は廊下と多目的ホールをつなぐ扉を閉めた。

廊下に一匹だけとり残されたタラは静かになって扉の傍に腰を下ろす。どうしてそれが多目的ホールにいる佑樹たちに分かったかというと……この扉には白いすりガラスが嵌(は)めこまれていたからだった。

すりガラスなので廊下は全く見通せないが、すりガラスに押しつけられているものはハッキリと見えた。今は白ポメラニアンのもふもふとしたお尻が見えている。

それを見た信楽がおかしそうに笑い出した。

「意外と可愛いところもあるんですね、この子」

時折、ゆさゆさと振られる尻尾には癒し効果があるらしく、扉の近くで寝袋にくるまっている茂手木を除く全員が……それを見たさに表口側に、すりガラスつきの扉の方を向いて座る形になった。たまに寂しくなるのか、タラがこちらを向いて扉の下をガリガリと掘り返すような仕草をするのも愛らしい。

今のところ、多目的ホールは廊下側の扉の傍に仕掛けられたカメラと、表口の傍に仕掛けられたカメラの二台で監視されていた。

佑樹は膝に上って来たワオを撫でながら、扉を見て考え込んでいた。

この状況ではマレヒトだろうが人間だろうが、誰にも気づかれずに木京の小部屋に侵入することは不可能だった。そんなことをすれば、殺気立っている木京に返り討ちにされてしまう。

今日は復讐を延期せざるを得ないとしても……佑樹には帰りの船から木京を海に突き落とすという方法が残されていた。救出されたと安心しきっているところから絶望の淵に追い落とすというのも、復讐の方法としては悪くない。

上手く溺れてくれなかったとしても、彼は最後のターゲットだ。助けに行くフリをして逆に沈めるということくらいやってもいいだろう。確実に木京の命を奪うことができるのなら、もうどうなってもいい気がしていた。

もちろん、それは衛星電話を壊したせめてもの罪滅ぼしに、マレヒトの正体を突き止めてからの話だ。……これが彼に残された最後の責務というものだろう。

ふと、佑樹は膝の上に子猫の感触がないことに気づいた。

視線を落としてみると、ワオは後ろ足を引きずりながら多目的ホール内の散策をはじめようとしていた。着実に傷の具合は良くなっているようだったが、まだ安静にしておいた方がいい時期には違いない。

そう考えた彼は子猫をつかみ上げ、トイレシートとタオルをしいて準備しておいたボディバッグの中に戻した。

多目的ホールに残った六人は他愛もない会話をポツポツと続けたが、長続きはしなかった。会話を楽しむには心身ともにあまりに疲弊(ひへい)してしまっていたからだ。

そんな状態が三十分以上は続いただろうか。突然、すりガラス越しに尻尾を見せていたタラが立ち上がって吠え始めた。

慌てて扉を開いて廊下を確認した佑樹たちは安堵した。……単に木京が小部屋から出てきただけだったからだ。

木京はランタンとワインボトルを両手に持って、間延びした声になって言う。

「トイレに行こうと思っただけだ。気にするな」

事前の相談で、木京は旧公民館のお手洗い内に設置された簡易トイレを利用することになっていた。それに対し、佑樹たちは控室に設置したものを使う予定だ。こちらは使用人数が六人と多いので、念の為に三台態勢になっている。

控室は多目的ホールと直結しているので、佑樹たちは廊下に出ずに用を足しに行くことができた。それに対し、木京だけはトイレに行くたびに廊下に出る必要があった。その度にタラが大騒ぎすることになったが……その都度、彼の生存を確認することができると考えれば悪いことではなかった。

また、リードは廊下の奥の方まで届く長さではなかったので、夜中に廊下に出た木京がポメラニアンに飛びかかられるという心配もない。

佑樹たちが扉を開いたままにしていると、タラが嬉しそうに多目的ホールに入って来ようとした。リードが絡まりそうになったこともあり、西城はそっと唸る犬を廊下に戻してから扉を閉ざした。

それから何となく皆が耳を澄ましていると、数分後にゴッと何かがぶつかるような小さな音が聞こえた。それに木京がぶつぶつ罵るような声も混ざる。

ほとんど同時に白いすりガラスの向こうでタラが立ち上がって吠え始めた。

「……木京P、どうかしたんですか？」

すりガラス越しには廊下の様子が分からなかったので佑樹が扉越しに呼びかけると、こんな返事が返って来た。

「大したことじゃねえよ。ワインを零したただけだ。……ま、テントにもう一本あるからどうでもいい」

最後の方は口ごもるようになったかと思うと、乱暴に小部屋の扉を閉める音が聞こえた。木京は部屋に戻ったらしい。その証拠にタラが定位置に戻って来て、すりガラスの傍に座り込む。

スマホを取り出した信楽が深くため息をついた。

「あー、まだ十時半かぁ」

　夜明けまではまだまだ時間があった。ワオは佑樹のボディバッグの中で静かにしている。ほとんど動く気配がないところを見るに、ぐっすりと眠っているらしい。

「新しく見つかったっていう焼死体やけど……ほんまに海野Dのものなん？」

　しばらく経ってから、八名川が事件について話題を振った。眠気覚ましの目的も兼ねているのだろう。珍しく起きていた茂手木が、淡々とした調子でこれに応じる。

「遺体を焼いたからには、身元を隠そうとしていると考えるのが普通だろう。身体がバラバラにされていたという部分も怪しすぎるね」

　彼がマレヒトだと疑っていない様子の信楽と八名川は「お前が言うな」という表情で茂手木を睨(にら)みつけていた。

　すりガラスの扉を右前足で引っかくタラに視線をやりながら、今度は佑樹が話し始めた。

「まず、あの遺体が海野D以外の誰かである可能性があるのか、そこから考えてみてはどうでしょう。……ちなみに、幽世島(かくりよじま)にはロケの関係者しかいないはずですよね？」

「ああ、ここは本当なら立ち入りが禁止されている場所だからな」

　西城がそう呟くと、三雲も補足するように言う。

「普通に考えれば私たちだけでしょうね。……この島には私たち九人の人間がいることになる。ただし、生死を分けずに考えてだけど」

彼女の言い方が怖かったからか、多目的ホールの中がしんとなってしまった。佑樹は苦笑いを浮かべつつ再び口を開く。

「今この建物の中には、僕を含めて『見せかけ上の生存者』が七人います。このうちの六人は人間で『真の意味での生存者』だと言えるでしょう。でも、残りの一人はマレヒトが擬態した姿だと考えられます」

「『真の意味での生存者』が六人なら、これまでに三人が殺されたことになるのね」

三雲がそう言ったので、佑樹は頷いた。

「ええ。海野Dと古家社長、マレヒトが擬態の為に捕食した『誰か』……の三人です」

ここで懲りずに茂手木がまた喋りはじめる。マレヒトだろうが人間だろうが、彼は最強のメンタルをしているらしい。

「そして、もしマレヒトが四人目を手にかけたのだとすれば、『見せかけ上の生存者』は六人に減っていなければならない計算になる」

「その通りです。『真の意味での生存者』は五人に減り、マレヒトの擬態を合わせても六人しかいないことになりますからね」

タラは扉の傍でゆっくりと右に左に回っているらしく、すりガラス越しに綿あめのような姿がぼんやり映っていた。自分の尻尾でも追いかけているのだろうか。

急に八名川が頭を抱えながら呻(うめ)き声を出した。

「ややこしいなぁ。この建物に『見せかけ上の生存者』が七人おるってことは、遺体も三体しか存在せえへんから……やっぱり、焼死体は海野Dってことになるん？」

「ケーブルを設置する時に古家さんの遺体がここにあるのは確認しました。だから、外にあるのは、マレヒトに擬態された『誰か』の遺体と海野Dの遺体だと考えられます」

「うーん、元から身元不明やった遺体と海野Dを入れ替えるメリットはなさそうやな。二体の遺体はすぐ傍にあった訳やし、最終的には両方とも身元不明の遺体になってまう訳やし、何がしたいんか分からへん」

「同感です。『誰か』の遺体に調べられて困ることがあるのなら、そっちだけ焼けばいい。両方の遺体に不都合なことがあるのだとしても、入れ替えたりせずにどっちも燃やしてしまえば良かった訳ですからね」

佑樹の言葉に触発されたように、西城が口を開く。

「ということは、海野Dの遺体にはマレヒトにとって不利な証拠が残っていて、それを隠滅する為に焼いたということになるのか？」

「今のところは、それが一番あり得そうな仮説だと思います」

その話が一段落してからは、時間が過ぎるのが更に遅く感じられた。

事件についての話題になることもあったけれど、どの要素についても話しつくされている印象だった。解明の糸口になりそうな意見も生まれない。

トイレについては、皆で相談して『一人ずつ行く』というルールを定めていた。その方が各自の安全を確保できると考えてのことだった。例外として、マレヒトである疑いが強い茂手木だけは佑樹が監視役を兼ねて付き添う形になった。

そんな中、信楽が体調を崩してしまった。

午前二時過ぎのこと、彼はトイレに行って戻って来なくなってしまったのだった。十分以上が経過して佑樹たちが心配をし始めた頃になって、信楽は青い顔色をして戻って来た。そして皆に注目されていることに気づき苦笑いを浮かべる。

「お騒がせしてすみません。気分が悪くなってしまって。ストレスに弱く、たまにこうなっちゃうんですよね」

とはいえ、一度吐いてしまうと体調はかなりマシになったようだった。すぐに彼も雑談に復帰した。

……その後、午前四時になるまでに二人が寝オチしていた。

本調子ではない様子の信楽が壁にもたれかかったまま眠り込んでしまい、茂手木も寝袋の中で小さくいびきをかいていた。

二人のことはそっとしておくことにして、寝ずの番は残りの四人で続けた。

監視を続けている間、西城はトイレのついでにニコチンを補充している気配があった。毎回、煙草臭くなって戻って来たからだ。

また、全員に言えることだったが……トイレに要する時間はいつもよりも長めになった。これは簡易トイレを使い慣れないことが主な原因だろう。災害用のトイレだったので、ビニール袋の交換やトイレットペーパー・ウェットティッシュ等のごみの始末が必要になることもあったからだ。

時間はなめくじの如くのろのろと進んだ。

そんな中、皆の心を和ませたのは意外にもタラだった。扉の傍から離れようとしない白ポメラニアンは、ある時はすりガラスをぺろぺろ舐めたり、ある時は可愛らしい右足を扉にかけたりするので、見ていて飽きるということがなかった。

そんなタラを見つめながらも、佑樹は事件解明の手がかりを求めていた。

彼が海野を殺害した犯人こそ黒猫（マレヒト）だ、と指摘したのが一昨日の午後四時台のこと。それ以降、佑樹と西城は行動を共にしている。その為、マレヒトに擬態される機会がなかったことは互いに証明できた。

木京も同じだ。彼は神域に渡っていた一人だったし、本島に戻ってからは佑樹とは別行動の時間もあったが……その間も二人以上と一緒に過ごしている。やはりマレヒトでないことは確実だろう。

残る四人については以前にも分析した通り、全員にマレヒトに擬態されるチャンスがあったことになった。

茂手木は十四時間以上も所在不明だった時間があったし、旧公民館にいた三雲・八名川・信楽についても十五分以上にわたって一人になっていた時間帯があった。また、彼らには古家を殺害し、遺体を外に捨て、墓地に火をつけることも可能だったと考えられている。

分岐点は例の遺体に火をつけることができたか否かだったが……佑樹はこの部分で何か見落としをしているのではないか、という気がして仕方がなかった。

本当に、茂手木以外にこれが可能だった人物はいないのだろうか？

＊

午前五時をまわった頃、タラが体勢を低くして唸り声を立てた。

今までにない仕草だったので、不安に襲われた佑樹は廊下へと通じる扉を開いた。

その頃にはタラはいつもと変わらない様子に戻っていて、今度は佑樹に向かってワンワンと吠えたてていた。佑樹が視線を廊下の奥にやると……お手洗いの前に黒っぽい水たまりができていた。

それを見た佑樹は顔色を変える。

「まさか、血痕？」

西城がタラのリードを押さえている間に佑樹と三雲は廊下の奥へと急いだ。八名川は信楽と茂手木を起こすと言って多目的ホールへと駆け戻った。廊下の奥は少し薄暗かったが、足元が見えないほどの暗さではない。

お手洗いの付近までやって来た佑樹は、赤い水たまりを踏まないよう気をつけながらしゃがみ込んだ。その瞬間、特徴的な匂いが鼻をつく。

「何だ、血じゃなくてワインですね」

彼がほっと息をつきながらそう言うと、三雲がすっと目を細める。

「木京Pがトイレに立った時に、ワインを零したと言ってたような気が」

「そんなこともありましたね？　あの時にゴッという音がしていたのも、ワインボトルを床に落とした時のものだったのかも知れません」

この建物の廊下には灰色のビニル床材が敷かれていて、赤ワインはその上に楕円形を描いて広がっていた。既に少し乾き始めているようだ。

念の為に懐中電灯も使って調べてみたけれど、ワインを踏んでできたような足跡はどこにも見当たらなかった。

……木京はワインの水たまりを踏むことなく、落としたボトルを回収したってことになりそうだな。

佑樹が確認を終えて立ち上がる頃には、廊下に木京を除く全員が集合していた。

タラがぐるぐる回って大騒ぎをはじめたが、その鳴き声は寝不足の皆の耳には応えた。やむなく、タラは控室に隔離されることになる。西城が猛烈に吠えたてられながらも彼の首輪を握って連れて行き、リードを面格子に括りつけた。その頃にはタラは疲れが出たのか大人しくなって、控室の床に寝そべってしまっていた。

静寂が戻ったところで、信楽が不安げに呟く。

「廊下でめちゃくちゃ大騒ぎしているのに……どうして木京Pはこんなに静かなんでしょ

う？」

これは誰もが疑問に思っていたことでもあった。

佑樹は木京の小部屋をノックした。単なる居眠りであってくれと祈ったけれど、やはり室内からは返事がない。

扉を開いてみると、恐れていた通りの光景が広がっていた。

まず佑樹の目に飛び込んできたのは、部屋の左手に転がっている空のワインボトルが二本。それから、モニターと記録媒体の周囲にできた赤い水たまり。……それらは作業灯に煌々と照らし出されている。

でも、彼の視線はそれらをほとんど素通りしていった。そして部屋の奥、テントの中に行きついて釘づけになる。

木京が胸から血を流して倒れていた。

佑樹は彼が生きているのではないかという一縷の望みをかけて脈を確認した。佑樹の祈りも空しく、木京の脈はなかったし、体温も既に下がり始めていた。

……またしても、先を越されてしまった。

その衝撃があまりに大きくて、佑樹はその場から立ち上がることもできなかった。

彼が幽世島に来たのは菜穂子の復讐をする為だった。でも、実際に彼はこの島で何をやったというのだろう？　計画のうち、まともに実行できたのは衛星電話を壊すことだけ。しかも、その行為は復讐に無関係な人を命の危険に晒しただけだった。

それ以外は、復讐のターゲットをマレヒトから守る為に奔走するという……バカみたいなことばかりやっていた。目も当てられないのは、それにすら完全に失敗したということだった。

佑樹の様子がおかしいことに気づいたのか、西城が気づかわしげに彼のことを見下ろしていた。

「……大丈夫か?」

とっさに言葉が出てこずに辛うじて頷きながら、佑樹はゆっくりと立ち上がった。

子供の頃から、菜穂子は自分が正しいと信じることを貫き通す人間だった。

傍から見れば奇行にしか見えないことでも、彼女の中ではいつだって筋が通っていた。それは大人になっても変わらず……結果的に、菜穂子はあの三人に命を奪われることになったのだ。

もし、彼女が今の佑樹と同じように幽世島にやって来て、マレヒトに遭遇していたら? その答えは考えるまでもなく分かっていた。彼女なら、自らの命を捨ててでもマレヒトをこの島から逃さないようにし、島の外で新たな犠牲者が出るのを防ごうとするだろう。

佑樹にもまだやらなければならないことが残っている。これ以上の死者が出るのを食い止めなければ……。

彼は改めて木京の小部屋を見渡した。

木京の遺体はテントの中に横たわっていた。抵抗したような痕跡は見られない。もちろん衣服も乱れていないし、胸を一突きにされている以外には特に外傷も見当たらなかった。

テント内を調べてみると、以前に見た未開封のワインボトルの他にトランシーバーとバール……それから肉切り包丁が並べられていた。

信楽がヒッと小さな声を上げる。

「バーベキュー用に持って来た包丁だ。どうしてこんなところに?」

「知らない間に抜き取られていたんだろう。護身用の武器にするつもりだったのかもな」

西城はそう言ったけれど、佑樹はいまいち納得がいかなかった。

「護身用にしては両方とも攻撃力が高すぎませんか?　特に肉切り包丁なんかは」

「……確かに」

「どうも、木京Pはうたた寝をしているところを襲われたようですね。抵抗したような風もないし」

それを聞いた信楽は気の毒がっているのか呆れているのか分からない表情になった。

「この状況で寝てしまうなんて……ワインなんか飲むからですよ」

佑樹も同感だった。木京は普段は酒が強く、ワインボトルを数本空けてもケロリとしているくらいだったが、心身ともに疲弊しているこの状況では、アルコールの回り方が違っていたのかも知れない。

続いて、佑樹は木京の衣服を調べた。

昨日の朝に着替えて以来、彼は濃紺のパーカーと黒い綿パン姿になっていた。その為、血などで汚れているのかは見た目では分かりにくい。

テントの傍に脱ぎ捨てられているスニーカーはやや履き古されていた。佑樹の記憶では木京はテレビ局にもこのスニーカーを好んで履いて来ていた。本体は黒で底のラバーだけがピンクがかった灰色のものだ。

佑樹はスニーカーを持ち上げてみた。靴底は少し摩耗してはいたけれど、そこには掃除したばかりのようにほとんど何の汚れもゴミもついていない。

佑樹はそれを指摘してから、次に木京の持ち物を確認し始める。

黒い綿パンのポケットからはライターと潰れた『シックススター』の箱が出てきた。もう煙草が一本しか残っていないものだ。胸ポケットの方にはセロハンつきのタバコの箱が入っていた。

「この新品の『シックススター』は西城さんがあげたものですよね？」

昨晩のことを思い出したのだろう、西城は複雑な表情になって頷く。

「気の毒に、一本も吸う間もなく殺されてしまったんだな」

なおも佑樹がパーカーのポケットを探っていると、中から思わぬ物が出てきた。信楽も目を丸くする。

「あれ、これって三雲さんの薬じゃ？」

彼の言う通り、その携帯用薬ケースには見覚えがあった。黄色の『胃薬』とマジック書きされている方はあまり減った感じはなかったが、青の『睡眠薬』と書かれた方は中身がほぼ空になっている。

それを見た佑樹はほとんどパニックになった。何がどうなっているのか、急に訳が分からなくなってしまったからだった。

同じく考え込んでいた様子の西城が口を開く。

「そういえば、木京Pは胃が痛いとか言っていた気が」

「胃薬を盗んだ理由はそれで分かりますよ。でも、睡眠薬は？　何か中身も妙に減ってるみたいなんですけど」

信楽が鋭く問い返したのに対し、西城は返答に窮したように自信なさげな口調になる。

「まさか木京Pが飲んだってことはないよな」

「えー、不眠症の方がいいみたいなことを言ってたのに？」

「……もしかすると、木京Pが中身をトイレに捨てたのかも知れません」

佑樹がそう言うと、信楽も西城もびっくりしたような表情になった。彼は更に続ける。

「あの人はマレヒトだけではなく、僕ら全員のことを疑っていました。だから、誰かに睡眠薬を盛られたら困ると思って回収したんでしょう。で、捨てている途中で何かに使えるかも知れないと思い直し、少し残したというところだと思います」

ふと、佑樹は二人にまじまじと見つめられていることに気づいた。

「前から思ってたけど、竜泉って絶対に推理の才能があるよな？」

「ほんと、もう探偵にしか見えないですよ」

西城と信楽が真顔でそんなことを言うので、佑樹も苦笑いを浮かべるしかなかった。……実際、彼も今の仮説をこんな一瞬で思いついたのが、自分でも信じられないくらいだったからだ。

「からかうのは止めて下さい、おだてたって何も出ませんし」

そう言ってはぐらかしながら、佑樹はワオの入ったバッグをそっとずらして、三雲の薬ケースをジーンズのポケットに収めた。

それから次に窓を確認する。

ケーブルやコードを通す為に少し開かれていたけれど、格子やガラスには特に異状はないようだった。窓とテントの間には五〇センチ以上の距離があり、遺体とはもっと離れていたので、窓の外からマレヒトが針を差し込んで殺害した可能性もない。

「あー、これはあかんわ」

そんな声がしたので振り返ってみると、八名川が暗い表情をしてモニターと記録媒体を見下ろしていた。記録媒体は近くで見ると、想像以上に酷い状態になっていた。マレヒトが自らの針で何度も刺した上に赤ワインをかけていたからだ。

八名川がため息交じりに言う。

「分解すれば無事な部分もあるのかも知れへんけど、私も西城さんもデータの復元は無理や。ま、どんなプロでもこんな無人島では、完全にお手上げやろけど」

これが聞こえていたのか、廊下から茂手木の声が聞こえてきた。

「マレヒトがモニターと記録媒体を壊したのは……小型カメラに犯行に向かう自分の姿が写ってしまった為に違いない。だから、念入りに録画内容を消して立ち去ったんだろう」

それを話半分に聞きながら、佑樹は床に転がっていた空のワインボトルに注目を移していた。

いる。

二本とも同じ銘柄の赤ワインだった。ボトルのうちの一本はラベルに赤ワインの汚れがついている。

トイレに行った時、木京はワインを零しつつも「もう一本ある」というようなことを言っていた記憶がある。

ラベルが汚れている方が廊下に落としたのを拾い上げて持って来たものだとすると……もう片方は木京が飲む為に新たに開けたものか、あるいはマレヒトが記録媒体を壊す為に開けたものということになりそうだった。

一通りの調査が終わったところで、佑樹は廊下の様子を見に行った。

いつもなら調査に関する話題に無理してでも加わろうとする茂手木が、小部屋に足を踏み入れなかったのを訝しく思ったからだった。

茂手木は壁を背もたれにして座り込んでいた。廊下から動けなかったのは、長時間立ち続けることが苦しくなった為のようだった。今も傷の痛みが激しいらしく、顔を歪めている。

その傍には三雲が付き添っていた。彼女が廊下に残ることを選んだのは、動けなくなった茂手木を一人にしない為だったらしい。

佑樹はそんな彼女に向かって言った。

「念の為、この建物内に不審な点がないか改めて確認をします。三雲さんと茂手木さんはここで待っていて下さい」

それから残る四人で旧公民館をくまなく調べた。

マレヒトはこれまでに遺体を燃やしたことがあったが、さすがに古家の亡骸には手を出せなかったらしい。古家は昨晩に佑樹たちが確認し、バスタオルを被せた時と特に何も変わらないように見えた。佑樹は被せていたタオルを折り畳んで遺体の傍に置いた。同じ部屋に置いてあった残りの二つのガソリン携行缶にも異状は見られなかった。

各小部屋・廊下・多目的ホール・控室と確認が進み、怪しい小動物や金属質の物体が潜んでいないことが明らかになっていく。

最後に残ったのはお手洗いだった。佑樹たちはワインだまりを避けながら、その中に入った。ここにもマレヒトらしき姿はなかった。

ここで三雲が調査の進捗具合を覗きにやって来て、廊下から顔を見せる。

「手がかりになりそうなものは見つかった?」

その時、佑樹はお手洗いの出口左側の壁についていた汚れを調べているところだった。懐中電灯を向けると、……それは少量のワインが、お手洗い内側の壁にかかって垂れた跡のように見えた（**図1参照**）。

「きっと、木京Pがワインを零した時のものね」

三雲は悲しげにそう言い、佑樹も頷いた。

「僕もそう思います。……確認はこのぐらいにして戻りましょうか」

廊下に戻って来たところで、佑樹は集まっていた五人に向かって口を開いた。

図1

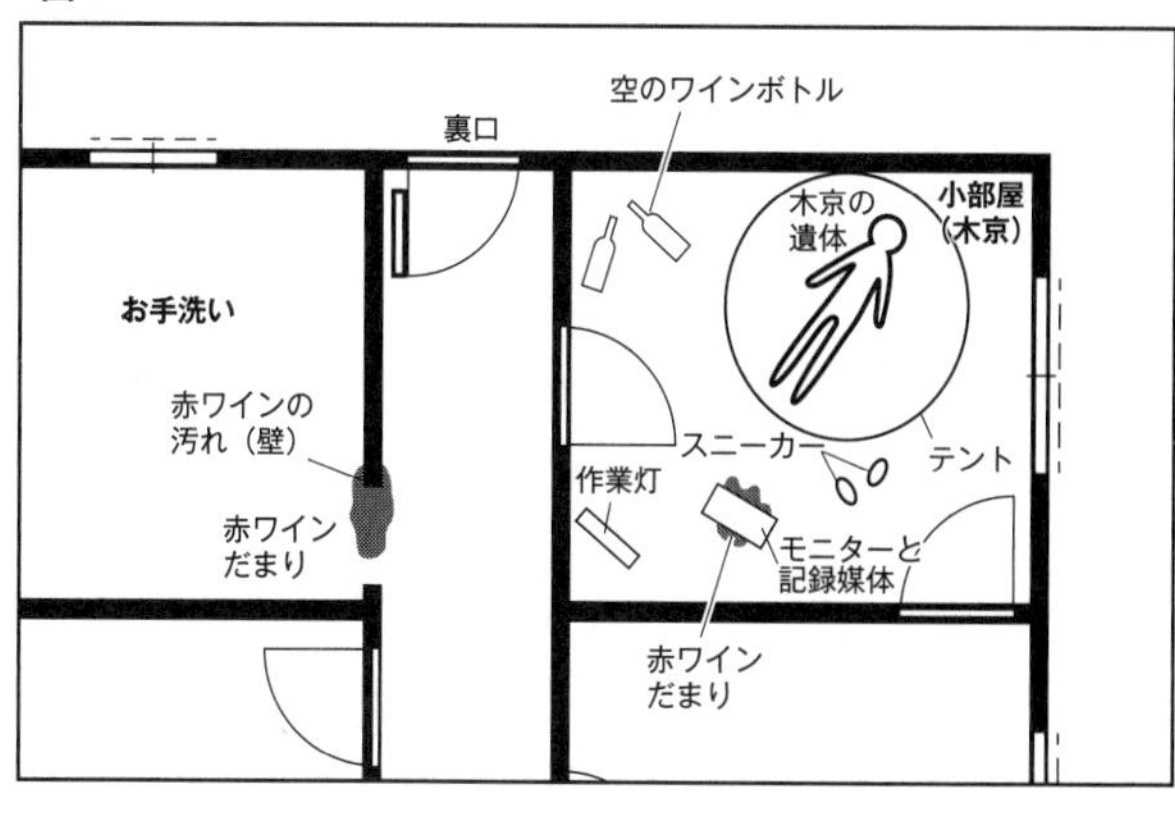

「今回の犯行はこれまで以上に巧妙です。……マレヒトは血を吸う度に知識や記憶も吸収できるようですから、最初の頃より段違いに知能が上がっているんだと思います」

それを受けて八名川が大きく頷く。

「それにしても、マレヒトはどないして木京Pの部屋に入ったんやろう？　廊下には猛犬タラがおったし、その監視をくぐり抜けるのは不可能やったはずやのに」

彼女の言う通りだった。犬にはマレヒトの擬態を見抜いて吠える性質があるというし、そもそもタラは誰彼お構いなしに吠える犬だった。マレヒトだろうが誰だろうが、タラに吠えられずに木京の小部屋に入れるはずがなかった。

実際……誰かがトイレに行っている時、佑樹たちは扉越しに見えるタラの動向を確認していた。これは示し合わせたものではなかったけれど、暗黙の了解のように成立したルールだった。もちろん佑樹自身も、誰かがトイレに行っている間にタラが一度も吠えなかったのははっきりと記憶していた。

信楽だけは納得がいかなかったようで不満げに言う。

「あの犬が眠ってしまっていた可能性はないんですか？」

すかさず八名川が答えた。

「それはないと思う。私は暇を持て余して扉の方ばっか見てたけど、タラはあの扉の傍を離れへんかったからね。だから、タラの様子は手に取るように分かったし……長時間じっとしてた風はなかった」

タラの様子を見ていたのは彼女一人ではなかったらしい。西城も頷く。

「俺もほとんど一晩中見てたが、タラは扉の傍を離れなかったし、寝ていたような様子もなかった」

佑樹も時間つぶしにタラばかり見ていた一人だったし、全く同じ意見を抱いていた。彼はまとめるように口を開く。

「これだけ多くの人に見られていた訳ですし、タラは一晩中、扉の前で寝ずの番を続けていたと断定しても大丈夫そうですね」

同時に、タラは木京の殺害について完璧な不在証明を持っていることにもなった。

「……となると、正真正銘の不可能犯罪になってしまいそうだけど？」

困ったような顔をしてそう呟いたのは三雲だった。佑樹は小さく頷き返す。

「残念ながら、その通りです。とりあえず……木京Ｐが小部屋に入ってから、各自がトイレの為に多目的ホールの外に出た回数と時間を確認してみましょう。僕らが個別行動を取ったのはその時間帯だけですし、何か分かることがあるかも知れません」

それから全員で記憶をすり合わせた結果、昨晩から今朝にかけての各自の行動は以下のようなものだと分かって来た。

木京　ＰＭ10：20ごろ（五分程度）　ＡＭ03：20ごろ（五分程度）
竜泉　ＰＭ11：00ごろ（五分程度）　ＡＭ00：50ごろ（五分強）
三雲　ＰＭ10：30ごろ（五分強）
西城　ＡＭ04：40ごろ（五分強）
八名川　ＰＭ11：20ごろ（十分程度）　ＡＭ03：50ごろ（十分程度）
茂手木　ＰＭ10：50ごろ（五分強）　ＡＭ02：30ごろ（五分強）
信楽　単独行動なし
　　　ＰＭ11：40ごろ（五分程度）　ＡＭ02：05ごろ（十五分程度）

これまでとは真逆で、茂手木だけが単独行動をしていないという結果になった。彼がトイレに行く時は佑樹も付き添っていたからだ。

それを見た八名川が諦めたようにため息をついた。

「教授にはこの犯行は不可能みたいやね？　竜泉くんと西城さんはそもそもマレヒトに擬態される機会はなかった訳やから……容疑者は三雲さん、私、信楽くんか」

眠り込んでいる木京を刺し、モニターと記録媒体を破壊してワインをかけるだけならば、五分もあれば可能だろう。一回目に木京を殺害し、二回目にモニター類を壊すというように、分散すればもっと容易になる。

……だが、この情報が出そろったところで、あまり前進はないとも言えた。

今回の事件の最大の問題は『マレヒトがいかにして木京の部屋に侵入したか』ということだった。この一覧も、その方法を突き止める直接的な手がかりにはなりそうにもない。

バスタオルの上に座り込んでいた茂手木が口を開いた。

「やはり、マレヒトは何らかのトリックを弄したんだ。自らの持つ能力や性質、つまりは特殊設定のルールを駆使してね。……いよいよ『襲撃の謎』の第二段階も大詰めだ」

再び発熱しかかっているのだろうか？　彼の顔は赤かったし、口調も夢見心地のものに変化していた。ただ、この妄言とも戯言(ざれごと)とも取れるものには……つかみどころのない空恐ろしさがあった。

迎えの船が到着するまで、もうあと七時間と少ししかない。

マイスター・ホラによる読者への挑戦

物語の案内人として、僭越ながら読者の皆さまへ挑戦状をお贈りいたします。

幽世島で犠牲になった人間のうち……第一の犠牲者である海野は、既に殺害の実行犯がマレヒトであり、その時に黒猫に擬態していたことも分かっています。

今回、皆さまに直感ではなく推理によって解き明かして頂きたい謎は、以下の三つです。

①マレヒトは古家と木京を殺害するにあたり、どのような擬態を行ったのか？
②現段階でマレヒトが擬態しているのはどんな姿なのか？
③マレヒトはいかにして一連の犯罪を成し遂げたのか？

真相を看破するために必要な材料は、全て皆さまの前に提示されております。これまでに出そろった情報を分析して順序よく組み立てれば、真相の裏までも導き出すことができるでしょう。

フェア・プレイを強化するべくつけ加えるとすれば、マレヒトは今も『登場人物』の一覧に名前のある姿に擬態をしています。また、物語中に登場した三雲英子の手記・マレヒトの独白の内容は正確であり、そこに嘘はございません。もちろん、マレヒトが人間や動物を共犯者として使っていることもありません。

とはいえ、これは『襲撃の謎』……。全てを解き明かすには二段階の推理が必要となる特殊な形式の物語です。その為、あまりにも漠然とした状態では推理がしにくいというのもございましょう？

真相を突き止める上で、特に重要となるマレヒトの性質は以下の十四個です。

・四十五年に一度、神域に一匹ずつ出現する。
・五センチ以下の格子は通り抜けられない。
・閂（かんぬき）のかかった扉は破れない。
・皮と肉を喰らって纏（まと）うことで擬態する。
・体重は二〇キロほどあり、猫より小さなものには擬態できない。
・死体・死骸の皮や肉を使って擬態することはできない。
・擬態に要する時間は猫サイズで二分、人間では十四〜十五分ほど。
・擬態した際には手負いのフリを得意とする。
・元の動物の姿から逸脱した変形をすると、擬態の為の肉や皮がはげ本体に戻ってしまう。
・一度擬態を解くと、二度と同じ姿に戻ることができない。
・外界を観察する感覚器官の他に、体内に擬態専用の高性能な感覚器官を持っている。

・マレヒトの針の到達距離は五〇センチ。
・その針から毒を出すことができ、毒を打ち込まれた動物は仮死状態になる。
・犬はマレヒトの正体を見抜き、嫌って吠えたてる。

最後になりますが、今回の物語に時空移動（タイムトラベル）が関わっていないことは、この私が保証いたしましょう。

それでは、皆さまのご武運とご健闘をお祈り申し上げます。

第九章　本島　推理披露

二〇一九年十月十八日（金）　〇六：五五

「では、ご希望の通り……『襲撃の謎』推理の第二段階をはじめましょうか」

　そう言いながら、佑樹は廊下にいる全員を見渡した。この提案をしたはずの茂手木までもが、痛みも何もかも忘れたような顔をしてポカンとしている。

「まさか、マレヒトが誰に擬態しているか分かったのか！」

　西城が咳き込みかけるのを見て、佑樹は小さく頷いた。

「一昨日の夕方からマレヒトが何をやったのかも、どうやって木京Pを殺害したのかも、全て説明できると思います」

　途端に八名川が半信半疑という顔になる。

「どう考えても多目的ホールにいた人には犯行は不可能な状況やのに、一体どうやったって言うん？」

「確かに、タラの監視をくぐり抜けて廊下を通り抜けることは誰にもできませんでした。なら、もっと単純に考えればいいんですよ。……マレヒトは多目的ホールにいた僕らの中にはいません。奴は他の場所にいたんです」

「多目的ホールの外にはタラしかおらへん。でも、自分やってタラがマレヒトに擬態される隙はなかったって言うてたやんか！」

八名川の権幕がものすごかったので、佑樹は思わず首を竦めた。

彼女の言う通り、佑樹は散歩に連れて行く前にタラの体重を確認していた。その後、タラは散歩の時は佑樹か西城と一緒に行動し、その後は監視の任につくまで皆と一緒に多目的ホールにいたのだった。

ここで再び西城が口を開く。

「それに、昨晩のタラはすりガラスの前から離れなかっただろう？　タラが実はマレヒトだったと仮定してみたところで、武器となる針は五〇センチしか伸ばせない。小部屋の中にいる木京Pを殺害することなんてできないと思うんだが」

「その通りです。ここまで考える必要はないかもですが……マレヒトは無理な変形をすれば擬態が壊れてしまいますからね。身体を大きく変形させて小部屋の方に向けて伸ばしたということもあり得ません。つまり、タラにも木京Pを殺害することは不可能です」

「じゃあ、誰がマレヒトなん？」

なおも八名川は食い気味に聞いてくる。佑樹は敢えてはぐらかすように言った。

「昨日、マレヒトは海野Dと思われる遺体を焼きました。推理を進める上で、まずはその理由について考えるところから始めるのがいいと思います」

八名川は不満そうに黙り込んでしまい、代わりに三雲が頷いていた。

「私もあれは変だと思っていた。アリバイのない茂手木教授に疑いの目を向けさせるのが目的かとも思ったけど、その為だけにあんなことをやったとも思えないし」

「その通りです。実は……マレビトがあの遺体を焼いたのは、やはり別人の遺体を海野Dのものだと見せかける為の工作だったんですよ」

佑樹が続けると、その場にいた全員が納得のいかない顔になった。西城が皆の気持ちを代弁する形で口を開く。

「いやいや、竜泉も自分で言ってただろう？　あの時点で島には遺体が三体しかなかった。状況的に考えても、入れ替えに使うことができたのは例の皮を剝がれた遺体だけのはず。あの遺体は海野Dの遺体のすぐ傍にあった訳だし、焼いて入れ替えたところで仕方がないと思うが」

「ご指摘の通りなんですが……どうやら、僕らは間違った前提の上に推理を組み立てようとしていたみたいでして」

「てことは、あの時点で島には遺体がもう一体存在していたのか！」

虚を突かれたような表情になった西城に対し、佑樹は苦笑いを浮かべる。

「そう単純な話でもないんですよね？　その遺体の正体は後々の推理で分かってきますから……ひとまず、あの時『島にはもう一体入れ替えに使える遺体があった』という仮定で話を聞いて下さい」

皆、不承不承という様子だったが、一応はこの仮定を受け入れる気にはなったようだった。

再び三雲が口を開く。

「その仮定に基づいて考えても疑問は残る。マレヒトは何の為に海野Dの遺体と別人の遺体を入れ替えたの？　本物の海野Dの遺体はどこに行ったの？」

「わざわざ別の遺体を用意しなければならなかったくらいですから、海野Dの遺体は『その時点で既に存在していなかった』か『僕らに見られては困るような状態になっていた』ことが考えられます。実際のところは、今言った両方を満たす状況だった訳ですがね」

これを聞いた茂手木と三雲が愕然とした表情に変わった。どうやら二人は彼の言っている意味を察しはじめたらしい。

佑樹はなおも続けた。

「答えを先に言ってしまうと、海野Dの遺体は皮と肉を喰われた状態になっていたんですよ」

「えっ、それってマレヒトが海野Dに擬態していたってことですか！」

信楽が悲鳴交じりの声を上げる。

「……海の砂利道の監視を終えて戻って来る時、僕と西城さんと木京Pは『皮を剝がれた遺体』を見つけました。その時、僕らは茂手木さんのものじゃないか、あるいは旧公民館に残った四人のうちの誰かのものじゃないか、と疑いました」

ここで佑樹はひとまず言葉を切り、一呼吸を置いてから鋭く続けた。

「実際は、あの『皮を剝がれた遺体』こそ、本物の海野Dだったんです」

西城が唸るような声を出す。

「ということは、俺たちが『胸を刺された海野Dの遺体』だと思い込んでいたモノは、まさか?」

「ええ、あれがマレヒトだったんです。何せ、奴は手負いのフリを得意としますからね。海野Dに擬態して胸に負傷した演技をすることも簡単だったことでしょう。……それに、僕らは既に海野Dの死亡を確認したつもりになっていましたし、殺害犯が黒猫だということも突き止めていました。だから、マレヒトも僕らが海野Dの遺体を再調査することはないと踏んでいたんでしょう」

この説明にはやはり納得がいかないらしく、八名川が顔を顰(しか)める。

「でも、一昨日の午後の段階では、マレヒトはまだ黒猫に擬態してた。つまり、あの時点では『胸を刺された海野Dの遺体』も本物やったことになる。……ところが、マレヒトは死体の皮や肉を使って擬態することはできへんのやろ? 茂手木教授の追跡をかわして本物の海野Dの遺体のところに戻って来たところで、擬態は無理やと思うんやけど」

ふっと佑樹は遠い目をしてから首を横に振った。

「実は、僕らが低木のところで倒れている海野Dを見つけた時……彼はまだ死んでいなかったんですよ」

「え?」

「マレヒトには擬態する相手に毒を打ち込む習性があります。海野Dは毒を打ち込まれたことで仮死状態になり、生命活動を限りなく低下させられていたんだと思います」

英子の手記には『致命傷を負った動物だろうと（中略）仮死状態にする』という記載があった。海野も心臓を一突きにされてはいたが、その条件を満たしていたのは間違いない。

佑樹は更に続ける。

「あの時は僕が本物の海野Dの脈をとりましたが、拍動は感じられませんでした。ただ、どう見ても致命傷だったこともあり……首筋に指を五秒ほど当てただけで確認を終えてしまったんです」

顔を歪めた三雲が重々しい声になって言う。

「もしかして『本物の海野D』が仮死状態に陥って脈が落ちて弱くなっていたとすれば、それに気づかなかったかも知れないということ？」

「残念ながら、そういうことです」

「悪いが、俺はまだ理解が追いつかない。一昨日の夕方からマレヒトはどういう行動を取ったって言うんだ？」

西城の言葉に応じる形で、佑樹は大きく息を吸い込んでから説明を開始した。

「僕らの前から黒猫が逃げ出したのは、一昨日の午後四時台のことでした。黒猫は神域へと渡ったようなフリをして本島に残ります。まんまとそれに騙された僕と西城さんと木京Pの三人は、十二時間ほど時間を無駄にすることになりました」

「……そして、私だけは欺かれずに本島でマレヒトを追い続けたものの、待ち伏せして襲われてしまったという訳か」

こう呟いたのは茂手木だった。先ほどよりも熱が上がって来ているのか、肩で息をしているのが分かる。寒気も酷いようだったので、三雲は彼の為に寝袋を持って来ると、それを広げて膝掛け代わりにした。

その間にも佑樹は話を続けていた。

「茂手木さんはマレヒトに切りつけられた後、十二時間ほど意識を失っていました。でも、これは負傷が原因にしても長すぎるように思います。……恐らく、マレヒトが茂手木さんを足止めする為に毒を打ち込んでいたんでしょう。だから、仮死状態になってしまっていたんです」

「わざわざ毒を打ち込んだのに、茂手木教授に擬態せえへんかったんはどうして?」

八名川が鋭く質問を挟んでくる。

「長時間にわたって単独行動をしていた人間を作った方が有利になると考えたからじゃないでしょうか。実際、僕らは茂手木さんがマレヒトじゃないかと疑い続けましたからね」

これには彼女も反論ができないようだった。佑樹は改めて口を開く。

「そうやって追っ手を振り切り、マレヒトは例のアダンの木の付近に戻って来ました。そして、トランシーバーを入手して僕らの動向をうかがいつつ……仮死状態が続いていた海野Dへの擬態を開始したんです」

先に黒猫の擬態を解いた時には、マレヒトは林の奥でそれを行ったはずだった。

本島の大部分は亜熱帯植物の林になっている。佑樹たちに確認ができるのは、道沿いのごく一部と建物や墓地がある周囲だけだと見越していたのだろう。

「十五分ほどで、マレヒトは海野Dへの擬態を終わらせました。海野Dに擬態したマレヒトのことを、偽海野と呼ぶことにしましょうか」

便宜上そう決めてから、佑樹は更に話を続ける。

「これにより、アダンの木の傍には偽海野と『皮を剝がれた謎の遺体』と化した海野Dが残りました。まず、マレヒトは『皮を剝がれた謎の遺体』となった海野Dを道路から見て発見されやすい位置に移動させました。……それが終わってから、偽海野は二つのことをやりました。一つは墓地を荒らして火をつけたこと。もう一つは古家社長を刺したことです」

全員が彼の話に夢中で聞き入っている様子だった。少し酸欠気味になって頭がぼうっとし始めていた佑樹は一度深呼吸をした。それから改めて説明を再開する。

「墓地を荒らしたのは、トランシーバーで暗号についての話を傍受した後のはずですから、時間的には一昨日の午後十時以降ということになると思います」

暗号の話を聞いた偽海野は慌てたことだろう。そして、自分にとって不利な資料が人間の手に渡るのを阻止しようとしたはずだった。

「偽海野は墓地を荒らして暗号が示している隠し場所を探そうとしますが、結局のところ暗号の解読には失敗しました。的外れなところを探した挙句、最終的には墓地に火をつけるという暴挙に出たのですから」

考え込んでいた様子の三雲が口を開く。

「実際に火の手が上がったのは、昨日の午前四時台だったはず。墓地を引っかき回したのもその直前だったのかな？」

　これについては今の佑樹には答えようがない部分があったので、彼はぼやかして曖昧に応じることにした。

「何度も墓地を訪れて資料を探していた可能性はありますが、午前四時台になって火をつける決心をした理由は分かる気がします」

「理由？」

「神域に渡っていた僕ら三人が戻って来るまで、もう時間がなくなっていたからです。明るくなれば、僕らが墓地に調査に来ることは分かっていました。だから、それまでに何とかして隠されている資料を焼いてしまおうとしたんでしょう」

「結局のところ、偽海野はそれに失敗してしまった訳ね」

　三雲がそう呟いたのを受けて、佑樹は頷きながら更に話を続ける。

「運の良かったことに、暗号の示す隠し場所は墓石からは離れていましたからね。……それから、偽海野は墓地を荒らすこととは別に、旧公民館も監視していたはずです」

　これを聞いた瞬間、信楽が小さく身震いをした。

「怖いな。偽海野は多目的ホールの傍に来ていたかも知れないということでしょう？　もしかすると、僕や三雲さんや八名川さんが夕飯を食べるところも窓の外からうかがっていたのかも」

　あり得る話だった。窓の外から彼らの様子をうかがい、その会話を盗み聞くくらいのことはやっていたかも知れない。その時、佑樹は神域にいた訳だが、三人がどれだけ危険な状態にあったか考えるだけで背筋が冷たくなった。

「幸い、偽海野は集団で固まっていることの多かった信楽くんたちを襲うのは断念したようです。その代わり、小部屋にこもっていた古家さんにターゲットを定めたんでしょう」

白ワインを飲んで酔いつぶれていた古家はマレヒトにとって、格好の餌食に見えたに違いなかった。

「裏口の閂を外したのは、やはり古家さんだったんでしょうね。夜中に目を覚まして裏口から出たのかも知れませんし、白ワインで酔いつぶれるよりも前に外の空気を吸いに出て、閂をかけ忘れた可能性もありそうです」

「古家社長にとっては、運の尽きやった訳やね」

そう悲しそうに呟いたのは八名川だった。

「……ええ。裏口の閂が外れていたことにより、偽海野がピッキングをするだけで旧公民館に侵入することができる状況が生まれてしまったんです」

旧公民館に侵入したマレヒトは、難なく古家の小部屋へ入り込んだことだろう。そして、眠っている彼の心臓を刺し、血を吸って彼の知識と記憶を奪い取った。

「古家さんが刺されたのは、信楽くんが退室してからだと考えられるので……一昨日の午後十時以降、遺体が発見された昨日の午前五時半以前ということになりそうですね」

八名川は腕組みをして重々しく頷く。

「実際のとこ、墓地で火事を起こした午前四時ごろより前に犯行を終えていたと考えた方がええやろね？　火事が起きたと知った時に、私らが墓地を確認しに行ってた可能性もあった訳やし、その段階で古家社長の遺体が発見されててもおかしない状況やった訳やからな」

「おっしゃる通りですね。……偽海野は墓地に火をつけてすぐに例のアダンの木の傍に戻って、『胸を刺された海野Dの遺体』の演技をスタートさせたはずです」

「そして、神域から戻って来た俺たち三人に『皮を剝がれた謎の遺体』を発見させ、新しい犠牲者が出たと勘違いさせた訳か」

魂の抜けかかったような声になってそう言ったのは西城だった。

「実際のところ、それこそが皮と肉を喰いつくされた本物の海野Dの遺体だった訳ですが、僕らはすっかり騙されてしまいました。……その後、マレヒト扮する『胸を刺された海野Dの遺体』を確認した時だって微塵も疑いませんでしたからね」

佑樹が完全に陰鬱な口調になってしまっていたからか、西城がどこか温かみのある苦笑いを浮かべた。

「何も、竜泉が責任を感じる必要はないだろう？　あの時点ではそんなことに気づけるはずがなかったんだ」

「いいえ、もっと早く『おかしい』と気づくべきでした。……擬態に使った遺体をこれ見よがしに放置すること自体が、マレヒトにとっては不利にしかならない行動だったんですから」

「ん、どうしてそれが不利なんだ？」

「僕らの中の誰かに擬態しようとするなら、誰にも気づかれないようにその人間を襲い、そこで生まれた『皮を剝がれた遺体』は林の奥にでも隠してしまえば良かったんです。そうすれば、僕たちは擬態されていることにすら気づかないままだったかも知れません」

「確かに、そうだな」

「それにも拘らず『人間に擬態した』ことをアピールしたのは、実際よりも多くの犠牲者が出ていると誤認させる為だったんです。……どうやら、僕らは無意識のうちに『マレヒトは生存者に紛れて島からの脱出を試みるに違いない』と思い込んでしまっていたようですね。だから、遺体に擬態している可能性にまで気が回らなかった」

ここで三雲がやりきれない表情になって首を横に振りながら言った。

「実際のところ……生存者になりすますよりも遺体になりすます方が、はるかに自由に動ける時間が確保できたという訳なのね？」

「ええ、これは盲点でした」

八名川は先ほどからブツブツ独り言を呟きながら考え込んでいたけれど、不意に大きな声を出した。

「そない言うけど、マレヒトが海野Dに擬態してたとしても状況は変わらへんやんか！　木京Pの遺体は窓から五〇センチどころじゃなく離れた場所にあったから、窓の外から偽海野が針を差し込んで殺害した可能性もない訳や。……依然として、木京Pを殺害した方法は分からへんままやん」

信楽も続けて不満げに呟く。

「それに、さっき竜泉さんが言っていた『島にはもう一体入れ替えに使える遺体があった』という仮定についても説明がされてませんよ。あの焼死体はどこから来たって言うつもりなんですか？」

二人に疑わしげに睨まれつつ、佑樹は苦笑いをした。

「その辺りについても、これから出てきますから」

「ほんまに？」

「まだ疑ってる。……でも、さっきの推理を聞いていた皆さんなら、木京Pを殺害した時にマレヒトが誰に擬態していたのか、察しがつくんじゃないかと思うんですが」

八名川と信楽は顔を見合わせたけれど、佑樹が何を言っているか分からない様子だ。代わって三雲が口を開く。

「もしかして、別の遺体になりすましていたということ？」

佑樹はニヤッと笑った。

「そういうことです」

「やっぱり。それは……古家社長の遺体ね？」

佑樹と三雲、それから熱でもうろうとしている茂手木を除く三人の顔色が変わって、右側の小部屋の扉を睨み始めた。その中には今も『古家の遺体』が転がっているはずだった。

三人は今にも小部屋に突撃していきそうな雰囲気だったけれど、佑樹にはそれが得策だとは思えなかった。その為、慌てて制止する。

「落ち着いて下さい。僕らの会話がマレヒトに聞こえているかは分かりませんが、二つの小部屋の扉さえ見張っていれば、マレヒトは閉じ込められたも同然ですから」

「でも、扉を開いて飛び出して来たら？」

信楽はまだ扉から目が離せずにいるようだった。

「こっちには六人いますからね。向こうも下手に動けば袋叩きに遭うことは分かっているはず。……とにかく、今は推理を続けましょう」

「まあ、竜泉くんの推理が当たってるかどうか怪しいもんやしね」

相変わらず、八名川は佑樹の言葉を疑っているようだった。一方、先ほどから悩むように目を細めていた西城が口を開いた。

「八名川さんの言う通りだ、竜泉の推理はおかしくないか？　俺たちが昨日の朝六時ごろに確認した時は、マレヒトは『胸を刺された海野の遺体』の演技をして屋外にいた。時を同じくして、旧公民館では三雲さんたちが古家社長の遺体を発見していた訳だろう？」

「その認識で合っていますよ。その時点では、小部屋にあった遺体は間違いなく……本物の古家さんでした」

「んん？　俺の記憶が正しければ、三雲さんたちは俺らが合流するまで古家社長の小部屋にいたはずだし、その後もしばらくは誰かがあの部屋にいた気がするんだが」

「ええ、僕らが裏口の門を調べに行った時も、八名川さんと信楽くんが小部屋に残って話し合いを続けていました」

佑樹が平然とした顔のままでいるからか、逆に西城が気を遣ったように小声になっていく。

「その直後には、建物内に動物や不審物が紛れていないか手分けして大捜索をしただろう？　あの段階では中にマレヒトが潜んでいなかったのは確実だと思うんだが」

「もちろん、あの時点ではマレヒトは建物内にはいませんでした」

「いや、それじゃダメだろ！……その後、表口と裏口の門は誰かが出入りする時以外はかけられていたし、建物内には常に誰かが残っていた。今に至るまで、マレヒトが侵入する隙もなかったことになってしまう。つまり、マレヒトには古家社長に擬態するチャンスもなかったことになるじゃないか！」

皆がその意見を支持して騒ぎ始めたので、それを収めるのに佑樹は苦労する羽目になった。

「まあまあ、とりあえず続きを聞いて下さい。……さすがに偽海野状態のマレヒトは建物に侵入できませんが、本体だけなら難易度は下がります。何せ、本体は小さくて五センチより大きな隙間なら通り抜けられるような柔軟性がある訳ですからね」

とうとう我慢がならなくなったのか、三雲が柳眉を逆立てた。

「いい加減なことばっかり言わないで！　門はしっかりとかかってた訳だし、窓には面格子があった。本体だろうと何だろうと、侵入できる訳がないじゃない」

「それが可能だったんですよ。……というか、僕らが招き入れてしまったんですが」

「は？」

「三雲さんも見ていたと思いますが、墓地から戻って来た時に、発電機とガソリン携行缶を建物の中に入れたでしょう？　あの時にマレヒトも一緒に運び入れてしまったんです」

発電機を運んだ張本人である信楽は、これを聞いて心底ゾッとした様子だった。

「マレヒトはどこに隠れていたんですか？」

「発電機は本体に四つの車輪が取りつけられているタイプで、本体の下には多少の隙間がありました。マレヒトはそこに張りついて、僕らが発電機を中に入れるのを待っていたんですよ」

「そんな！　僕が自分の手でマレヒトを運び入れてしまっただなんて……」

信楽が呆けたように呟くのを聞いて、佑樹は申し訳ない気持ちを強めて顔を伏せた。実際は古家や木京が死んだことになど、彼が心を痛める必要は全くないのだが。

ここですかさず三雲が口を開いた。

「でも、発電機に張りついて待っていたって建物に入れてもらえる保証はなかったはず。そもそも、発電機は軒下で使ったりすることも多いものでしょう？」

「それが、そうでもなかったんですよ」

「どうして」

「マレヒトは墓地で火事を起こしました。火事を見た僕らは、遅かれ早かれガソリンの携行缶を外に置いておくのは危険だと気づき、発電機とセットで中に運び込む判断をしていたでしょう。……マレヒトがそこまで考えて火をつけたのかまでは分かりませんが、僕らの行動は充分に予測できるものだった訳です」

もう誰からの反論も起きなかった。その為、佑樹は言わなければならないことを淡々と述べ続けた。

「『胸を刺された海野Dの遺体』になりすまして僕らをやり過ごした後、マレヒトは林中で本体に戻りました。そして、隙を見て発電機の下に隠れたんです。僕らが墓地から戻って来たのが昨日の午前十時半くらいのことでしたから、マレヒトはそれまでに発電機の下にスタンバイしていたんでしょう」

発電機を古家の小部屋に運び込んだ後、佑樹たちは英子の手記について話し合う為に多目的ホールにこもった。

「結局、昼の十二時半ごろにタラを散歩に連れて行くまで、僕らは多目的ホールから出ませんでした。つまり、マレヒトには二時間もの自由に動ける時間があったことになります」

ここで三雲がため息交じりになって口を開いた。

「その間にマレヒトは古家社長に擬態したのね？」

「はい。古家さんは……かつての海野Dがそうだったように、マレヒトの毒で仮死状態になっていたと考えられます。マレヒトはそんな古家さんを襲って擬態したんですよ」

「またしても、遺体になりすます為にか！」

そう低い声で言ったのは西城だった。

「この擬態も十五分ほどで終わったはずです。その後、偽古家は『皮が剝がれた遺体』と化した本物の古家さんを建物の外に運び出しました。そして、アダンの木の近くまで運んで低木ごと燃やしてしまったんですよ。……これこそが、僕らが海野Dの遺体だと思っていた、あの焼死体の正体です」

頭痛でもしてきたのか、八名川が眉間を指で押さえた。

「確かに、二時間もあれば今言ったことはできそうやけど……。ごめん、状況がややこしすぎて、頭ん中が訳分からへんことになってきた」

佑樹は多目的ホールから油性マジックと企画書を持って来ると、それに簡単な図と説明を書き込んだ（**図2参照**）。

「分かりやすく書くとこんな感じです。……僕らがタラの散歩に行った十二時半の段階では、小部屋の中には古家さんの遺体のフリをしたマレヒトがいて、低木のところには焼死体と化した本物の古家さんの遺体があった訳です」

その図を覗き込んだ信楽が脱力したような声を上げる。

「うわ、マレヒトが古家社長の小部屋に入り込んでいたんなら、昨晩の努力は何もかも無駄だったってことじゃないですか」

彼の言う通りだった。木京と古家の小部屋は扉で直接つながっていたので、マレヒトは廊下に出ることなく木京を殺害できたことになる。これではタラが廊下を監視していたのも、小型カメラで廊下を監視していたのも、何の意味もなかったことになった。

佑樹自身も疲労感を覚えながら、更に説明を続けた。

「昨晩、木京Pは一人で自分の小部屋にこもり、やがて寝入ってしまいました。隣室にいたマ

図2

	旧公民館・小部屋	屋外・低木	屋外・道路
10月17日 AM6:00ごろ			
状態	胸部刺殺	胸部刺殺	全身皮膚損傷
誤	古家（遺体）	海野（遺体）	生存者の誰か（遺体）
正	古家（仮死）	偽海野（マレヒト）	海野（遺体）
	旧公民館・小部屋	屋外・低木	屋外・道路
10月17日 PM0:30ごろ			
状態	胸部刺殺	焼死体（損壊）	全身皮膚損傷
誤	古家（遺体）	海野（遺体）	生存者の誰か（遺体）
正	偽古家（マレヒト）	古家（遺体）	海野（遺体）

レヒトこと偽古家はそれに気づいたのでしょう。彼はこのチャンスに飛びつき、木京Pの胸を刺してから、モニターと記録媒体を破壊しました」

西城が納得したように大きく頷く。

「マレヒトが録画内容を消し去ったのは『廊下から小部屋に侵入する自分の姿が写っていたから』ではなく、逆に『廊下に出ていないことを隠す為』だったのか！」

「ええ。あの映像を残しておくと、犯人が今も二つの小部屋のどちらかにいるってことがバレバレになってしまいますからね」

相変わらず夢うつつの口調のまま、茂手木が口を挟んだ。

「分からないな。古家社長の遺体になりすましたマレヒトは……これから何をするつもりだったんだろう？」

　佑樹は複雑な気持ちになった。

　負傷する前、茂手木はトンデモ推理ばかりを披露していた。それなのに、彼は熱に浮かされて朦朧としている時の方が分析が鋭くなるという稀有な体質を持っているらしい。

　その言葉に触発されるように、八名川が腕組みをした。

「ほんまや。遺体のフリをしたままやったら、肝心の迎えの船に乗られへんやん！」

　彼女の言うことは正しかった。

　迎えの船が来た段階で、まず佑樹たちは船の無線で警察へ通報を行う。その時に警察に何と言われるかは分からないが……負傷している茂手木がいる以上、船は折り返し病院のあるT港を目指して出発することになるはずだ。

　そして、佑樹たち生存者は何かと理由をつけてそれに乗り込むことになるだろう。だが、船に遺体を載せて運ぶことは考えないはずだった。

　少し考え込んでから、佑樹は口を開いた。

「いくつか可能性があると思いますが……マレヒトにとって最も安全なのは、僕らを全滅させることだったはずです」

　その場にいた全員が言葉を失って真っ青になる。佑樹はなおも淡々と続ける。

「これまでの行動パターンから、木京Pの遺体を発見した僕らが、遅かれ早かれ多目的ホールにこもることは予測がついたはずです。長時間にわたって話し合いをする時は、いつもホールを使っていましたからね」

八名川が小さく身震いをした。

「確かに、船が来るまで、ずっと多目的ホールで議論をしていた可能性はありそうやな」

「そうなれば、マレヒトは自由に動き回る時間を得ることになります。そして……もしかすると、今度は木京Pに擬態するつもりだったのかも知れません」

ここで三雲が眉をひそめる。

「どうしてそう思うの？」

「木京Pが僕らの中で一番強い人脈やコネクションを持っていたからです。どうせ擬態をするなら、より権力のある人間になりすまそうとするのが、擬態生物の心理だと思います。今も胸を刺された木京Pは仮死状態になっているのかも知れませんよ」

一同は無言で木京の小部屋の扉を見つめた。

仮に木京が毒による仮死状態になっているのだとしても、もう彼を救う方法はなかった。いずれ毒は抜けるが、その時には『致命傷を負ったことによる死』が彼に追いつくことになるのだから。

「……マレヒトは一人の生者になりすますのではなく、連続して死者になりすますことで私たちを欺こうとしたのね？」

消え入りそうな声でこう言ったのは三雲だった。佑樹は苦笑いを浮かべる。

「まあ、最後の『木京Pへの擬態』は僕の妄想にすぎないんですけどね。……いずれにせよ、マレヒトは僕らが話し合いをしている間に、裏口から外に出てガソリンを撒いて建物に火をつけることだってできたはずです。表口と裏口を塞がれてしまえば、僕らに逃げ道はありませんから」

西城が顔を歪める。

「そうやってマレヒトについて知識のある人間を全滅させて、迎えに来た船に乗り込むつもりだったのか」

「ええ。マレヒトは船長の血を飲んで知識を得るなりして……船を操縦して幽世島から脱出するつもりだったんでしょう」

そう締めくくってから、佑樹は俯き加減に口を閉じた。もう、今はこれ以上話すべきことは何もなかった。重苦しい沈黙が流れる。

「真相を解き明かしてくれて……ありがとう」

三雲が囁くように言うのが聞こえて、佑樹は頭を上げた。何故だろう、彼女は今にも泣き出しそうな顔をしていた。

彼女は優雅にすら見える仕草で、古家の小部屋へと続く扉を開いた。その奥には古家の姿をした遺体が今も横たわっていた。佑樹たちが前に確認した時から特に動いたような様子もない。

三雲はふっと苦笑いを浮かべる。

「相変わらず、遺体の演技を続けるの？　それとも……六対一では不利すぎるから、怖くて名乗りを上げることもできない？」

そう言いながら、彼女はゆっくりと部屋の中に足を踏み入れた。三雲の目に浮かんでいた決意に満ちた光に圧倒され、佑樹はとっさに動くことができなかった。それは八名川を含めた皆も同じらしかった。

やがて、彼女はガソリンの携行缶の蓋に手をやった。

「……何やってるん？」

八名川が問いかけても、彼女は返事をしようとしなかった。ただ、古家の姿をした遺体を静かに見つめるばかりだった。

やがて、三雲は携行缶の蓋を部屋の隅に放り投げると、じりじりと後退して扉のところにまで戻って来た。そしてすっと右手を掲げる。いつの間にか……その手にはオイルライターが握られていた。某アメコミキャラがついた、海野Dが愛用していたものだ。

昨日、佑樹たちが墓地を調べに行った段階では、ライターは通路のところに放置されていた。彼女は密かにそれを拾って身に着けていたらしかった。

ライターに目を留めた信楽がパニックを起こしたように叫んだ。

「嘘でしょ、三雲さん！」

「……あの遺体を焼くつもりなんですね？」

佑樹がそう問いかけると、彼女は悲しげに頷く。

「マレヒトは火に弱いから、この部屋から逃げ出す前に焼いてしまえば、擬態が解けて気絶するはず。……私が全てを終わらせる、皆はこの建物から逃げて」

真っ先に、信楽が多目的ホールの方に後じさりをはじめた。三雲の表情には鬼気迫るものがあったので、いつライターに点火してもおかしくないと思ったのだろう。

実際、佑樹にも三雲が本気だということはひしひしと伝わって来ていた。これはこけおどしや演技などではない。彼女は命を捨ててマレヒトを退治しようとしていた。……四十五年前に、三雲英子がそうしたように。

佑樹は廊下に留まっていた西城と八名川の方を振り返った。その傍では茂手木がぼんやりとした顔をして座り込んでいる。

「二人とも、茂手木さんを連れて表口から外に逃げて下さい」

西城は茂手木に肩を貸して立ち上がらせながらも、心配そうに佑樹を見つめていた。

「でも、竜泉……」

「大丈夫です、三雲さんの説得は僕がやりますから」

そう言いながら、佑樹はボディバッグを外した。中ではワオが大騒ぎをして激しく暴れているのが感じられたけれど、彼は敢えてそれを無視して西城に預けた。

バッグを受け取った西城は躊躇(ためら)いを見せながらも、やがて大きく頷いた。彼は茂手木を連れて八名川と共に多目的ホールへと消えていく。

それを見送った佑樹は、扉の隙間から見える携行缶に視線を移した。

小部屋には合計で二十リットルほどの予備のガソリンが置いてある。ガソリンは非常に気化しやすい液体だ。三雲が蓋を開けたことで、既に室内にはガソリンの気体が充満しているはずだった。

佑樹はゆっくりと彼女に右手を差し伸べた。

「さあ、ライターを渡して下さい。ガソリンの恐ろしさを知らない訳ではないでしょう？　そんなことをすれば、三雲さんも無事ではすみません」

「構わない。最初からそのつもりだから」

言葉には相変わらずぶっきら棒なところがあったけれど、その口調には今までになかった優しさに似たものが含まれていた。

対する佑樹の声は、自分でも驚くほどに激しく震えていた。

「マレヒトを退治するにしても、方法は他にいくらでもあります。……だから、お願いだから、そのライターを僕に渡して下さい」

折角、マレヒトを退治する目途が立ち、島から皆で脱出できると思った矢先だったのに、こんなところで彼女を死なせる訳にはいかなかった。……何より、佑樹にはよく分かっていた。こんなものは自己犠牲でも何でもない、ただの無駄死にになってしまう、と。

佑樹は必死で訴え続けたが、三雲はそれすらも聞き入れる気はないようだった。

彼女は決して佑樹の方を見ようとしなかった。そうすることで自分の意志が弱まってしまうことを恐れているかのように、彼女は古家の姿をした遺体を見つめたままだった。

その目には、どうしようもなく暗い炎が宿っていた。

「これでいいの。今回の事件を引き起こした責任は私にある。私が父の話を信じてさえいれば、マレヒトのことをちゃんと皆に説明していれば、こんな恐ろしいことにはならなかったんだから」

「違います、三雲さんが悪いんじゃない！　本当は……」

衛星電話を壊したのは自分だと、この島にやって来たのも復讐を果たす為だったと……佑樹は全てを告白してしまうつもりだった。けれど、彼が口を開こうとするのを遮るように、三雲は儚くも美しい微笑みを浮かべて言った。

「それ以上は言わないで。ありがとう、竜泉さん」

「三雲さん！」

「皆のことをどうかお願い。そして建物が燃え尽きたら……マレヒトの本体を探して海に放り込んで」

彼女はちらっと多目的ホールに視線をやった。茂手木たちが無事に屋外に退避したかを確認したのだろう。

その隙をついて佑樹は一気に距離を詰めた。……だが、彼が三雲に手を伸ばすよりも早く、彼女はライターに着火して小部屋の中に放り込んでいた。

物凄い爆発音と共に、佑樹の上を激しい熱風がかすめた。

同時に小部屋の扉も吹き飛んだらしい。暴力的ですさまじい音が響き、周囲には細かい木の破片が降り注いでいた。

耳鳴りと頭痛が酷かったけれど、爆風が収まってから彼は床から顔を上げた。

天井付近や壁のところどころには火の手が上がっているらしかったが、周囲にどす黒い煙が満ちているのでよく見えなかった。床付近にも薄くはあるが煙の幕が下りて来ている。……道理で目も喉もヒリヒリするはずだ。

佑樹は傍に横たわっていた三雲の肩を叩いた。

「大丈夫ですか?」

彼女は呆然とした様子で佑樹を見返していた。自分が生きていることが未だに信じられないらしい。

あの時、佑樹は既に三雲からライターを奪うことは諦めていた。それよりも、彼女を連れて逃げることを優先した。

その判断が功を奏したようだった。本格的な爆発が起き、紅蓮(ぐれん)の炎が湧き上がって建物を嘗め尽くす前に、彼らは多目的ホールにまで逃げ出すことに成功していた。

その後、自分が何をやったのかを佑樹は覚えていなかった。意識的に床に伏せたのか、単に床に放置されていたペットボトルに躓(つまず)いただけだったのか……いずれにせよ床に倒れ込むことで、二人とも大規模な火傷(やけど)を負うことは回避できたらしい。

三雲の服の背中の部分には特に焼けたような跡はなかったし、髪の毛も無事なようだ。それを見た佑樹はほっとした。彼自身も多少の火傷を負っているのかも知れないが、今はそれをのんびり確認している暇はない。

「とにかく、火が広がる前に逃げましょう」

そう話しかけても、三雲はまだ放心したままだった。やむなく、佑樹は彼女をほとんど引きずるようにして光が差す方……表口に這って行った。

彼らにとって幸いなことに、爆風で窓ガラスは全て割れてしまっていた。煙は比較的速やかに外に逃げ、代わりに新鮮な空気が少しずつ室内に入り込んでいた。

やがて煙越しに表口が見えてきた。そこには西城と八名川と信楽がいた。

三人が佑樹と三雲を建物の外に引っ張り出そうとした時、彼らは軋(きし)んだヴァイオリンのような、奇妙な断末魔の声を聞いた。

佑樹が恐る恐る振り返ってみると……廊下の方向から何かがよろよろと彼らの方へと進んで来るのが見えた。その動きはどこかに怪我でもしているかのように鈍い。

煙越しにも動きがはっきりと見えるのは、その何かにオレンジ色の火がまとわりついていたからだ。大きさは猫より少し小さいくらいだが、よほど重量があるらしく、それが飛び跳ねる度に板張りの床がどうんどうんと鈍い音を立てた。

耳が痛くなる叫び声を立てながらも、その物体の動きはいよいよ遅くなり、やがて、無音でごろごろと転がるだけの球体と化した。表口のところにまで転がってきて止まる頃には、いつの間にか球体を取り囲んでいた炎も消えていた。

その表面は金属質で、金とも銀ともつかない不思議な輝きを帯びている。

佑樹は思わず三雲と顔を見合わせていた。彼女も呆然自失の状態から回復して、今では驚いたように目を丸くしている。

それは炎から逃れることができず、本性を現したマレヒトに違いなかった。

＊

佑樹たちは美しく透き通った海を見下ろしていた。波はまだまだ高かったけれど、昨日に比べれば海は穏やかな表情を取り戻しつつあった。

今は全員でマレヒトを包んでいるパーカーを握っている。球体は異様に重く……英子の手記にあったように二〇キロはありそうだった。

熱で消耗した茂手木も西城に支えられる形でそれに加わり、佑樹のボディバッグからはワオも顔を覗かせていた。でも……タラだけはいない。彼は控室に閉じ込められているところを爆発に巻き込まれてしまったからだ。

西城と八名川はタラの存在を失念していたことを悔いているようだった。

だが佑樹にも分かっていた。これは起こるべくして起こったことだったし、生命の危機が迫っている状況で冷静な判断をするのは誰にだって無理なことだった、と。

旧公民館からは黒煙がもうもうと上がり続けていた。その様子は港からもよく見える。彼らが立ち去る時には建物全体が激しく燃え始めていたので、いずれは全焼して倒壊してしまうことだろう。

結局、彼らが持って来た荷物のうちで無事に残ったのは発電機だけだった。

建物で爆発が起きる寸前まで表口の右側に置いてあったのを、八名川が退避した時に機転を利かせて移動させていた。

万一、発電機が表口の付近に置きっぱなしだったら、中のガソリンに引火して更なる爆発を起こしていたことだろう。そして、多目的ホールにいた佑樹たちも助からなかったはずだ。

彼女には感謝しかなかった。だから余計に、佑樹は八名川にタラのことを悔いてほしくなかった。

やがて六人はマレヒトが包まれたパーカーを握りしめて顔を見合わせた。

もう言葉は要らなかった。

彼らは振り子のように何度か勢いをつけると、球体を海に放り落とした。どぷんと軽い音を立てて、マレヒトはどこまでも美しい海に吸い込まれていく。

球体は完全に水に包まれる寸前に、再び軋むような悲鳴を上げた。ほんの一瞬だけ、マレヒトは意識を取り戻したらしい。

けれど、球体は抵抗する術(すべ)もなく沈み、やがて海底を転がって岩にぶつかって止まった。

……静寂。数粒だけ気泡がマレヒトから上がり、それもすぐに消えてしまった。

第十章　船上　事件終結

二〇一九年十月十八日（金）　一四：二五

船のデッキにて、佑樹は遠ざかる幽世島を見つめていた。

迎えの船は午後一時四十分に到着した。幸いなことに、その頃には波は辛うじて船が着岸できる程度に落ち着いていた。島に来る途中で、船長が立ち上る黒煙に気づいて消防に通報していたようだが……改めて警察にも通報してもらった。数時間以内には、警察と消防が幽世島に到着することだろう。

生き残った六人は負傷者を病院に運ぶという名目で全員が船に乗り込んでいた。

実際、茂手木の熱は上がったり下がったりを繰り返していたし、可及的速やかに病院に運ばねばならない状態だった。それ以外にも、佑樹と三雲は爆発に巻き込まれて腕に軽い火傷を負っていたし……残りの三人も爆風で吹き飛んだ窓ガラスで小さな切り傷を作っていた。

応急処置が終わってから、佑樹は船長を除く五人にデッキに来るように伝えた。

その言葉に従ってやって来たものの、信楽は往路の船酔いの辛さを思い出しているらしい。早くも顔が青ざめていた。

「もう警察にどう説明するかの打ち合わせはいいですよ。既に充分すぎるくらい話し合ったじゃないですか?」

実際のところ、佑樹たちは迎えの船が来るまでの間ずっと……『この事件を警察にどう話すか』を決めるのに費やしていた。

当たり前のことだったけれど、警察に真実を伝える訳にはいかなかった。『マレヒトが犯人だ』と力説したところで、事件のショックで頭が混乱していると思われるだけだ。あるいは、不審者として容疑者リストのトップに躍り出ることになるかも知れない。

そういった警察に話せない部分をいかに省略するか、マレヒトの代わりに誰が犯人だったことにするかを皆で話し合ったのだった。

結果的に……犯人役に選ばれたのは木京だった。

三番目の犠牲者であったこともあり、彼には海野と古家を殺した罪と旧公民館を燃やした罪の両方を背負ってもらうことになる。日ごろ積み重なった恨みがあったからだろうか? 反対意見は出なかったし、木京を擁護しようとする人も現れなかった。

いずれにせよ、海野が殺害された場所も、残りの二つの殺人が起きた旧公民館も既に燃えてしまっている。もう現場には事件がどんなものだったかを正確に突き止められるような証拠は残っていないはずだ。警察も佑樹たちの証言を鵜呑みにするしかないだろう。

八名川も疲れ切って覇気を失った声になって言った。

「私も信楽くんに賛成。細かいこともできっちりと決めたし、これ以上は話すこともないやろ？」

　まず佑樹は船長が今も操舵室にいて、自分たちの話を聞いている様子がないことを確認した。それから、彼は低い声でこう言った。

「残念ながら……この事件はまだ終わっていません」

「どういうこと？」

　この言葉に最もショックを受けたのは三雲らしかった。彼女はこれまでになく取り乱している。

「騙すようなことをして、すみません。僕が旧公民館で喋りまくった推理……あれは真相からはほど遠いものだったんですよ」

　佑樹の言葉に西城が戸惑ったように瞬き（まばた）をする。

「え、あの推理にはどこもおかしいところはなかった気がするが。竜泉は推理が違っていたことに、今気づいたのか？」

「いいえ」

　デッキにいた全員が絶句した。無理もないだろう、佑樹が何を言っているのかが分かる方が異常だ。

「旧公民館にいる時から、僕にはあの推理が真相でないことは分かっていました。ただ必要に迫られたから、それを口にしたにすぎません」

船長からクッションを借りて、その上に腰を下ろしていた茂手木が微笑んだ。

「だとしても構わないじゃないか？　結果的にマレヒトを退治できた訳だし、無事に島から離れることもできた。何の問題もない」

それに対し、佑樹は曖昧に頷いて返した。

「それはそうですが……やはり、皆さんには全てを知っておいて頂いた方がいいと思うんです。間違っていると分かった上で、僕がデタラメな推理を披露しなければならなかった理由についても」

五人はそれぞれ疑い、不安、恐怖がないまぜになった表情を浮かべて佑樹のことを見つめていた。

佑樹は水平線に浮かんで見える幽世島に目をやってから言った。

「これから説明する真相は……旧公民館でお伝えしたのと変わらない部分も多いんです。例えば、海野Dに擬態したマレヒトが古家さんを殺したというところまでは同じです。ただ、木京Pを殺害した方法には違いがあります」

前の推理でも犯人を特定する決め手となったのは『木京殺し』だった。この殺人だけは不可能犯罪にしか見えない状況だったし、結果的にその不可解さがマレヒトの首を絞める形になったようなものだ。

ここで三雲が訝しそうに口を開いた。

「殺害方法が違うとは言っても、マレヒトが二つの小部屋のどちらかにいたことは変わらないはず。そうでしょ？」

「いいえ。木京Pを殺害した犯人は、僕らと一緒に多目的ホールにいたんですよ」

意外なことに、この爆弾発言に反論しようとする者は現れなかった。

佑樹が『真相は別にある』と言った時点で、話がそういった方向に転がるのが薄々分かっていたからかも知れない。あるいは……疲弊(ひへい)しきった彼らには体力的にも気力的にも、もうそんな力が残っていなかったという方が正しいのかも知れない。

五人の顔を順番に見つめながら、佑樹は更に続けた。

「やはり、殺害犯は廊下を通り抜けて木京Pの小部屋に侵入していたんです」

「どうやって？」

辛うじてといった様子で言葉を返したのは西城だった。

「ひとまず、マレヒトや特殊ルールは忘れてしまいましょう。その方が物事をシンプルに見られる場合もありますからね？　そうやって考えると、状況から最初に疑われるのは……タラと殺害犯が共犯関係にあった可能性だと思います」

急に、茂手木が嬉しそうに口を開いた。相変わらず、熱で夢うつつの状態になっている様子だ。

「なるほど……それは推理小説では有名なあるトリックの応用だね。私も初めて読んだ時の驚きは忘れられない。そう、あの古典的名作……」

佑樹は慌てて彼の言葉を遮(さえぎ)る。

「それ以上は言わないで下さい。重大なネタバレになってしまいますからね」

二人がそんな話をしているのを聞いて、三雲は腹を立てたらしい。彼女はものすごい顔で佑樹を睨みつけてきた。

「確かに、タラを手なずけられれば、廊下を自由に行き来できるようになるでしょうね？　でも、その仮定は成立しない。……この事件には、間違いなくマレヒトという特殊な存在が関わっているのだから、それを除いて考えるなんてナンセンスよ」

「どうしてですか？」

「それだとマレヒトと犬が共犯者だったことになってしまう。まさか、祖母の手記にあった内容がデタラメだとでも言うつもりなの？」

そう捲し立てる三雲本人もかなり混乱しているようだった。佑樹は静かに首を横に振る。

「もちろん、英子さんの手記を疑うつもりはありません。犬がマレヒトの正体を見抜き、嫌って吠えたてるのは間違いないでしょう。特にタラは誰彼構わずに吠えて、飼い主以外には絶対に懐かない子でしたからね」

「なら、タラこそが偽物であり、マレヒトが擬態した姿だったと考えるしかなくなる。まさか……マレヒトが私たち人間を共犯者として使っていたと考えているの？」

「それもないでしょうね。マレヒトにとって人間は食べ物にすぎません。僕らだって秋刀魚やカボチャを共犯者にして、大事な犯行を任せようとは思わないでしょう？」

三雲が言葉に詰まった。残りの四人も口を半開きにして硬直してしまっている。その理由は佑樹にも分かっていた。彼の言っていることは、これまでの推理の前提を崩しかねないものだったからだ。

急に八名川が我に返ったように首をぶんぶんと振り始めた。

「そんなん、ないわ！　それやったら、島にはマレヒトが二匹いて、互いに協力し合ってたことになってまうもん」

佑樹は彼女に微笑みかけた。

「正解です。僕らが相手にしていたマレヒトは二体いたんですよ」

「……あり得ない。今回だけ神域にマレヒトが二匹出現したとでも言うつもり？」

そう捲し立てながら三雲はウインドブレーカーのポケットを探った。そこには彼女に預けていた英子の手記が入っていた。

三雲自身も父親から同じことを聞いたと言っていたし、手記にもはっきりと書かれていた。マレヒトは四十五年おきに神域に、決まって一匹ずつ出現する、と。

「いいえ、そのルールが崩れた訳ではありません。今回出現したのは、やはり一体で……もう一体は四十五年前、『幽世島の獣』事件の時に出現したマレヒトなんです」

「ええっ？」

思わずといった様子で声を上げたのは西城だった。彼は訳が分からないという表情になって続ける。

「一昨日の夜に神域で、竜泉自身が言ってたじゃないか！　四十五年前に出現したマレヒトは英子さんに退治されたって……まあ、他の皆はその話を聞いてないだろうが」

佑樹はかつて西城と木京に語った内容を、残りの四人に要約して伝えた。

仮に、四十五年前に出現したマレヒトが退治されていなかったとすれば、マレヒトは島にやって来た祖谷氏を襲って船を奪い、逃走することを優先していたはずだ。それが最も手っ取り早く幽世島を離れる手段だからだ。

ところが、現実の祖谷氏は警察に通報を行って、警察が到着するまで島に留まっていた。これはマレヒトならやらないはずの行動だ。……以上のことから、警察の到着を待っていた祖谷氏は本物であり、祖谷氏が島にやって来た時には既にマレヒトは退治されていたと結論づけたのだった。

けれど、今の佑樹にはその推測が間違いだと分かっていた。

まだ辛うじて充電が残っていたスマホを取り出し、佑樹はPDF化していた『アンソルヴド』の記事が入ったフォルダを開いた。そして、ある写真を拡大して皆に示す。

○白黒写真　事件直後の永利庵丸（T港に警察船舶に牽引(けんいん)された永利庵丸が浮かんでいる）

それを見た三雲がぐっと眉をひそめた。

「これがどうかした？」

「問題は、祖谷氏の船が警察船舶に牽引されていることです」

自分のスマホを取り出して同じく記事を見ていた信楽が小さく悲鳴を上げた。

「牽引されてるってことは……まさか、永利庵丸は故障していたってことですか！」

「そう。もし幽世島に到達した時点で、永利庵丸が何らかの理由で不調に陥っていたのだとしたら、さっきの推測は根底から崩れてしまうんですよ」

ここで一息ついてから、佑樹は問題の写真を見つめて続ける。

「『永利庵丸が故障していた』のなら、助けを呼ばなければ幽世島から脱出する方法はありません。つまり、マレヒトだろうと人間だろうと、警察に通報して彼らの到着を待つ理由が生まれるということです」

すっかり震え声になった信楽が呟く。

「もしかして、マレヒトは警察を利用して島から出ようとした？」

「そういうことです。死亡推定時刻の問題で、祖谷氏に擬態している自分が島民殺しの容疑者として捕まる可能性はないと踏んだんでしょうね。実際、全ては偽祖谷の思い通りになりました」

そう言いながら佑樹はスマホの画面をスワイプした。

「記事によると、祖谷氏は事件の二か月後に投身自殺を遂げています。これも自殺に見せかけた偽装であり、マレヒトは新しい犠牲者を生んで、その姿に擬態をしたんだと思います」

五人の中で最も抵抗する姿勢を見せたのは三雲だった。彼女は佑樹に食ってかかる。

「いえ、やっぱり祖谷氏はマレヒトに擬態されてなんかいない」

「どうしてそう断言できるんですか」

「遺体の問題よ。マレヒトが祖谷氏に擬態する時に『皮を剝がれた遺体』が残るでしょう? 仮に、マレヒトがその遺体を海に遺棄したとしても……船が使えなかった訳だから、島から海に放り込むしかなかったはず。それだと、ちゃんと沖に流れるかは分からないし、近くの岩に引っかかったり、島の岸に戻って来たりする可能性も高かったはず」

「ええ、その通りです。海に沈めたとしても、当時の警察は島全体と近隣の海までも念入りに調べましたからね。よほど上手くやらなければ、隠しきれはしなかったと思います」

「それなら、マレヒトは本物の祖谷氏の遺体をどうやって隠したと言うの?」

鋭い質問だった。佑樹は敢えて話を逸らしながら答えることに決めた。

「四十五年前の事件では、マレヒトは祖谷氏の『皮を剝がれた遺体』を巧妙に隠しました。その一方で僕らが直面した事件にも、遺体に関する矛盾が残っていることに気づいていますか? あるいは……矛盾が復活したことに気づいていますか? と言った方が正確かも知れません」

三雲は怯んだようだったけれど、すぐに自力で答えにたどり着いていた。

「マレヒトが二匹いたとすれば、一匹はタラに擬態していた。そして、木京Pの殺害犯である もう一匹は多目的ホールにいたことになる。……となると、小部屋にあった古家社長の遺体は本物だったと考えるしかなくなるみたいね?」

「そういうことです。従来の推理では、アダンの木の傍で焼かれていたのは古家さんの遺体だということで説明が進んでいました。ところが、本物の古家さんの遺体は小部屋にあった訳ですから、あの焼死体は別の誰かの遺体だったことになります」

　先ほどから完全に困惑顔になっていた西城が呟いた。

「ということは、俺たちが気づいていないだけで、あの島にはもう一つ何者かの遺体が存在していたというのか？」

　それを受けて佑樹は大きく首を横に振った。

「もう一つ？　とんでもない。あの島には僕にも把握できないくらいの数の遺体があったんですよ」

「え、え、どういう意味ですか、それ！」

　信楽が息を詰まらせそうになりながら叫び、同時に三雲も目を見開いて口ごもる。

「まさか……墓地？」

「そう。当たり前のことですが、墓地には遺体が数多く埋葬されていますからね」

　佑樹が続けた言葉に対し、信楽は白けたような表情に変わる。

「何ボケたこと言ってんですか。お墓に納められてるのは遺体というか、遺骨と遺灰でしょ？」

「普通はね。ところが、離島の場合はそうとも限らなくて、この島では戦後も棺桶を用いた簡易の火葬が行われていたんです」

　これは『アンソルヴド』にも書かれていたことだったし、佑樹自身も墓地で三雲と西城に説明をした記憶があった。

幽世島には一九七四年当時も火葬場は存在しておらず、薪を地面に敷いてその上に棺桶を置くことで野焼きのような形の火葬が行われていた、と。

「……野焼きなら燃焼温度も上がらないでしょうから、埋葬されている遺体の形がある程度残っていてもおかしくはないと思うんです」

「竜泉の言う通りだ。そういえば、あの墓地には掘り返したような跡が残っていたな」

そう言った西城はほとんど放心しかかっているように見えた。佑樹は彼に頷きかけながら続けた。

「僕らもマレヒトが暗号の示す隠し場所を探そうとした跡だと思っていましたよね？　ところが実際は、遺体を墓地から取り出す為に掘り返された跡でもあったんです。

また、僕らが見つけた焼死体はミイラのように縮んで炭化しきっていましたが、新しい遺体を普通に焼いただけならあんなことにはならないはずなんです。これも僕が旧公民館でお伝えした推理が正しくなかったことを示す証拠の一つで……実は、四十五年以上前の遺体を再度燃やしたせいで起きたことだったんですよ**（図3参照）**」

喋り続けて息が切れてきたので、佑樹は一呼吸置いてから説明を再開した。

「遺体の四肢や首がバラバラになっていたのも、マレヒトの仕業（しわざ）ではなかったのだと思います。火葬にした遺体をお墓に収める際に、既にそうなっていたんでしょう」

先ほどから眠ってしまいそうになっていた茂手木が寝言のようにもそもそと呟く。

「もしや……マレヒトが墓地で火事を起こしたのも？」

図 3

	旧公民館・小部屋	屋外・低木	屋外・道路
10月17日 AM6:00ごろ			
	状態：胸部刺殺	状態：胸部刺殺	状態：全身皮膚損傷
	誤1：古家（遺体）	誤1：海野（遺体）	誤1：生存者の誰か（遺体）
	誤2：古家（仮死）	誤2：偽海野（マレヒト）	誤2：海野（遺体）
	真相：古家（遺体）	真相：同上	真相：同上
	旧公民館・小部屋	屋外・低木	屋外・道路
10月17日 PM0:30ごろ			
	状態：胸部刺殺	状態：焼死体（損壊）	状態：全身皮膚損傷
	誤1：古家（遺体）	誤1：海野（遺体）	誤1：生存者の誰か（遺体）
	誤2：偽古家（マレヒト）	誤2：古家（遺体）	誤2：海野（遺体）
	真相：古家（遺体）	真相：墓地の遺体	真相：同上

「ええ、英子さんの手記を焼こうとしたのもあったでしょうが、掘り返した規模を分かりにくくする方がメインだったと考えるべきかも知れませんね」

茂手木は何故かふっと微笑んだ。

「そうか、やっと分かったよ。……四十五年前に祖谷氏の遺体が消えたのも、同じように墓地が利用されたんだね？」

「ご想像の通りです」

そう返す頃には茂手木は寝息を立てていた。仕方なく、佑樹は残りの四人に向かって続ける。

「マレヒトは四十五年前にも墓地を掘り返して、一体の古い遺体を棺から取り出しました。更に祖谷氏の遺体を焼いた後、古い遺体を取り出して空いた棺の中に……今度は祖谷氏の遺体を入れて埋め戻してしまったんです」

四十五年前にも島の墓地には掘り返された跡が残っていた。

この時、警察は古い棺に納められていた金製の埋葬品を取り出そうとして墓を荒らしたと推察したが、これは大きな間違いだった。

当時の警察も墓地の全ての棺を調べた訳ではなかったのだろう。だから、その中に祖谷氏の焼死体が交ざっていることには気づかなかった。だが、これも無理のない話だ。状況からして、そんな必要性があると気づけるような状況ではなかったからだ。

そして、マレヒトが洞窟内に放置した古い遺体だけを見つけ、『幽世島の獣』事件には無関係と判断して処理をしてしまったのだ。

「……こうして四十五年前に現れたマレヒトは、徹底して自分が英子さんに退治されたように偽装しました。島の外にも自分たちのことを知る人間がいるかも知れないと警戒していたんだと思います」

実際、当時の新聞記事にも奇妙なことが書かれていた。

祖谷氏が幽世島を訪れたのは五日なのに、彼が無線で警察に連絡したのは翌日の早朝だったのだ。気絶していたから通報が遅れた等の言い訳をしたのだろうが……実際はマレヒトが墓地を掘り返し、本物の祖谷氏の遺体を埋める作業を終えてから通報したのに違いなかった。

佑樹はなおも説明を続ける。

「幽世島から逃げ出したマレヒトは、それから四十五年にわたって身を潜めていたと考えられます」

まだこの話を受け入れることができないのか、西城は首を横に振り続けていた。

「それはおかしい。マレヒトは人間を好んで襲って血を飲むのだろう？　なら、それがニュースになっているはずだ」

「ニュースにはなっていたと思いますよ。誰もそれをマレヒトと結びつけなかっただけで」

「……嘘だろ？」

「例えば、東京ではホームレス連続傷害事件が五年も続いています。『アンソルヴド』では、その犯人が五年前まで関西を騒がしていた連続通り魔事件と同一犯ではないかと推理して話題になっていましたが……この二つの事件の犯人がマレヒトだった可能性もあると思いますよ」

デッキの上がしんとした。吹きつける潮風は生ぬるいのに、佑樹自身は軽い寒気を感じていた。それでも、彼が説明を止める訳にはいかなかった。

「では、僕らが直面した方の事件の話に戻りましょう」

今では八名川はかつてないほどに顔面蒼白になっていた。

「いったい、私らのうちの誰がマレヒトなん？」

「それを特定する上で重要になってくるのは……『木京Pのスニーカー』と『木京Pが落としたワインボトル』と『英子さんが遺した暗号』の三つです」

西城は首を横に振る。

「何だそれ、本当にそんなものでマレヒトが特定できるのか」

「もちろんです。まずは『木京Pのスニーカー』について考えてみましょうか？　あの黒いスニーカーは木京Pが愛用していたものでしたが、ピンクがかったグレーの靴底にはほとんど何の汚れもゴミもついていなかったんです」

それを聞いた三雲が顔をしかめる。

「それは確かに変かも。この島に到着してから木京Pは島を横断して神域に渡ったりしていた。靴裏にも多少の汚れが残っていそうなものだけど」

「それが、タオルか何かで拭き取ったばかりのようだったんですよね。それが僕には引っかかったんです」

「でも、それは木京Pが靴を手入れしただけのことかも知れない。……『木京Pが落としたワインボトル』については？」

「三雲さんも一緒に確認したと思うんですが、お手洗いの出口左側の壁に汚れがついていたのは覚えていますか」

「ええ、ワインが垂れたような跡がついていた。あれは木京Pがワインを零(こぼ)した時のものでしょ？」

佑樹は彼女がそれを覚えていてくれたことに安堵しつつも、鋭く続けた。

「僕も木京Pがつけたものだとは思います。ただ、汚れはお手洗いの内側の壁についていました（**三二三頁図1参照**）。これは木京Pがワインボトルをお手洗いの内側の壁にぶつけて落としたことを意味していると思います」

「……そういうことになりそうね」

あまり気乗りしなそうな口調ではあったけれど、三雲もそれを認めた。

「その場合、木京Pは左手にワインボトルを持って、お手洗いから廊下に出ようとしたところを壁に引っ掛けたと考えられますよね？　その位置でワインボトルを落としたとすれば、ほぼ確実に木京Pの足元にもワインが広がったはずなんです」

八名川が頷きながら言葉を挟む。

「ほんまやね。お手洗いから出る途中で瓶を落としたんやったら、靴は無事ではすまへんかったはず。ワインはお手洗いの出口のとこに広範囲に広がってたし」

「ところが、廊下にはワインを踏んでできた足跡は残っていませんでした。また、木京Pのスニーカー本体と綿パンは黒だったのでワインがついているのか確認できませんでしたが、靴の裏だけは不自然にきれいな状態で見つかっています。……それで、僕はこう考えるようになったんです。何者かがワインの足跡を廊下から消し去り、靴裏に残ったワインの痕跡もぬぐい取ってしまったのではないか、と」

ここでいったん言葉を切って、佑樹はデッキに目を伏せてから再び口を開いた。

「実は、このことに気づくまでは、僕もマレヒトは一体しかいないと信じ切っていました。……でも、その何者かはタラに吠えられることなく廊下に出て、ワインの足跡を消し去ったと考えられます。当然ですが、これはタラとその何者かが共犯関係になければ成立しないことです。それで、やっとマレヒトが二体いることに気づいたんですよ」

八名川が呻くような声を出す。

「でも、やっぱりおかしいで。どうしてマレヒトは木京Pの足跡を消したり、靴底を掃除したりせなあかんかったん？　ワインは廊下の全体に広がってた訳やないから、ワインだまりと木京Pの足跡を避けて小部屋に入ればええやん」

「ここで『英子さんが遺した暗号』の出番です。以前、信楽くんはこの暗号が単純すぎると言いましたね？　実際、この暗号は人間にとっては簡単すぎるくらいのものです。でも……もし、これがマレヒトには絶対に解けない内容になっていたとしたら？」

三雲が訝しそうな顔になって問い返す。

「それってどういう意味？」

「暗号を作った英子さんも、手記をマレヒトに横取りされてしまうことを何より恐れていたはずです。用意周到な英子さんなら、何の対策も行わずに暗号を仕込むようなことはしないでしょう」

今度は信楽が小首を傾げる。

「でも、あの和歌の内容はここにいる全員が知ってましたよ？　後は、墓地にある赤っぽい色のタイルを見つければ良かっただけですし」

「もし、マレヒトには赤い色が認識できず……その明度しか見えていないとしたら？」

皆が息を呑むのが分かった。佑樹は敢えて淡々と説明を続ける。

「英子さんの手記にも、マレヒトが二種類の感覚器官を持っているという記載がありました。

しかも、外界を観察する為の感覚器官より、体内にあって消化と擬態をする際に使われるものの方がずっと高性能だとも書かれていましたよね？　手記では一部が読めなくなってしまっていましたが……本来ならこんなことが書いてあったはずです。『マレヒトが外界を観察する際に使う感覚器官は、赤色を認識することができない』、と」

カメラマンである八名川が頭を抱えるようにして呟いた。

「なるほど、明度しか判断できへんのやったら、赤は黒っぽく、ピンクも灰色にしか見えへんことやろな」

「ちなみに、あの墓地のタイルにはどれ一つとして同じ色はなく、ありとあらゆる種類の灰色が揃っていました。……その状況であれば、マレヒトにはサーモンピンクや紅梅色のタイルを見つけ出すことは不可能だったはずです」

「まさか、私の祖母はそこまで計算して暗号を遺していたの？」

目を見開いてそう言ったのは三雲だった。佑樹は彼女に向かって頷く。

「そういうことです。……あの暗号のおかげで、僕らはマレヒトを特定する為に必要な最後の情報を手に入れることができました」

「なるほどね」

こう呟いたのは茂手木だった。眠り込んでいるとばかり思っていた彼だったけれど、まだ話を聞いていたらしい。茂手木は更にもごもごと続ける。

「今回の事件は『襲撃の謎』。……解き明かすには二段階の推理が必要となる特殊なものだ。

やっと、第一段階の推理は終わり、全ての特殊ルールが揃ったという訳だね？」

相変わらずの譫言（うわごと）に対し、佑樹は苦笑いを浮かべる。

「ある意味では茂手木さんのおっしゃる通りかも知れません。……いずれにせよ、これでマレヒトが廊下に残っていた足跡をぬぐい取った理由が分かりました。あの廊下は灰色のビニル床でしたからね？　マレヒトにとっては、ワインでできた足跡を識別しにくい環境だったことは間違いありません」

少し考え込んでから三雲が口を開いた。

「でもワインと廊下の灰色は必ずしも同じ明度ではなかったはず。いくらマレヒトでも見分けはついたのでは？」

「ええ、ワインだまりと廊下の境界くらいは分かったことでしょうね。でも、足跡が薄くなっている部分まで識別するのは不可能だったと思いますよ。もう、同じような灰色にしか見えなかったことでしょう」

「つまり……マレヒトは木京Pがつけた足跡を完璧に避けることは不可能だと判断した。だから、木京Pの足跡の上に自分の足跡を残してしまわない為にも、怪しそうなところを全て拭いてしまったということ？」

「そういうことです。簡易トイレにはトイレットペーパー・ウェットティッシュ・ビニール袋などが置いてありましたからね。使ったティッシュ類は他のトイレゴミに混ぜておけば見つかる心配もありません」

「でも、あのワインだまりは少し歪んではいたけど楕円形をしていた。木京Pがその上を踏んだのなら、もっと形が乱れていてもおかしくないと思うんだけど」

「ああ、それはマレヒトがワインだまりを上書きしたからだと思います」

佑樹の言葉に三雲は目を見開いた。

「上書き？」

「小部屋には同じ銘柄の空きワインボトルが二本転がっていました。一本は木京Pがお手洗いで落としたもの。もう一本はマレヒトがワインを追加して乱れていたワインだまりを整える為に使ったものであり……モニターと記録媒体を壊す時に使ったものだったんです」

「じゃあ、木京Pのスニーカーが拭かれていたのも？」

「あのスニーカーの靴裏はピンクがかった灰色でした。もともとワインがついても分かりにくい色ではあったんですが、マレヒトには普通の灰色にしか見えなかったんでしょうね。……だから、どの程度ワインがついているのか分からず、簡易トイレから持って来たウェットティッシュなどで念入りに拭き取ったんでしょう」

それだけ言ってしまってから、佑樹はデッキの五人を見渡した。

「残る問題は、この中の誰がマレヒトかということですね？」

佑樹は順番に一人ずつを指さしていく。

「まず、茂手木さんは昨晩から今朝にかけて単独行動を取っていません。廊下に出ていないことはハッキリしているので、マレヒトでないことは確実です。……信楽くんは墓地でタイル探しをした時に、真っ先にピンクのタイルを見つけていました。赤色が識別できた信楽くんもマレヒトではありません。同じく、三雲さんも自力で紅梅色のタイルを見つけたので違いますね。……八名川さんは英子さんの手記を見て、赤字で書かれている部分があることをナチュラルに指摘していたので、やはりマレヒトじゃありません」

ここで一息ついてから、佑樹は残る一人に向き直った。

「つまり西城さん、あなたがマレヒトですね？」

そう指摘されても西城は無言でデッキの床を見下ろすばかりだった。肯定も否定もしようとしない。

「……思い返してみると、西城さんは自分ではタイルを探そうとはしませんでしたし、多目的ホールでは赤紫色と青灰色のテントの配置を間違えていました。あなたには赤色が見えてないはずだ」

話が分かっている訳ではないだろうけれど、ボディバッグからワオが顔を覗かせて西城に向かって威嚇(いかく)をはじめた。

それを見た西城の姿をした者はふっと笑う。

「子猫だけは一目見た瞬間から、俺の正体を見抜いていたみたいだな。それ以来、俺を見る度にずっと威嚇していたから」

それから彼は視線を上げ、佑樹をまじまじと見つめた。

「真相が分かっていながら、旧公民館で延々と偽の推理を披露したのは……俺を油断させて船に乗せる為か」

「ええ。船の上なら、あなたに逃げ場はありませんからね。逃げ切れると確信した直後に絶望の淵に落とされる、あなたの末路に相応しいでしょう？」

佑樹は厳しい口調でそう言い返す。

彼は本当なら木京を帰りの船から突き落とすつもりだった。それが叶わなくなった今、その末路をマレヒトにスライドさせたようなものだ。

それなのにいつもと変わらない調子で、西城の姿をしたマレヒトは笑い始めた。

「船の上ってのは海のど真ん中だからな。ここから落ちれば命はないか」

ここで佑樹は初めて顔を歪めた。

「本物の西城さんは……どうしたんです？」

「ああ、俺が喰ってしまったよ。残りかすはどこの山中に埋めたんだったかな？　よく覚えていない」

これも既に分かっていたことのはずだった。だが、マレヒトがそれを口にするのを見ていると、佑樹は開いたままになっている傷口をえぐられているような気分になった。

そんな彼の表情を読み取ったのか、マレヒトは微笑んだ。

「俺は西城の記憶を吸収したから分かるんだが、西城は竜泉のことを気の合う仕事仲間だと思っていたようだぞ。木京や海野に嚙みつくお前を心配しつつも、先輩として友人として見守っていた。……実際、俺もこの島に来てから上手くやってただろう？」

佑樹は我慢がならずにマレヒトを睨んだが、相手はウンザリしたような口調になって視線を逸らしてしまった。

「感情的になったって仕方がない。……もう西城は死んだんだ」

マレヒトはデッキの手すりにもたれかかった。その表情は自信に満ち、五人を相手にしても勝ち目があると信じ切っているようだ。

「まだまだ船旅は続く。せっかくだ、俺がこの世界にやって来てからのことを説明してやろうか」

そう言って、マレヒトは再び佑樹を見つめた。

「四十五年前に俺は神域に出現した。危うくそのまま島民に殺されるところだったが、部外者である笹倉が海の砂利道を塞(ふさ)いでいた門を開けてくれてね？　笹倉ときたら、神域に隠し財宝があると信じ切っていたらしい」

「そして笹倉を襲って擬態したんですか」

佑樹がそう問いかけると、マレヒトは頷いた。

「ああ、最初に出会った人間だったからな。村人たちを襲って血を飲むにつれて、この島の秘密が分かってきた。……だが、俺たちよりも人間の方がよほど恐ろしく強欲な生き物だ。マレヒトを虐殺しといて祭は開くし、俺たちの遺体すらも利用しつくすんだから」

「私の祖母も殺したの？」

そう返した三雲の声は怒りに震えていた。

「三雲英子は手ごわかったぞ。船を壊して俺を島に閉じ込めようとはするし、猟銃はぶっ放すんだからな？　おまけに俺に血を飲ませまいと、暗号や手記に関する記憶を俺に吸収させまいとしたんだろうが……あいつは死を覚悟した瞬間に、崖から海に身を投げやがった。あの時にちゃんと英子の記憶さえ得られていれば、こんなことにはならなかった……」

吐き出すようにそう言ってから、マレヒトは更に続けた。

「そこから先は竜泉が推理した通りだ。幽世島に祖谷がやって来たものの、永利庵丸は故障してしまっていた。やむなく、俺はマレヒトとしての自分が死んだように見せかける細工をした上で、警察を呼ぶことにしたんだ」

「墓地を掘り返して、そこに祖谷氏の遺体を隠したんですね？」

「そうだ。念の為に墓地から金細工の埋葬品を取り出しておいたのも、そうしておけば警察の目が財宝伝説に向くと思ったからだ。全ては狙い通りに進み、俺は幽世島からの脱出も果たした。そして、祖谷を『自殺』させた後は完全に身を潜めた」

ここでマレヒトは何かを思い出したように微笑んでから続けた。

「お前の言った通り、関西の通り魔事件と東京でのホームレス連続傷害事件も俺の仕業だ。あの二つの事件を結びつけた『アンソルヴド』のライターには俺も驚いたが」

「そして……このロケの直前に西城さんを殺害して擬態したのか」

「出発の五日くらい前だったかな？　幽世島でロケを行うという話を聞きつけて、利用しない手はないと思った。その翌々日には西城を襲っていたよ。そろそろ次のマレヒトがやって来る頃だとは分かっていたもんでね、どうしても俺も島に行く必要があったんだ。……黒猫に擬態しているアイツと会った時は嬉しかった。久しぶりに仲間と話もできたしな」

これを聞いた佑樹は思わず眉をひそめた。

「話？　そういえば、僕も気になっていた。黒猫とは特に打ち合わせをした風もなかったのに、連携した行動ができたのはどうしてだったんですか」

「英子の手記にも、マレヒトは人間には聞こえない音を出すとあっただろう？　俺たちは普段人間には聞こえない高音域……いわゆる超音波で話をするからな。だから、お前らの横で会話をしまくっていても聞こえていなかっただけだ」

「……そんなことができるなんて」

佑樹が疲れ切ってそう呟くと、マレヒトは当然のことといった表情のまま再び喋りはじめる。

「結局、アイツが早く人間で食事をしたがったので、俺も仕方なくそれを認めた。だが、それがまずかった。まさか、海野を殺しただけで竜泉に犯人が黒猫だと見抜かれるとは思わなかったからな。まあ、アイツはちょっと抜けているところがあったから仕方ない。……で、黒猫の姿をしたままのアイツにわざと逃げさせ、俺は神域に向かうことにした」

「鉄壁のアリバイを作る為ですか」

マレヒトはニヤリと笑った。

「そういうことだ。その後も竜泉と一緒に行動していれば、俺の『身の潔白』は証明されたようなもんだからな。沈む寸前の海の砂利道を走り抜けるハメにはなったが、そのくらいの危険を冒す価値はあったもんでね。……で、俺と打ち合わせした通り、アイツは海野への擬態を行った。ただし、旧公民館で誰をどんな方法で襲うかを決めたのはアイツだ。結局、アイツは一人で寝ていた古家を襲って血を飲むことに決めたらしいが」

それを受けて佑樹は少し考え込んでから言った。

「他にも分からなかったことがあります。墓地を掘り返したのは暗号のことを聞いてからですか、それともその前ですか？」

「前だ。俺は最初から墓地を掘り返して古い遺体を入手しておくようアイツに指示していた。ちょうど、おあつらえ向きの遺体が一つ入っているのは知っていたからな」

佑樹は思わず目を見開く。

「まさか、四十五年前に墓に入れた祖谷氏の遺体ですか！」

「実際にアイツがその遺体を選んだのか、別の遺体を選んだのかまでは知らない。だが、低木のところに転がっていたのが、実は祖谷だったという可能性はある。……どうした、顔色が悪いぞ、気分でも悪いのか？」

そう言って面白がるように目を細め、マレヒトは更に話を続ける。

「竜泉から暗号の話を聞いた時はラッキーだと思った。おかげで、墓地を掘り返したり燃やしたりする不自然さが消えるからな」

「でも、英子さんの方が一枚上手だったようですね」

これを受けて、マレヒトは苦く笑った。

「三雲英子は喰えない人間だった。まさか、資料をマレヒトには発見不可能な場所に隠していやがるとは思わなかったもんな。……で、竜泉と俺と木京が神域から戻って来る時には、アイツは海野の遺体のフリをしていた。その時にも超音波で軽く打ち合わせをしてから別れたよ」

「そして偽海野はタイミングを見計らい、墓地から取り出した古い遺体を低木ごと燃やした訳ですね？　海野の遺体に見せかける為に」

「その通り。後はアイツをタラに擬態させれば良かったんだが、これが思ったより難航した。犬は俺たちが近づいただけで勘づいて吠えたてるから厄介なんだ」

「散歩に出発する前までタラの体重は軽かった。……タラへの擬態が行われたのは、やはり散歩の時ですか？」

「当然だ。タラを外に連れ出したのも、擬態のチャンスを作る為だったからな。だが、竜泉が一緒について来るのも分かっていた。……だから、敢えてお前に焼死体を発見させることにしたんだ。そうすれば、焼死体と現場に釘づけになって、俺やタラにまでは気が回らなくなる」

それを聞いた佑樹は思わず顔を伏せた。

「迂闊でした。言われてみれば……あの焼死体を調べていた時、静寂が訪れていた時間帯があった気がします。あの時だけ、それまで賑やかだったはずのタラの鳴き声は止んでいたんだ」

「お前が遺体に夢中になっている間に、俺はタラをキャリーバッグから放り出してアイツに喰わせた。猫サイズでも擬態にかかる時間は二分だからな。あの犬も同じくらいしかかからない。現場の調査が終わる前に擬態は完了していたし、他のことをやる余裕だってあったぞ？」

マレヒトは挑発的にそう言ったが、佑樹はそれには乗らずに無視をした。

「で、タラの遺体はどうしたんですか？」

「藪の中に押し込んどいたよ。見つかったところで、お前らには何の動物の残骸かまでは分からないからな。……ただ、アイツをキャリーバッグに入れても、持ち上げて運ぶことはできなかった。俺たちは本体だけでも体重が二〇キロあるから、バッグが壊れてしまうもんでね。だから、そこからはリードでの移動に切り替えるしかなかった」

思わず佑樹は唸り声を上げた。

「その後、あなたは偽タラの世話係を買って出て、リードを引くのも基本的に全て自分でやった。それも、体重が変わったことを感じさせない為だったんですか」

「ご明察。アイツはそれから適度にバカ犬の演技を続けた訳だ。……旧公民館にこもってからは、木京や三雲が愚かしい限りの提案をしたので笑ってしまったよ。こちらからわざわざ仕掛けるまでもなく、俺とアイツに殺して下さいと言わんばかりのシチュエーションを自ら作り上げた訳だからな」

「偽タラは扉のところでずっと僕らに姿を見せ続けて、犯行が不可能だとアピールした。その一方で、あなたはトイレに行くフリをして廊下に出て、木京Pの小部屋に向かったんですね？」

西城は一回につき十分ずつ二回トイレに行っている。合計二十分もあれば一連の犯行は充分に可能だったはずだった。

マレヒトは小さく頷く。

「共犯であることを疑われない限り、あの状況ならアイツにも俺にも犯行は不可能ということになるからな。……ただ、ワインだまりを木京が踏んで足跡を作っていたのは誤算だった。竜泉の推理した通り、俺はやむなく廊下を拭いたり、靴底を丁寧にぬぐったりしたんだが、そのせいで俺がマレヒトだと特定されてしまうとはね？」

「モニターと記録媒体を壊したのも、やはり廊下に仕掛けられたカメラの録画内容を消し去ろうとしたからだったんですか」

「もちろんそうだ。一つだけヒヤリとしたのは、俺が未開封に見せかけて睡眠薬を仕込んでいた煙草を……木京が吸っていなかったことだったな」

これには佑樹もぎょっとした。

「え、あの『シックススター』は薬入りだったんですか！」

「何かに使えるかと思って事前に用意していたんだ。……いつものペース的に、とっくの昔に煙草を吸って眠り込んでいる頃だと思ったが、俺が殺しにいった時にはセロハンが開けられてなかった。たまたま、木京が眠り込んでいてくれたから良かったものの、あの男に待ち伏せされていたらと思うと、少しゾッとする」

そう言って肩を竦めてから、更にマレヒトは続けた。

「多目的ホールにいる全員に犯行が不可能なら、『古家の遺体に擬態している』と考えるしかなくなる。だから、俺は誰かが迷推理をはじめないかとワクワクしながら待っていた。そういう計画だったからな」

「でも、あなたの計画は破綻している。私たちが偽の推理に飛びついたとしても……マレヒトの死体を確認しない限り、マレヒト探しを止めるはずがないことくらい分かっていたでしょ？」

ここで鋭く言葉を挟んだのは三雲だった。佑樹も頷く。

「確かにそうです。まさか……最初から仲間であるもう一体のマレヒトを生贄として、僕らに差し出すつもりだったんですか？」

マレヒトが底知れぬ恐ろしさのある笑顔になった。

「もちろん、そのつもりだった。その為に、タラの姿をしたアイツを控室に押し込める時に、こっそりと負傷させておいたくらいだったからな」

確かに、あの時のタラは急に大人しくなって床に寝そべっていた。それを思い出した佑樹は言葉が出なくなる。その一方で、マレヒトはなおも続けた。

「万一、『古家の遺体に擬態している』という推理を誰も披露しなかったら、俺が探偵役を買って出るつもりだった。その後は俺の手で旧公民館に火をつけて、怪我をして動きの鈍くなっているアイツごと焼いてしまうつもりだった」

八名川が顔を歪めた。

「なんで？　もう一匹かて仲間やろ」

「用済みだったから、人間に差し出したまでだ。アイツを海に沈めれば、お前らも事件は終わったと安心しきると思ったからな。……実は、俺たちにとっても人間が集団で固まるのは厄介なもんでね？　下手にリスクを冒して人間の皆殺しを狙うよりは、お前らの仲間面をして堂々と出て行く方がよっぽど安全で効率が良かったんだよ」

だが、佑樹にはどうしても分からないことがあった。

偽西城は危険を冒してまで幽世島に戻って来て、新しく神域にやって来たマレヒトを迎えた。それなのに、用済みとは？

ここで、ある可能性に気づいて佑樹はゾクリと寒気を覚えた。

「そういえば、英子さんの手記には、マレヒトには『生殖の為の性別が存在している』と書かれていた。……まさか！」

西城の姿をしたマレヒトが驚いたように笑い始めた。

「そこまで見抜くとは、竜泉はやはり面白い。本当に人間は個体差が大きい生き物だな……。俺は人間の男に擬態してはいるが、マレヒトとしては妊娠が可能な性別に属するものでね？竜泉が焼死体に気を取られている間に、全ては終わっていた。……地球という豊かな世界でなら愛しい子供たちを育てられる。この身体に宿る五百もの新しい命を守る為なら、アイツなどどうなっても良かった」

この言葉を聞いた瞬間、佑樹は全てを悟った気がした。

英子の手記によれば、幽世島にはこんな言葉が伝わっていたという。

『失敗は多くの犠牲を生み、失敗を重ねることで取り返しのつかない滅びを招く』

これは一体目のマレヒトを島から逃すだけでも多くの犠牲を生むが……二体目のマレヒトを逃がして生殖が行われた時、マレヒトの数が爆発的に増え始めた時、この世界に取り返しのつかない滅びが訪れるという意味だったのではないか？

もう一秒でもマレヒトに時間の猶予を与えるのは危険だった。

佑樹は手すりを背にしているマレヒトに近づいた。……もちろん、一気に海に突き落とすつもりだった。

ところが、その動きはマレヒトに読まれていた。この話の流れになった時点で、佑樹たちがそういった行動に出ることは予期していたのだろう。

マレヒトは全く慌てる様子もなく、佑樹の首を左手で無造作に摑んで微笑んでいた。

「俺は人間に擬態して長い。この状態でどうすれば効率よく動けるか、人間の弱点は何か、全てを心得ているものでね。五対一だろうと引けは取らない」

マレヒトは佑樹の頸動脈(けいどうみゃく)を的確に押さえ込んでいた。息はできるのに意識が遠のいていく。

茂手木を除く三人が抵抗できずにいるのは、マレヒトが佑樹を人質にして脅しているからだろう。ぼんやりとそれが分かってはいたけれど、もがくことすらままならない。

気を失いそうになった瞬間、灰色の塊(かたまり)が飛び出すのが見えた気がした。

「お前！」

そんな叫び声がして佑樹の首が自由になった。一気に意識がはっきりとする。

頭を上げると、マレヒトの顔にワオが飛びついて爪を立てていた。

佑樹が踏み出したのと八名川が走り出したのは、ほとんど同時だった。マレヒトはろくに前が見えないまま二人の体当たりを喰らって、手すりを越えて頭から落ちて行く。

直後に派手な水しぶきが上がった。……西城の姿をしたマレヒトは、一瞬で海に呑み込まれて消えていた。佑樹もデッキの手すりを乗り越える。

「何やってるの！」

三雲がそう叫ぶのが聞こえた。

「ワオを助けに行ってきます」

それだけ言い残して、佑樹も海に飛び込んでいた。

エピローグ　船上にて

二〇一九年十月十八日（金）一七：一〇

船に揺られながら、佑樹はぼんやりと水平線を見つめていた。今日は潮風こそ強くなかったものの、雲が出てきて水面はくすんだ色をしていた。

小さく「ナー」という声がしたので視線を下げると、タオルに包まれたワオが彼を見上げている。

猫は泳ぎが苦手というが、野生の猫だったことが幸いしたのだろう。マレヒトの沈んだ辺りに佑樹が到着した時にも、ワオは下手くそな犬かきで辛うじて浮いていた。

ただ、ワオが「陸を見つけた」という顔をして、彼の頭に上がって来ようとしたのには閉口した。佑樹が子猫を右手で水面から上げ、波にもまれながら立ち泳ぎをしていると、浮き輪が飛んできた。

……船長が船を止めて戻って来てくれたのだった。

船に戻り天然水のペットボトルで体を流してはいたが、まだ髪の毛には塩がへばりついているような気がした。ワオも念入りに天然水で洗って拭いてあげたのだけれど、本人は余計に汚れた気がしているようで毛づくろいに余念がない。

「あと、一時間ちょっとかな？　T港に到着するまで」

隣にはウインドブレーカーとジーンズ姿の三雲が立っていた。佑樹自身も船長から借りたTシャツとジーンズという恰好だった。

「戻ったら戻ったで、警察からの質問攻めで大変なことになりそうですが」

西城の姿をしたマレヒトが船から転落したことについて、船長には投身自殺だったと説明していた。八名川と佑樹が助けようとしたが間に合わず、とっさに飛び込んだ佑樹もその身体を見つけることすらできなかった、という風に……。今のところ、船長はその話を信じてくれているようだ。

視線を船室にやって、佑樹は苦笑いを浮かべた。

「それにしても、またこのパターンになっちゃったみたいですね？」

船室の床には三人がタオルの上にごろ寝している。茂手木は傷からの消耗でぐっすり眠っていたが、八名川と信楽はまたしても船酔いにやられていた。うんうん唸(うな)りながら寝込んでいる。

ため息交じりに三雲も笑った。

「やっぱり、酔い止めは効かないみたい」

デッキの手すりには近づかないようにと船長から釘を刺されていたので、佑樹たちはそれに従っていた。船長には港や警察や病院からの連絡がちょくちょく入っているらしく、操舵室で非常に忙しそうにしている。

その様子をしばらく見つめてから、佑樹は三雲に向かって言った。

「実は……今回の事件について、まだいくつか気になることが残っています」

空を舞うカモメに視線をやったまま、三雲は答えた。

「何？」

「マレヒトたちを誘導して古家さんと木京Pを殺させたのは……三雲さんですよね？」

＊

絵千花はピタリと動きを止めた。

傍に立っている竜泉には脅したりすごんだりするような様子はない。ただ、彼女の返事を待っているだけらしかった。……余計に、竜泉が何のつもりでこんなことを言っているのか、絵千花には分からなくなってしまった。

「どうして、そんな風に思ったの？」

辛うじて絵千花がそう返すと、竜泉は淡々とこう言った。

「最初に気になったのは、古家さんが殺された晩に裏口の閂（かんぬき）が外されていたことです。多分、あの閂を外したのは三雲さんだったんでしょう？」

「酷い言いがかり」

「僕も閂のかけ外しをしたから知っていますが、裏口の閂はとても動きが重くて固いものだったんです。右手を突き指した上に左足を捻挫していた古家さんには、外せなかったんじゃないかと思うんですよね」

「じゃあ、八名川さんか信楽さんが閂を外したのかも」

その可能性は十分あるはずなのに、何故か竜泉はそれを無視して話を続けた。

「海の砂利道を塞いでいた門の説明をする時、三雲さんはこんなことを言っていましたよね、『鋼鉄の閂がかけられていた』と。……普通は『鍵がかけられていた』と言うところだと思うんですけど、三雲さんは鋼鉄の閂という言葉を選んで使いました。あの時点であなたは『マレヒトが閂のある扉を開けられない』ことを知っていたんじゃないですか?」

絵千花は分かるか分からないか程度に微笑んだ。

「父がそんなことを言っていたような気もするけど、覚えていない」

これは嘘だった。彼女は子供の頃にマレヒトが怖くてたまらず、父に頼んで部屋に小さな閂をつけてもらったことがあった。……もちろん、閂があればマレヒトが入って来られないと知っていたからだ。

「ここからは単なる仮定の話なので、僕が妄想を垂れ流しているだけだと思ってもらって構いません」

そんな前置きをしてから、竜泉は更に話を続けた。

「三雲さんは『マレヒトが閂のある扉を開けることができない』と知っていたとします。その場合……あなたが裏口の閂を外したのは、マレヒトを招き入れる為だったのではないかという疑いが出てきます。加えて、小部屋にこもっていた古家さんを襲うように仕向けるつもりだったのではないか、という疑いも」

　絵千花は顔を顰めた。

「あり得ないでしょ。私だってあの時は黒猫が神域に逃げ込んだと信じていたんだから」

「それはどうでしょう？　あの時点で、三雲さんだけはマレヒトが人間に擬態することも、その知能が高いことも知っていた。それなら、マレヒトがフェイントをかけて本島に留まっている可能性にも思い当たっていたかも知れません」

　目を伏せはしたけれど、彼女は竜泉の言葉を否定しなかった。その代わり別の質問に切り替える。

「何、私がマレヒトの共犯者だったとでも言うつもり？」

「いいえ。マレヒトはあなたに誘導されていることにすら気づいていなかったはずです。それどころか、自分の意志で古家さんに狙いを定めたと思っていたことでしょう。……つまり、マレヒトが人間を共犯者として使ったんじゃないんです。人間がマレヒトを利用したんです」

「そんな上手くマレヒトを誘導できるとは思わないけど」

「確かに、マレヒトが旧公民館に入って来るかは五分五分だったでしょうね。でも、建物に入った後のマレヒトの行動は読むことができました」

「どういう風に？」

「基本的に三人で固まって行動していた三雲さんたちを狙うのは、マレヒトにとってリスクがありました。何せ、犯行の途中で悲鳴を上げられる可能性も高いですからね？　恐らく、あなたは古家さんの部屋に向かった信楽くんが帰って来るのを待って、裏口の閂を外したんでしょう。更に、簡易トイレを控室に移動させたのもあなたの発案だったんですよね？　これによりマレヒトはあなた方三人を余計に襲いにくくなりましたが……一人で眠り込んでいた古家さんだけは別だった。マレヒトも彼だけは安全に襲えた訳です」

その言葉を受けて、絵千花は小さく首を竦めた。

「いずれにせよ、それは私だけでなく八名川さんや信楽くんの身にも危険が及ぶ可能性のある誘導方法ね」

「ええ、僕なら絶対に実行しません。でも、あなたはそれをやった」

二人はしばらく睨み合った。やがて、絵千花は再びデッキに目を伏せてから質問を続けた。

「それで、木京Ｐが殺害された時には、私は何をやったと言うの？」

「……あれは木京Ｐの自業自得だったんだと思います」

それを聞いた瞬間、絵千花は愕然とした。竜泉が自分のやったことを全て見抜いていると悟ったからだった。急に体に力が入らなくなる。その間にも竜泉は続けていた。

「あなたは僕なんかよりずっと早く……マレヒトが海野Ｄの遺体を経て、古家さんの遺体に擬態している可能性に気づいていたようですね」

「だとしたら？」

「まず、三雲さんは取り乱しているフリをしてこんなことを言いました。『指や腕を切断して断面を確認でもしない限り、本物の人間かマレヒトが擬態した姿なのか見分けることはできないんじゃないか』と。これは嗜虐性（しぎゃくせい）の強い木京Pがいかにも喰いつきそうな言葉です」

　絵千花がこの話をした時、木京は興味がない風を装っていた。けれどその演技の裏で、あの男がしっかりと餌に喰いついているのは彼女には分かっていた。

「それから三雲さんは皆の前で、胃薬と睡眠薬の入ったケースを見せびらかしました。そうやって煽れば、木京Pが薬ケースを盗み出すと思ったんでしょう。……ちなみに、僕はこの二つを木京Pの持ち物から見つけました」

　そう言いながら、竜泉は黄色と青色の薬ケースを取り出した。それぞれに『胃薬』と『睡眠薬』と書かれている。

「木京Pが私の薬を盗む意味が分からない」

「僕らに睡眠薬を盛る為ですよ。……あの日の夕食時に木京Pが淹れてくれたコーヒーには、この『睡眠薬』がたっぷりと入っていたんです。道理で酷い味だったはずですよね」

　竜泉が軽く振る『睡眠薬』の青いケースはほとんど空になっていた。

「あり得ないでしょ。私たち全員がコーヒーを飲んだけど、別に特に眠くなったりしなかったんだから」

　不意に竜泉がニッコリと笑った。

「それにしても、三雲さんが木京Pに仕掛けた罠は効果的でしたね。うーん、僕もああいう風にやれば良かったのか」

「何の話？」

「すみません、こちらの話です。……ちなみに、誰も眠くならなかったのは当然です。何せ、僕らが盛られたのは胃薬だったんですから。三雲さんが僕らに見せびらかした段階で既に、黄色い『胃薬』のケースに入っていたのは睡眠薬で、青い『睡眠薬』のケースに入っていたのが胃薬だったんです」

竜泉が既に真相を見抜いていることは分かっていたが、絵千花はなおも惚け続けた。

「私が中身を入れ替えていたから、木京Pはコーヒーに睡眠薬を入れるつもりで胃薬を入れてしまった、と？」

「その一方で、木京Pは事件が起きてから何度か胃の不調を訴えていました。だから、あなたは彼が両方の薬ケースを盗み出すと踏んだ。その予想は見事に当たり、小部屋にこもった木京Pは黄色いケースの『胃薬』を飲みました。もちろん、中身は睡眠薬だった訳ですが」

そう言いながら、竜泉は何故かまだ笑っていた。

「今思うと、木京Pがお手洗いでワインボトルを落としたのも、睡眠薬の影響だったんでしょうね？　本人は朦朧としていて自分が変だということにすら気づいていなかったようですが……。結局、あなたの仕掛けた睡眠薬が先に発動したので、マレヒトが『シックスター』の煙草に仕込んでいた睡眠薬は不発に終わりました」

絵千花もマレヒトの告白を聞いて驚いたのだけれど、木京は彼女とマレヒトの両方に睡眠薬を盛られていたらしい。どう転んでも、眠り込む運命だったのだろう。

彼女は腕組みをしてなおも質問を続ける。

「まだ分からないことがある。木京Pはどうして私たちに睡眠薬を盛って、自ら小部屋にこもるなんてことを考えたの？」

「僕らを眠らせようとしたのは、人間かマレヒトか確認する為だったと思われます。……三雲さんが煽ったように、僕らの指を切断して断面を確認しようとしていたのかも知れません。木京Pには嗜虐性があって人間や動物を痛めつけて傷つけることをこよなく愛していましたし、あの人のテントには肉切り包丁がありましたからね」

小さく身震いをしてから、絵千花は首を横に振る。

「そんなことを実際にやる人はいないでしょう。第一、マレヒトに睡眠薬が効くかも分からない」

「効かなかった場合、木京Pは眠りにつかない一人をマレヒトと断定するつもりだったんだと思います」

「でも、他の人間が眠り込むのを見たら、マレヒトも薬が効いているフリをはじめそうよね。そして、木京Pが近づいて来た時に不意討ちをしようとするかも」

「その場合でも、木京Pにはマレヒトを確実に仕留める自信があったんでしょう。……あの人はこれまでもマレヒトが正体を現すのを楽しみにしていた風がありましたからね。あるいは『ただマレヒトを殴ってみたかった』という単純な理由なのかも知れません」

絵千花も木京の嗜虐性はよく知っていた。それでも彼女は最後の抵抗を試みる。

「だとしても、木京Pが小部屋にこもる理由にはならない。そんな人でなしなら、小型カメラ経由で私たちの動向を観察するなんてことはしないでしょう。自分も多目的ホールに残って、私たちが眠り込む様をじっくりと見届けようとするんじゃない？」

「それについては、僕もかなり悩みました。でも……多分これが答えなんでしょう」

珍しく竜泉は不安そうな顔になっていた。それでも意を決したように続ける。

「実は、木京は過去にも犯罪に手を染めていて、二人の女性に睡眠薬を盛ったことがあります。その時は、薬が遅れて効いた一人が激しく抵抗し、手ひどい逆襲を受けたそうなんですがね。……今回、木京は六人に睡眠薬を盛りました。以前の経験から、薬が効いてくる時間に個人差が出る可能性は考慮していたはずです。同時に、コーヒーを用意した自分が疑われて、袋叩きになりかねないことも」

「つまり、薬が効くまでに私たちの誰かが抵抗して暴れるのを警戒して、籠城がしやすい小部屋にこもったということ？」

今では絵千花は冷ややかな笑いを浮かべていた。それに対し、竜泉はなおも戸惑い気味に言葉を続ける。

「この理屈でいけば、木京が小部屋にこもることは事前に予想がついたことになります。ただし、これは木京が過去に海外で為した犯罪について知っていなければ成立しません。まさかとは思いますが……三雲さん、あなたは続木菜穂子という女性をご存じじゃありませんか？」

その名前は自らの罪を告発された時よりも、何よりも絵千花を驚かせた。

「どうして、その名を？」

辛うじてそう聞き返す頃には、竜泉は少し安心したような表情になっていた。

「やっぱり、そうだったんですか。あなたも菜穂子も同じKO大学卒で年齢も近いから、もしやとは思っていたんですが。……菜穂子は亡くなる前に手紙を書き、それを信頼していた大学の先輩に預けていました。そして、自分に万一のことがあったら手紙を投函するようにお願いしていたんです。その先輩が三雲さんだったんですね？」

何が何だか、訳が分からなくなって絵千花は息を詰まらせた。

「どうして、あなたが、あの手紙のことを知っているの？」

「三雲さんも菜穂子の手紙を読んでいたのなら、木京の過去の犯罪について詳しかったのも納得がいきます。……あの手紙の最後に『ユーキ』という名前が出てきたでしょう？　あれが僕のことなんですよ。菜穂子とは幼馴染で、僕も菜穂子のお父さんからあの手紙を見せてもらっていました」

竜泉が酷く悲しそうに言うのを聞いているうちに、絵千花はその場にへたり込んでしまっていた。

「菜穂子の様子が前からおかしいのには気づいていた。だから、彼女が事故死したことを知った時に、何かあったんじゃないかと思って、約束を破って……預かっていた手紙の中身を見てしまったの」

「そして、あの三人の犯罪を知ったんですね？」

「ええ。菜穂子の遺志通りに手紙は投函したけれど、すぐに菜穂子のお父さんも不審な火災で亡くなってしまった。だから、私が復讐するしかないと思った」

もう絵千花には何も隠すつもりはなかった。ただ、ありのままに喋り続ける。

「あの三人に幽世島でのロケを持ちかけたのも……私だった。木京と古家を確実に島に誘き寄せる為にも、幽世島が南国の楽園であるように思い込ませたの。そうやっておいて、海野とも復讐してやるつもりだった」

「けれど、幽世島にはマレヒトがいた」

絵千花は頷きながらも顔を歪めた。

「私が父の話を信じていなかったというのは本当。だから……復讐に関係のない竜泉さんたちを命の危険に晒すなんて、夢にも思っていなかった」

ここで急に竜泉が苦笑いを浮かべる。

「あ、僕は復讐に無関係な人ではないですよ？　というか、僕も幽世島であの三人に復讐を果たすつもりで色々と計画を立てていましたから。実際……本当に申し訳ないことをしてしまったと思ってるんですけど、衛星電話を壊したのも僕ですし」

「え？」

ポカンとする絵千花に対し、竜泉は悪戯っぽい顔になった。

「どうやら、三雲さんと僕は似た者同士だったようですね。……ただ僕の場合、自分の手で復讐を遂げることにこだわったので、マレヒトを退治することを優先し、それが終わってから復讐計画を再開することに決めていたんです」

「なるほど、あなたが木京をマレヒトから守ろうとしていたのは、そういう理由だったの。マレヒトに先を越されては困ると思ったのね？」

「そうなんです。……いずれにせよ、僕は復讐者にはあまり向いていなかったみたいだな」

「代わりに探偵役として活躍してたけど？」

「そっちの方が向いてたってことなんでしょうか、はあ……。ちなみに、三雲さんはマレヒトを利用する計画に切り替えたようですね？」

「ええ。海野をマレヒトに殺されてしまったのには驚いたけれど、早い段階でマレヒトが海野に擬態したかも知れないことには気づいていた。だから、マレヒトに古家を襲わせるよう仕向けたの」

竜泉はマレヒトの性質や生態について自力で情報を集めるしかなかったのに対し、彼女には父から聞いた知識があった。もともと竜泉より有利な立場にあったと言えるだろう。

「木京についても……私たちに『睡眠薬』を盛ったら、抵抗を受けるのを恐れて小部屋にこもるんじゃないかと思って期待していた。その予想は当たったけれど、あの時の私は、マレヒトが古家の遺体に擬態しているものだと思い込んでいた。だから、タラに廊下を見張らせるべきだという提案をしたの」

「そうすれば、マレヒトが小部屋から出てこられなくなると思ったんですね？」

「ええ。マレヒトは木京を襲う他なくなるし、他の皆の安全も確保できると思った。……そして次の朝、木京の死を確認した後で、私にはもう一つやらねばならないことが残っていた」

「それが旧公民館ごとマレヒトを焼くことだった訳ですか」

竜泉が悲しげにそう言ったのを聞いて、絵千花は目を閉じてから小さく頷いた。

「復讐の為とはいえ、私は二人もの人間を死に追いやった。父の言葉を信じずに幽世島に皆を連れてきて命の危険に晒し、茂手木さんには大怪我をさせてしまった。もう、私には生きている資格はないと思った。だから……せめて、この命と引き換えにマレヒトを確実に焼いてしまおうと思った」

「三雲さん……」

いよいよ竜泉の声が消え入りそうになった。彼女は目を開いて彼に微笑みかける。

「でも、竜泉さんに助け出されてしまった」

「当たり前ですよ、僕が述べたデタラメな推理を信じて命を捨てようとしていたんですからね。三雲さんも古家と木京に復讐しようとしていたのではないかと疑ってはいましたが、まさかあんなことをなさるとは」

「あの時は、本当にありがとう。……おかげで私は自分が間違っていたと知ることができた。私が木京に仕掛けた罠をマレヒトに利用されてしまっていたことにも気づけた。そして何より……本当の意味でマレヒトを退治できた」

竜泉が小脇に抱えたままだったタオルから「ニャ」という声がした。先ほどまで寝ていたと思ったワオが絵千花を見つめていた。

「思えば、幽世島には復讐者が三人もいたみたいですね」

そう竜泉が言ったので絵千花はキョトンとした。

「三人？」

「三雲さんと僕、それからワオです。……何せ、この子は母親と兄弟をマレヒトに殺されていますからね。マレヒトを船から落とすことができたのは、ワオが飛びかかってくれたおかげです」

その話が分かっている訳でもないだろうに、ワオが何故かどや顔をしていたので、絵千花は思わず笑ってしまった。

竜泉が手にしていた二つの薬ケースを見下ろす。

「さ、証拠隠滅でもしときますか」

そう言って、彼は残り少なかった『睡眠薬』の錠剤を海に投げ捨て、『胃薬』も海にばらまいてしまった。続けて手すりの外を黄色のケースが舞い、青色のケースもそれに続く。

絵千花は目を丸くしてそれを見送った。それから少し悪戯っぽい口調になって言う。

「それはいいけど、後で私を脅迫してくるつもりじゃないでしょうね？」

「しませんよ。お金には困ってませんし」

さらっと竜泉はそう言ったが、皮肉を言っているように聞こえないのが不思議だった。

「……でしょうね」

「でも、東京に戻って落ち着いたら、もしよければですが……連絡しても構いませんか」

その提案が嫌な訳ではなかったけれど、絵千花は敢えて何も言わなかった。何となく、すぐに返事をするのが癪だったからだ。竜泉はまだ隣で何かもごもご言っている。

「その、四十五年後もマレヒトは現れる訳ですし、そのことについて、とか？」

とうとう絵千花は吹き出して笑ってしまった。

しばらく、二人と一匹は並んで海を眺めていた。

船室では相変わらず茂手木が熟睡し、八名川と信楽が並んで寝転んで唸り声を上げている。船長も操舵室で自分の仕事をするのに忙しそうだ。

「思ったんだけど」

「何ですか」

「幽世島にまつわる謎はほとんど全て解明された。……残っているとすれば、財宝伝説くらいかな。本当にあの島にキッドの金貨が眠っているのだとすれば、ちょっと夢がある話だと思わない？」

気づくと絵千花は竜泉にまじまじと見つめられていた。

「謎は謎のまま残しておきますか？　それとも僕の考える仮説を聞いちゃいますか？」

その言葉に対し、絵千花はほとんど躊躇せずにこう返していた。

「話して」

「思い切りがいいですね」

「そういう性格だから」

「マレヒトが放った言葉を覚えていますか？　『俺たちよりも人間の方がよほど恐ろしく強欲な生き物だ。……俺たちの遺体すらも利用しつくすんだから』とかいう内容だったと思うんですが」

「ああ、そんなこと言ってた。でも、人間が強欲でマレヒトの遺体を利用しつくすっていうのはどういうこと？　真雷祭（しんらいさい）でもそんなことはやっていなかったはずなのに」

これを受けた竜泉がニヤッと笑う。

「ヒントは、マレヒトの本体が金属を主成分とする球体であること。そして体重が二〇キロもあって重金属並みに重いということです」

絵千花は思わず小さく悲鳴を上げた。

「じゃあ、あの財宝伝説の正体は……金細工の原料になっていたのは、キッドの金貨なんかじゃなくて……？」

彼女は大騒ぎしていたけれど、竜泉は面白がるばかりで一向に返事をしてくれない。

いつの間にか水平線には大きな島影が現れており、船はT港を目指して突き進んでいった。

解説

若林　踏

『孤島の来訪者』は贅沢なミステリである。とにかく読書に驚きを求めるタイプの読者と、緻密な論理によって謎が綺麗に収まる過程を楽しみたい読者、双方を満足させるような物語を、この作品でしか味わえない特異な設定によって生み出しているのだから。

本書は二〇一九年に『時空旅行者の砂時計』（創元推理文庫）で第二九回鮎川哲也賞を受賞しデビューした方丈貴恵の、第二長編に当たる作品だ。単行本は二〇二〇年一一月に東京創元社より刊行された。

本書の舞台となるのは幽世島と呼ばれる無人島である。幽世島には古来「雷祭」と呼ばれる秘祭があり、さらに海賊キャプテン・キッドが隠した秘宝が眠っているという噂があった。その幽世島では四五年前、凄惨な事件が起きていた。島に居た一三人の人間が、心臓を一刺しにされた遺体で見つかったのだ。遺体のうち一体には全身を獣に喰い荒らされたような形跡があったため、事件は一八世紀フランスで起きた「ジェヴォーダンの獣」事件になぞらえて「幽世島の獣」事件と呼ばれるようになった。

その「幽世島の獣」事件を題材にしたテレビ特番のロケを行うため、番組制作会社「J制作」のスタッフを中心とした九名の男女が幽世島に降り立つ。その内の一人であるアシスタント・ディレクターの竜泉佑樹は、ある目的を持ってこのロケに参加していた。彼の目的とは、復讐の為に三人の人物を殺害する事だった。幽世島のロケを利用して綿密な犯罪計画を立てていた佑樹だったが、実行の直前に思わぬ事態が起きる。標的の一人が、過去に起きた「幽世島の獣」を彷彿とさせる惨たらしい姿で発見されるのだ。外界から孤立した幽世島で、再び惨劇の幕が上がる。

怪しげな伝承が残る島、血塗られた過去の悲劇、閉鎖空間で起きる事件。序盤の展開を読む限りではオーソドックスなクローズドサークルものの謎解き小説と、犯罪を企む側の視点から描く倒叙推理小説の要素を加えた作品に思えるだろう。しかし物語が三分の一を過ぎた辺りで、竜泉佑樹が〝ある事〟を指摘した途端、本書は意外性極まるフーダニット小説へと変貌を遂げるのだ。おそらく大半の読者にとって、この展開は唖然とするものではないだろうか。

本書の単行本刊行時の帯には「孤島×〝特殊設定〟本格ミステリ」という文言が書かれていた。〝特殊設定ミステリ〟とは非現実的な要素を物語に加え、それを前提にトリックやロジックが構築されている謎解き小説を主に指す言葉だ。『時空旅行者の砂時計』はタイムトラベルが物語の核を成す重要なものとして描かれている、〝特殊設定ミステリ〟の範疇に入る作品だった。つまり方丈貴恵はデビュー作から二作続けて〝特殊設定ミステリ〟に挑んだことになるのだが、『時空旅行者の砂時計』と本書ではその扱い方に大きな違いがある。前者では序盤からタイムトラベルの存在が読者へ明示されているのに対し、後者ではそもそもどのような特殊な設定が設けられているのか、途中まで全く分からない事だ。

筆者はミステリ作家とのトークイベントをまとめた対談集『新世代ミステリ作家探訪』（光文社）に、『孤島の来訪者』を中心に〝特殊設定ミステリ〟について方丈貴恵と語り合ったトークの模様を収めている。そこで方丈は『孤島の来訪者』を着想したきっかけについて、あるSF名作映画の趣向が本格ミステリでお馴染みの閉鎖空間と相性が良いと思い至ったから、と語っていた。方丈としては「前半と後半で書かれていることの落差に驚いて欲しい」という意図があったようだが、その目論見は成功していると言って良い。本書では〝特殊設定〟の正体そのものが読者へ驚きを与えることに寄与しているからだ。

着目しておきたいのは本書における〝特殊設定〟の提示が、単に読者を驚かせるだけの演出に留まっていない事である。確かに本書の途中で明かされる特異な設定は予想の斜め上を行くものではあるが、それを指し示すための手掛かりがきちんと書き込まれている事が読者にも分かるようになっているのだ。〝特殊設定〟の正体を描くこと自体に、実は本格謎解き小説の作法が使われているのである。

福井健太は『本格ミステリ鑑賞術』（東京創元社、二〇一二年刊）の「異世界の論理」の章において、現在で言うところの〝特殊設定ミステリ〟に相当する作品群の解説を行っている。その中で福井は山口雅也の『生ける屍の死』（光文社文庫、初刊は一九八九年）を例に取りながら、〝死者が蘇る現象〟という同書の特殊な状況を巡る描写が「小説のディテールであると同時に、推理の材料にもなり得ている」と記している。異世界を舞台にしたミステリ、あるいは〝特殊設定ミステリ〟と呼ばれる作品では、作品世界の細部を書き込むことが謎解きを進めるためのルールの提示に結びつく事を福井は示したのだ。

その部分を発展させる試みを行ったのが、『孤島の来訪者』だ。本書では謎解きを行うために、まずはそのルールがどのように設定されているのかという謎を論理的に解き明かすプロセスが組み込まれている。ルールを理解するための謎解きがまず行われ、そこから把握したルールを使って謎解きをするという二段構えの構造を取っているのだ。

謎解きの二重構造を採用する事で本書は絶え間なく推理が行き交い、物語が全く停滞するところがない作品に仕上がっている。こうした構造を取った背景には、おそらく方丈の〝特殊設定ミステリ〟に対する問題意識が関わっているはずだ。先ほど挙げた『新世代ミステリ作家探訪』のトークの中で、方丈は「読者への挑戦状付きの特殊設定ミステリは謎を解くためのルールや手がかりをきちんと伝えなければいけない一方で、どうしても情報の羅列のようになってしまう」側面があり、他方では「特殊設定を扱っている以上は情報提示の部分が多くなってしまうのは避けられない」と述べている。謎解き小説としてのフェアプレイを重んずる反面、物語の豊饒性を奪い取りかねないというジレンマに陥りやすい事に方丈は自覚的なのだ。だからこそ方丈は『孤島の来訪者』においてルールの列挙が続かないよう、ルールを理解するという過程自体もエンターテイメントと化す事でこのジレンマを克服しようとしたのだ。

もちろん、本書が完全なるフェアプレイに則った謎解き小説として完成するための工夫も方丈は怠っていない。その一つが「マイスター・ホラ」と名乗る物語の案内人だ。「マイスター・ホラ」は前作『時空旅行者の砂時計』でも登場し、物語の設定に関わる重要な役割を果たしていた。翻って本書では作中で起きる出来事に全く関わっていないにも拘わらず、序文と読者への挑戦には顔を出しているのだ。これについて方丈は『新世代ミステリ作家探訪』で物語の外側から情報の客観性を持たせるために登場させたかった旨を述べている。

また、方丈は作中に用いる設定において可能な事と不可能な事を細かく提示する癖がある。その最たる例が第三長編の『名探偵に甘美なる死を』(東京創元社、二〇二二年刊)だ。同作はVR空間上の館と現実に建てられた館の二つを行き来しながら謎解きを行うミステリで、当然ながらVRの存在が謎解きの大きな鍵を握る事になる。そこで方丈はVRという技術で実現出来る事と出来ない事の仕分けを手際よく行いながら、読者がフェアプレイに徹した謎解きを出来るようにしているのだ。『孤島の来訪者』でも、その姿勢は同じである。どんなにぶっ飛んだ設定であっても、ルールに余詰めが無いように細部まで良く考え抜かれて書かれている。〝特殊設定ミステリ〟を描くに当たっては、発想の大胆さだけではなくこうした緻密さが求められている事も、方丈は熟知しているのだ。

忘れてはいけないのが、方丈貴恵が謎解きにおける物証の扱い方に徹底した拘り(こだわ)を見せている事だ。先ほど〝特殊設定ミステリ〟において実現出来る事、出来ない事の仕分けがフェアプレイを構築する上で重要である事を書いた。しかし、たとえどんなに細かくルールを書き込もうと、作者が独自に編み出した作中世界のルールから恣意(しい)性を完全に取り除くことは至難の業だ。これを納得度の高い謎解きミステリへと昇華させるには、手掛かりの検証や提示に工夫を凝らす必要がある。作中で使われる手掛かりが現実世界を生きる読者にとって腑に落ちるものであればあるほど、披露される推理の納得性はより増すのだ。近年、〝特殊設定〟を扱う謎解きミステリの作例は増えているが、完成度の高い作品はみな手掛かりの扱い方が巧い。〝特殊設定ミステリ〟の隆盛は、謎解き小説を書く上で物証の重要度を更に上げることへ繋がっていると筆者は考えている。

　方丈作品の場合、作中に敷かれた特殊なルールと物証の組み合わせが巧みで、繰り出される推理がどれも膝を打つものになっている。もちろん、その萌芽は『時空旅行者の砂時計』からあったのだが、第二作である本書では一つの手掛かりから推理をより多層化させることに成功しており、手の込んだ解決編を堪能出来るのだ。おまけに作中の手掛かりの配置も絶妙で、真相へと至るヒントをしっかり与えながらも、それを推理のどの部分に使うことが出来るのかを容易に悟らせないように書かれている。手掛かりの描き方が本格謎解きの肝である事を『孤島の来訪者』は教えてくれる。

『孤島の来訪者』は第一作『時空旅行者の砂時計』と第三作『名探偵に甘美なる死を』と合わせて〈竜泉家の一族〉シリーズ三部作と呼ばれている。竜泉家は戦前、製薬業界で名を馳せ、戦後はＧＨＱとのコネクションにより事業を拡大させた大富豪の一族という設定になっている。第一作では一族の末裔である加茂伶奈の夫であるフリーライターの加茂冬馬が探偵役を務めていた。本書の主人公である竜泉佑樹は加茂伶奈のいとこに当たる人物で、第三作でも引き続き登場し加茂冬馬との共演を果たすことになる。本書で竜泉佑樹は竜泉家には「この世界は不思議に満ちている。どんなにあり得ないことでも起こり得る」という家訓が伝わっていると述べている。方丈は〈竜泉家の一族〉を毎回、異なる特殊ルールが課される〝特殊設定ミステリ〟に特化した連作シリーズとして構想していたようだ。方丈によれば〈竜泉家の一族〉の着想元にはゲームの〈アサシン クリード〉シリーズがあるとのことだが、作品ごとに違う特殊設定を扱うために「不思議な事ばかりに遭遇する一族を作ってしまう」という思い切りの良さが面白い。現時点での方丈貴恵の著作として、〈竜泉家の一族〉シリーズ以外では『アミュレット・ホテル』（光文社）がある。これは犯罪者ばかりが集うホテルを舞台にした連作集で、奇妙なルールが課された閉鎖空間を舞台に選び続けながら、趣向の異なる謎解きを描いている点が秀逸だ。

先ほど書いた竜泉家の家訓について、竜泉佑樹は「一般常識では考えられないようなことが起きたとしても、それに動じずに柔軟に物事を考えるようにしなさい」という意味と受け取っていると、ある人物に話す。これは方丈貴恵が書くミステリそのものを表しているようにも受け取れるだろう。たとえどんな驚くべきことが書かれていても、最後には整然としたロジックで収斂されていく。論理を武器に道を開くことの力強さが、方丈作品には備わっている。

本書は二〇二〇年、小社より刊行された作品の文庫化です。

検印
廃止

著者紹介 1984年、兵庫県生まれ。京都大学卒。2019年、『時空旅行者の砂時計』で第29回鮎川哲也賞を受賞しデビュー。第二作となる本作は、「2020年SRの会ミステリーベスト10」第1位に選出。他の著書に『名探偵に甘美なる死を』『アミュレット・ホテル』がある。

孤島の来訪者

2024年1月12日　初版

著者　方丈貴恵（ほうじょうきえ）

発行所（株）東京創元社
代表者　渋谷健太郎

162-0814/東京都新宿区新小川町1-5
電話　03・3268・8231-営業部
03・3268・8204-編集部
URL　http://www.tsogen.co.jp
DTP　フォレスト
晩印刷・本間製本

ISBN978-4-488-49922-8　C0193

第30回鮎川哲也賞受賞作

THE MURDERER OF FIVE COLORS◆Rio Senda

五色の殺人者

千田理緒

四六判上製

◆

高齢者介護施設・あずき荘で働く、新米女性介護士のメイこと明治瑞希（めいじみずき）はある日、利用者の撲殺死体を発見する。逃走する犯人と思しき人物を目撃したのは五人。しかし、犯人の服の色についての証言は「赤」「緑」「白」「黒」「青」と、なぜかバラバラの五通りだった！

ありえない証言に加え、見つからない凶器の謎もあり、捜査は難航する。そんな中、メイの同僚・ハルが片思いしている青年が、最有力容疑者として浮上したことが判明。メイはハルに泣きつかれ、ミステリ好きの素人探偵として、彼の無実を証明しようと奮闘するが……。

不可能犯罪の真相は、切れ味鋭いロジックで鮮やかに明かされる！

選考委員の満場一致で決定した、第30回鮎川哲也賞受賞作。

創元推理文庫

第17回ミステリーズ！新人賞受賞作収録

THE WEIRD TALE OF KAGEFUMI INN◆Kiyoaki Oshima

影踏亭の怪談

大島清昭

◆

僕の姉は怪談作家だ。本名にちなんだ「呻木叫子（うめききょうこ）」というふざけた筆名で、民俗学の知見を生かしたルポ形式の作品を発表している。ある日、自宅で異様な姿となって昏睡する姉を発見した僕は、姉が霊現象を取材していた旅館〈K亭〉との関連を疑い調査に赴くが、深夜に奇妙な密室殺人が発生し——第17回ミステリーズ！新人賞受賞作ほか、常識を超えた恐怖と驚愕が横溢する全４編。

収録作品＝影踏亭の怪談，朧（おぼろ）トンネルの怪談，
ドロドロ坂の怪談，冷凍メロンの怪談